洪水の年　上

上

洪水の年

THE YEAR OF THE FLOOD

マーガレット・アトウッド
佐藤アヤ子 訳

岩波書店

THE YEAR OF THE FLOOD
by Margaret Atwood

First published 2009 by McClelland & Stewart, Toronto
This Japanese edition published 2018
by Iwanami Shoten, Publishers, Tokyo
by arrangement with O. W. Toad Ltd. c/o Curtis Brown Group Ltd., London
through The English Agency (Japan) Ltd., Tokyo

目次

〈庭〉

下巻

装画・タケウマ
装丁・後藤葉子

〈庭〉

この〈庭〉の手入れは誰がする、
緑一色のこの〈庭〉を？

かつては最高の〈庭〉だった、
またとないほどに。

神の愛する〈生き物たち〉が
泳ぎ、飛び、遊んでいた。

でも欲深い〈略奪者たち〉がやって来て、
皆殺しにしてしまった。

そして、生い茂り
体に良い果実を与えてくれた〈木々〉も、
砂の波に埋め尽くされた、
葉っぱや枝や根っこまでも。

輝く〈水〉は全て
ヘドロやぬかるみと化し、

色鮮やかな羽根の〈鳥たち〉は
喜びあふれる合唱をやめてしまった。

ああ、〈庭〉よ、ああ、私の〈庭〉よ、
私は永遠に悼み続ける

あの神の庭師たちが立ち上がり、
お前に〈命〉を蘇らせるまで。

『神の庭師たち口伝聖歌集』より

洪水の年

1

トビー

教団暦二十五年、洪水の年

朝早く、トビーは日の出を見るために屋上に上る。彼女はモップの柄を使ってバランスを取る。しばらく前からエレベーターは止まっている。裏階段は湿って滑りやすい。それに、滑ってころんでも、起こしてくれる人はいない。

最初の炎暑が来ると、トビーの所から廃墟と化した都市まで連なる並木の合間から靄《もや》が立ち上る。大気はかすかに焦げ臭い。カラメルとタールと腐ったバーベキューの臭《にお》い。雨が降った後のゴミ捨て場の灰と脂の燃えカスの臭いだ。無人化した遠くの高層ビル群は大昔の珊瑚礁の珊瑚さながらだ——色あせて白っぽく、人の気配はない。

でも、まだ生き物がいる。鳥が鳴いている。きっとスズメだ。そのか細いさえずりは、クギでガラスを引っかくような、澄んで鋭い声。もはやその声をかき消す車の音はない。その静けさに、車がないことに、鳥たちは気づいているのだろうか？　だとしたら、前よりハッピーだろうか？　トビーにはまったくわからない。もっと狂った目つきの、あるいは薬のやり過ぎかもしれない他の神の庭師たちと違って、トビーは鳥と会話ができるという幻想を抱いたことはなかった。

東の空を太陽が照らし、遠くの海を示す青みがかった灰色の靄を赤く染める。電信柱の上のねぐらで、ハゲワシは黒いコウモリ傘のように翼を広げて日干しする。一羽、また一羽と上昇気流に乗って飛び立ち、渦巻くように昇っていく。彼らが急降下したら、死肉を見つけたということだ。

〝ハゲワシは私たちの友だち〟と神の庭師たちは教えた。〝ハゲワシは地球を清めます。彼らは肉体の融解に必要な神の黒天使。死がなければどんなに恐ろしいことになるか、考えてみなさい！〟

私は今でもこの教えを信じているだろうか？　トビーはいぶかる。

近くで見ると、何もかも違っている。

屋上にはプランターがいくつかあるが、観賞植物は荒れ放題。木製風ベンチもいくつかある。かつては夕食前のカクテル・アワー用の日よけもあったが、風に吹き飛ばされてしまった。トビーはベンチの一つに座って地上を見渡す。双眼鏡を取り上げ、左から右へと目を走らせる。私道は、ルミローズの植え込みで縁取られているが、ルミローズは今ではすり減ったヘアブラシのように見ばえが悪く、紅紫色の輝きは強まる陽光のもとで色あせている。西玄関はピンク色の日干しレンガ風のソーラースキン（ソーラーパネルの一種）で作られていて、門の外では車が幾重にも重なり合っている。

ノゲシとゴボウがはびこる花壇、その上をばたばた飛び回る巨大なアクア色の葛蛾《くずが》。噴水とホタテ貝の形をした水鉢はよどんだ雨水でいっぱいだ。駐車場にはピンクのゴルフ・カートとピンクのアヌーユー・スパのミニバンが二台。それぞれにウィンクマークのロゴがついている。私道のさらに先のほうで、四台目のミニバンが木に衝突している。以前は窓から腕が一本ぶら下がっていたが、今はもうない。

広い芝生は伸び放題で、背の高い雑草ばかり。トウワタやハルジオンやカタバミの根元に土がでこぼこに低く盛り上がり、あちこちに布の切れ端や骨のきらめきが見える。あそこで倒れたのだ。芝生を走ったり、よろめき渡って行った人たちが。トビーは屋上から見ていた、プランターの後ろにかがんで。

長い間見てはいられなかった。トビーがそこにいるのを知っているかのように、幾人かが助けを求めたからだ。でも、どうやって助けることなんかできただろう？

プールの表面はもつれた藻で覆われている。すでにカエルが住みついていた。浅い方では、サギとシラサギとピーグレット（クジャクとシラサギの異種交配）がカエルを漁っている。しばらくの間、トビーはうっかり迷い込んで溺れてしまった小動物を掬《すく》い上げていた。緑色に発光するウサギ、ネズミ、縞模様の尾とアライグマの盗賊めいた顔のラカンク（アライグマとスカンクの異種交配）など。でも今はそのままにしておく。何らかの方法で、それらから魚が生成されるかもしれない。プールがもっと沼のようになった時に。

トビーはそんな架空の未来魚を食べようと思っているのか？　いや、まさか。

少なくとも今のところは、まだ。

彼女は木やツタやシュロや下生えの灌木が暗い壁のように生い茂る方に向きを変え、双眼鏡で探る。危険が迫るとすれば、あの方向からだろう。でもどんな危険か？　想像もつかない。

夜になるといつもの音が聞こえてくる。遠くで吠えるイヌの声、ネズミたちの忍び笑い、コオロギの送水管のような調べ、時折カエルのケロケロ。そして〝ドク、ドク、ドク〟と耳の中を走る血の音。重い箒《ほうき》が枯れ葉を掃く音。

「寝ないと」、彼女は声に出していう。でもよく眠れることはない、この建物に一人ぼっちで籠もってからは。時々声が聞こえる――痛いと訴える人の声。あるいは、女たちの声。かつてここで働いていた女たち、休息と若返りを求めてきた女たち。プールでばちゃばちゃと泳ぎ、芝生を散策していた。慰め合い、慰められていたあのピンク色の声。

あるいは、つぶやいたり歌ったりする神の庭師たちの声。エデンクリフ(エデンの崖)屋上庭園で、一緒に笑っている子どもたちの声。アダム一号とヌアラ、それにバート。ミツバチに囲まれた老女ピラー。そしてゼブ。もし、この中の誰か一人でもまだ生きているなら、ゼブだろう。もうすぐにも彼は道の向こうから歩いてくるに違いない、あるいは樹木の間から現れるだろう。

でも、今頃はもう死んでいるかも。そう考えるほうがいい。無駄な望みを持たないために。

それでも、他にも誰か生き残っているはずだ。この地球上に残ったのが彼女だけなんてあり得ない。他にもいるに違いない。でも味方か、それとも敵か? 出会っても、どうやって見分けるのか?

準備はできている。ドアには鍵をかけ、窓にはつかえをした。でもこうした防御も万全ではない。ちょっとの隙間が侵入を招くから。

眠っている間も、トビーは動物のように耳をそばだてている——何らかの変化や、聞きなれない音や、岩が割れるように沈黙が破られるのを聞き取るために。

かつてアダム一号は言った。小動物が歌をやめて静まるのは、怖いからだ。彼らの恐怖の音を聞き取るようにと。

2

レン

教団暦二十五年、洪水の年

〝言葉に気をつけなさい。何を書くか注意しなさい。痕跡を残してはいけません〟

これは神の庭師たちが私たちに教えたこと。私がまだ子どもで、神の庭師たちと暮らしていた時に。記憶に頼りなさい、書かれたことは全てあてにならないと。〈霊〉は口から口へと伝わる、物から物へではない。書物は燃やされ、紙はぼろぼろになり、パソコンは破壊されることがある。〈霊〉だけが永遠に生きる。そして、〈霊〉は物ではない。

書いたものは危険、とアダムたちとイブたちは言った。なぜって敵は文書を通して私たちを追跡できるから。そして捕まえて、私たち自身の言葉を利用して、私たちを糾弾することができるから。

でも、この〈水なし洪水〉に襲われた今は、何を書こうが安全。私の書いたものを逆手にとっていじめそうな連中はほとんど死んでいるだろう。だから何でも好きなことが書ける。

私が書くのは自分の名前、〝レン〟。アイブロウ・ペンシルで鏡のわきの壁に。今までたくさん書いた。〝レンレンレン〟と歌のようにね。あまり長く一人きりでいると、自分が誰なのか、わからなくなりそうだから。アマンダがそう言った。

窓から外は見えない。ガラスレンガでできているから。ドアからは出られない。外側から鍵がかかっている。でもまだ空気はある、それに水も、太陽光発電が止まらない限り。食べ物もまだある。

私は幸運。本当にとってもラッキー。自分の幸運を数えてごらん、とアマンダはよく言っていた。だから今やってみる。まず一つ目、洪水が襲ったとき、ここ、ウロコ《スケール》・クラブで働いていたのがラッキーだった。二つ目、こんな風に隔離ゾーンに閉じ込められていたのはもっと幸運だった。だからこそ安全でいられた。ある客が興奮のあまり、グリーンのスパンコールごと私に噛み付いたので、バイオフィルムのボディーグローブが裂けてしまい、私は検査結果を待っていたところだった。湿った感じの液がにじみ出る傷ではなく、肘のあたりの乾いた傷だったから、あまり心配していなかった。でも、ウロコ・クラブでは全部調べた、評判を守るために。私たちはこの町で一番清潔な汚れた女として有名だった。

セックスクラブのウロコとシッポ・クラブは面倒見がよかった、本当。才能があればね。食事はいいし、医者が必要なら診てもらえるし、チップはたっぷり。トップのコーポレーションの男たちが客だったから。クラブは怪しげな区域にあったけれど、経営はうまくいっていた。クラブはみんな怪しげな場所にある。モーディスは、イメージの問題さ、と言っていた。怪しげな場所は商売にはいい。きわどいとか、けばけばしいとか、低俗な臭いがするとか、何か決め手がなければ、美顔クリームや白い木綿のパンティーといった、男が家庭で見慣れているものと、うちのブランドをどうやって見分けるんだ?

モーディスは率直なしゃべり方をするのがよいと思っていた。子どもの頃からこの商売をやってきた。ポン引きや街娼が違法とされた時——公衆衛生と女性保護という名目で——コープセコーの管理下で全てがセックスマートに組み入れられた。モーディスは経験をつんでいたから、その機会をつかんでのし上がった。「全てコネだ」、モーディスはよく言っていた。「やつらの何をつかんでいるかだ」。彼はにやりとしてお尻をなでた——ただの親しみを込めた触り方で。私たちに無料サービスをさせることは決してなかった。モラルがあった。

モーディスは、黒アリの頭のような、剃りあげた頭と黒々と光る鋭い目つきの、やせ型で筋肉質の男だった。全てがうまく行っていれば穏やかだが、客が暴れだしたとたん、彼は私たちをかばって立ち上がった。「どんなやつにも、俺の最高の女たちに手は出させねえ」。彼にとって体面に関わる一線だった。

彼はまた、無駄使いが嫌いだった。私たちは貴重な資産だ、と言っていた。粒よりの女たち。セックスマートができてから、マートに入れてもらえない女たちは違法のみならず悲惨だった。落ちぶれ、病気持ちで老いさらばえた女たちが数人、路地をさまよっていたが、乞食同然だった。ごくわずかしか脳みそが働いていない男たちさえ、そばへ寄ろうとはしなかった。あの人たちを「危険廃棄物」と私たちウロコ・クラブの女たちは呼んだ。あんなに軽蔑するのではなかった。もっと思いやりを持つべきだった。でも、思いやりには努力がいるわ。それに私たちは若かった。

〈水なし洪水〉が始まった夜、私は検査結果を待っていた。何かに感染している場合は、隔離ゾーンに何週間も隔離した。食べ物は密閉された窓ごしに差し入れられた。スナックが入ったミニ冷蔵庫があり、水は出し入れともにフィルターを通す。必要なものは全てあったが、そこにいるのは退屈だった。運動器具が備えてあり、せっせと運動をした。空中ブランコダンサーは、練習を続けておく必要があった。

テレビや古い映画を見たり、音楽を聴いたり電話で話したりすることはできた。あるいはインターフォンのモニターで、ウロコ内の他の部屋を覗くこともできた。隔離ゾーンの人のために、お仕事のセックスをしている最中にうめき声をたてながらカメラに向かってウィンクしたりしたものだ。天井を覆うヘビ皮や羽根飾りの裏にある、カメラの隠し場所を私たちは知っていた。ウロコではみんなが大家族のメンバーだった。だから隔離ゾーンにいても、みんなと一緒のように振舞うことをモーディスは望んだ。

モーディスは私をとても安心させてくれた。もめごとに巻き込まれたら、彼に助けを求めればいいとわかっていた。私の人生で、そんな人はごくまれだった。たいていはアマンダ。時にはゼブ。そしてトビー。トビーは意外かもしれない――彼女はとてもタフでハードだから――でも溺れかけている時に摑まるには、ぐんにゃり柔らかいものはだめ。もっとしっかり堅固なものが必要だ。

創造の日

創造の日

教団暦五年

創造と動物の名づけについて

アダム一号の話

親愛なるみなさん、親愛なる仲間の創造物たち、親愛なる仲間の哺乳動物たち。

五年前の創造の日、この私たちのエデンクリフ屋上庭園は、ひどく荒れていました。都会のただれたスラム街と悪の巣窟に囲まれて。しかし今では、バラのように花開いています。

このような不毛の屋上を緑で覆うことで、私たちは世界を覆い尽くす腐敗と不毛から神の〈創造物〉を救済するささやかな役割を果たし、さらに汚染されていない食物を食べることができています。私たちの努力を無駄とみなす人々はいるでしょう。しかし、全ての人々が私たちを見習えば、愛する〈惑星〉にどれほどの変化をもたらすことができるでしょうか！　多くの困難な仕事が、私たちを待ち受けていますが、恐れることはありません、みなさん。私たちは臆せずして前進を続けましょう。

みなさん、日よけ帽を忘れなくてよかった。

さてこれから、年に一度の創造の日の祈禱をいたしましょう。

〈人間の言葉で表現された神の話〉は、〈創造〉について、古代の人間たちにわかる言葉で話されています。銀河や遺伝子については触れていません。そのような用語は彼らをものすごく混乱させたでしょう！　だからといって、古代の人間たちのための、世界は六日で創造されたという話を科学的事実として受け入れなければいけないのでしょうか、観察できているデータを無視してまで。文字通りの、そして物質主義的な狭い解釈で神を考えたり、〈人間〉の物差しで神を測ったりすることはできません。神の日々は無限であり、私たちの千年は神にとっては一晩のようなものです。他の宗教とは違って、私たちは、子どもに地質学について嘘をつくのがより高い目標を達成するために有用だと思ったことはありません。

〈人間の言葉で表現された神の話〉の冒頭を思い出してください。〈地球〉は形なく空っぽ、そしてそこへ、神が〈光〉を語り創られた。それこそ、〈科学〉が「ビッグバン」と命名した瞬間です。あたかも乱交パーティーでもあるように。でも、両方とも本質的には一致しています。〈闇〉。そして一瞬のうちに〈光〉。しかし確実に〈創造〉は継続的に起こっています。なぜなら、一瞬ごとに新しい星が生まれているではないですか？　みなさん、神の〈日々〉は連続的ではありません、同時発生しているのです。第一日と第三日、第四日と第六日とかが同時に。私たちは聞かされています、「あなたが〈霊〉を送られると、彼らは創られます。あなたは〈地〉のおもてを新たにされる」。

私たちは聞かされました。神の〈創造〉活動の五日目に、水に〈生き物〉が生まれ、六日目に乾いた土地に〈動物〉や〈植物〉や〈樹木〉が満ち満ちた。みんな祝福されて繁殖せよと言われた。そして最後にアダムが――つまり〈人間〉が――作られた。〈科学〉によれば、〈惑星地球〉に種が現れたのと同じ順序で、最後に〈人間〉が出現したのです。少なくともほぼ同じ、あるいはまあ、それに近い順序で。

次に何が起きるのでしょうか？　神は〈人間〉の前に〈動物〉を連れてきます。「人間が彼らを何と呼ぶか」を見るためにです。でも神はなぜ、アダムが選ぶ名前を前もって知らなかったのでしょうか？　この問いに対しては、アダムに自由意志を与えた、ゆえに神ご自身が事前に彼の行動を予期できなかったと答えるしかありません。今度あなたが肉食や物欲に誘惑された時に、このことを思い出してください！　あなたが次に何をするか、神さえご存知ないかもしれないのです！
神は〈動物たち〉を集めるとき、直接話しかけたに違いありません。しかしどんな言語を使われたのでしょうか？　みなさん、ヘブライ語ではありません、ラテン語やギリシャ語でも、英語でも、フランス語でもスペイン語でも、アラビア語でも中国語でもありません。そう、神は〈動物たち〉に彼らそれぞれの言葉で話しかけられたのです。〈トナカイ〉にはトナカイ語で。〈クモ〉にはクモ語で。〈ゾウ〉にはゾウの言葉。〈ノミ〉にはノミの言葉。〈ムカデ〉にはムカデ語で。〈アリ〉にはアリ語で。きっとそうだったに違いありません。

そしてアダムにとって、〈動物たち〉の〈名前〉は彼が話した最初の言葉でした――〈人類〉の言語が誕生した瞬間です。この宇宙的な一瞬、アダムは己の〈人間〉らしい魂の存在を主張するのです。〈名づけ〉とは――願わくば――挨拶することなのです。誰かを自分へ引き寄せること。さあ、想像してみましょう。アダムが愛と嬉しさで〈動物たち〉の〈名前〉を呼んでいます、まるでこう呼びかけるように。〝ああ、いらっしゃい、みなさん！　ようこそ！〟〈動物たち〉へのアダムの最初の行動は、愛と優しさ、そして、一体感からのものです。楽園から堕《お》とされる前の〈人間〉はまだ肉食ではありませんでした。〈動物たち〉はこのことを知っていたので、逃げません。ですから、その二度とない〈日〉は、〈地〉上の生きとし生けるものが〈人間〉に抱擁された平和な集いだったはずです。

親愛なる仲間の哺乳動物たちと仲間の人間たちのみなさん、私たちはなんと多くを失ってしまったことでしょう！　なんと多くを勝手気ままに破壊してしまったか！　どれだけたくさん、私たち自身の中に取り戻さなくてはならないでしょうか！

みなさん、〈名づけ〉の時はまだ終わっていません。神の目から見れば、私たちはまだ六日目を生きているのかもしれません。〈瞑想〉の時は、自分がまだその庇護のもとに揺すられていると、想像してくだ

さい。手を差しのべてください、あのような深い信頼を持ってあなたを見つめる優しい瞳に向かって

——その信頼は、流血の惨事と食欲、高慢と侮蔑にまだ汚されていないのです。

彼らの〈名前〉を呼んでください。

さあ、歌いましょう。

アダムがはじめて

アダムがはじめて生命の呼吸を
あの黄金の園ではじめたときは、
〈鳥〉と〈獣〉と仲良く暮らし、
神とも顔なじみだった。

人の〈霊〉がまず口にした言葉は
愛しい〈生き物たち〉の〈名前〉だった。
神がみんなに〈仲間意識〉を持って呼びかけ、
彼らは恐れずにやって来た。

彼らは遊び戯れ、歌い飛び回った——
一つ一つの動きが賛美だった
あの遠い日々を満たしていた
神の偉大な〈創造〉への。

なんと縮み衰え果てたことか、私たちの時代に
〈創造〉の偉大な種子は——

〈人〉が〈仲間意識〉を断ってしまったから
殺戮、色情、そして貪欲で。

ああ、この世で苦しむ愛しき〈ものたち〉よ、
どうやって、〈愛〉を復活させられようか？
〈心〉の奥でお前の〈名〉をあげて、
ふたたび〈友〉と呼びかけよう。

『神の庭師たち口伝聖歌集』より

3

トビー。ポドカープの日

教団暦二十五年

夜明け《デイブレイク》。日が割れること。トビーはこの言葉をくり返してみる。割る《ブレイク》、割った《ブロウク》、割れた《ブロウクン》。夜明けには何が割れるのだろう？　夜？　太陽が卵のように地平線で二つに割れて、光をこぼすの？

トビーは双眼鏡を手にする。木々は相変わらず邪気がないように見える。でも誰かが彼女を見つめている気がする――まったく動けない石や切り株さえ、彼女に気づき、悪意をいだいているみたいだ。

孤立感がそういった効果を生み出す。トビーは神の庭師たちの〈徹夜の祈禱〉と〈黙想の業〉でその対処法を訓練されていた。漂うオレンジ色の三角形、おしゃべりをするコオロギ、身もだえする植物の列、葉っぱの目。でも、そんな幻覚と現実をどうやって見分けられるのか？

今、太陽は完全に昇った――前より小さく見え、いっそう暑い。トビーは屋上から下りてくる。頭から足の先までピンクの全身服で覆い、虫除け剤のスーパーDをスプレーし、ピンクのつば広の日よけ帽をかぶり直す。それから正面ドアの鍵をはずし、庭の手入れをしに出て行く。かつてはここで、スパ・カフェ用に女性向け有機サラダ野菜を栽培していた――付け合わせ野菜、エキゾチックな遺伝子を接合《スプライス》した野菜やハーブ茶など。頭上は鳥よけのネットで覆われ、公園から迷いこんで来る緑ウサギやボブキティンやラカンクの侵入を防ぐ金網フェンスもあった。動物たちはあの〈洪水〉の前はそれほど多くなかったが、今は驚くほどの繁殖率で増えてきた。

トビーはこの庭に頼っている。貯蔵室の食料は底をつきかけている。彼女は何年もかけて今回のような緊急事態のために、十分と思われる食料を備蓄してきた。しかし、見積もりが低過ぎた。今や大豆食品のソイビッツとソイダインがなくなりかけていた。幸い、野菜畑のものはみんなよく育っている。ヒヨコマメは莢《さや》が出来はじめたし、ビーナナ（マメとバナナの異種交配）は花をつけている。ポリーベリーの灌木は形や大きさの異なる小さい茶色の突起で覆われている。彼女は何本かのホウレンソウを摘んで、緑色に光る小さい甲虫たちを指で払い落として踏みつけた。すぐに後悔して、彼らのために親指を地面に押しつけて墓をつくり、魂の解放の祈りをあげて赦しを願った。誰も見ていないが、身に染みついた習慣を破るのは難しい。

彼女は数匹のナメクジとカタツムリを移動させ、雑草をいくらか抜き、食用草のスベリヒユは残しておいた。あとで蒸せばいい。デリケートなニンジンの葉の上に二匹の明るいブルーの葛蛾の毛虫を見つけた。繁殖力の強い葛を生物学的に制御するために開発されたが、この毛虫は菜園野菜のほうが好きらしい。遺伝子接合の初期にはありがちなふざけた方法の一つで、開発担当者が大きい目と幸せな微笑みをたたえたベビーフェースを与えたので、とても殺しにくい。トビーは、愛らしい顔の大きな顎《あご》でがつがつと食べる彼らをニンジンから剝ぎ取るや、ネットの端を持ち上げてフェンスの外へ放り出した。戻ってくるのは間違いない。

建物に戻る途中、彼女は路傍にイヌの尻尾を見つけた。アイリッシュセッターのようだ。長い毛に金属片や小枝がもつれている。ハゲワシがそこに落としたのだ、きっと。ハゲワシはしょっちゅう物を落とす。トビーは、あの〈洪水〉が起きてからの数週間に、ハゲワシたちが落とした他のものは、考えまいとした。最悪だったのは人の指。

トビーの手は分厚くなってきた。根っこさながら、硬くて茶色。土を掘り返してばかりいるからだ。

4

トビー。聖バシール・アラウズの日

教団暦二十五年

トビーは早朝、暑くなる前に水浴びをする。午後の豪雨の水をためるために、屋上にバケツとボウルをいくつも置いておく。スパには専用の井戸があるが、ソーラー・システムが壊れたのでポンプが使えない。トビーは洗濯も屋上でして、ベンチの上に広げて干す。使用済みの水はトイレ用に使う。まだたくさん残っている石鹼はどれもピンク。体にこすり付けてからスポンジで落とす。体が縮んでいる。しわしわになってやせ細ってきた。もうじき、ささくれみたいになってしまう。でも、もともとほっそり型だった――〝ああ、トビアサ、あなたみたいな体形になれたら!〟女性たちはよく言っていた。

トビーは体をふいて、ピンクのスモックを着る。〝メロディー〟と名札が付いている。名札を付ける必要はない、他にもう誰もいないのだから。そこでトビーは他人の名札が付いたスモックを着はじめた。〝アニータ〟、〝キンターナ〟、〝レン〟、〝カーメル〟、〝シンフォニー〟。あの娘たちはとても明るく、希望に満ち満ちていた。でも、レンは違った。悲しげだった。でも早く出て行ってしまった。

災難に襲われて、やがて全員が去ってしまった。愛があれば救われると信じて、家族の元へ帰って行った。「先に行っていいわ、私が戸締りするから」、トビーは彼女たちに告げた。そして鍵をかけた、自分を中に閉じ込めて。

トビーは長い黒髪をごしごし洗い、濡れたまま髪をくるくるまとめた。早く切らなきゃ、髪が多過ぎて暑くてたまらない。それにマトンのような臭いがする。

髪の毛を乾かしていると、妙な音が聞こえた。用心しながら屋上の手すりのそばに行く。プールの周りを大きなブタが三匹嗅ぎ回っている。雌が二匹で、雄が一匹。丸々したピンクがかった灰色の体に朝の光が照りつけている。レスラーのようにテカテカしている。普通よりずっと丸々して大きい。トビーは前にも草原でこんなブタたちを見かけたことがあった。でもこんなそばまでやって来なかった。脱走、そうに違いない、どこかの実験農場か何かから。

ブタたちはプールの浅い方に集まり、鼻をぴくぴくさせながら、まるで考え込むようにプールを見つめている。泡立った汚水に浮かぶラカンクの死臭を嗅いでいるのかも。死骸を捕ろうとしているのか？　互いに低く鼻を鳴らし合うと、プール際から離れる。悪臭はブタにも酷過ぎるのだ。立ち止まって、もう一度鼻を鳴らして、建物の角の方へ駆けて行く。

トビーは手すり沿いに動きながら、ブタたちを目で追う。ブタは菜園のフェンスを見つけて中を覗く。一匹が土を掘り始める。トンネルを掘って入り込むのだ。

「こら、出て行け！」トビーはブタに向かって叫ぶ。彼女を見上げるが、無視する。

トビーは転ばないように全速力で階段を下りる。馬鹿ね！　いつもライフルを持ってなくちゃ。ベッドサイドからライフルを摑むと、急いで屋上へ駆け上がる。一匹に狙いを定める——雄ブタだ、撃ち易い、横を向いているから——でも、待って。神様が〈お創りになったもの〉。正しい理由がなければ決して殺してはいけない。そうアダム一号は言った。

「あっちへ行け！」ブタに向かって怒鳴った。意外にも言葉が通じたらしい。前に武器を見たことがあるのかも——スプレーガンとかスタンガンを。ブタたちは悲鳴を上げると、身を翻して走り去る。

草原を四分の一ほど行った時、ブタは後で戻ってくるだろうという思いがトビーに浮かんだ。夜間にフェンスの下を掘って、彼女の菜園を根こそぎ荒らすだろう。それで長期用の食料備蓄はなくなってしまう。ブタは撃ち殺さなければならない。自己防衛だ。トビーは引き金を引いて撃つが、はずしてしまう。また撃つ。雄ブタが倒れる。雌ブタは二匹とも走り続ける。森の端にたどり着いたとき、振り返ってこちらを見返す。そして、森の緑の中に溶け込んで消えた。

トビーの手は震えている。命をひとつ奪ってしまった、と自分に言う。あわてて怒りにかられて行動したわね。罪を感じなさい。でも、台所のナイフを持って表へ出て、ハム用に切り取ろうかと考える。神の庭師たちに入ったとき〈菜食主義の誓い〉をたてたが、今となってみれば、ベーコン・サンドイッチは大きな誘惑だった。しかし、抵抗する。動物性蛋白質は最終的手段であるべきだ。

トビーは神の庭師たちのお決まりの謝罪の祈りを呟く。でも、謝る気分ではない。あるいは、申し訳ないと思っていないのかも。

トビーは射撃練習をしなければならない。雄ブタを撃ったが、最初ははずれ、雌ブタたちは逃がしてしまった——へたくそだった。

近頃は、ライフルをおろそかにしてきた。これからはどこに行くにもライフルを携帯しよう——水浴びに屋上へ上るときも、トイレに行くときも。菜園にも——特に菜園へ行くときこそ。ブタは賢いから、彼女を覚えるだろう。決して容赦しないかも。外へ出るときはドアの鍵をかけるべきか？　もし急いでスパの建物へ走って戻らねばならなくなったら？　しかし、ドアの鍵を開けっ放しにしたら、庭で仕事をしている間に、誰かが、あるいは何かが屋内に入り込んで待ち伏せするかもしれない。

あらゆる面から考えなければ。神の庭師の子どもたちが年中唱えていた。〝城壁のないアララトは決してアララトではない〟。そして〝守ることができない城壁は造ったとたんに壊されてしまう〟。神の庭師たちは教訓的な詩歌を好んだ。

5

トビーは最初の災害発生から数日後、ライフルを探しに行った。女たちがピンクのスモックを脱ぎ捨てて、アヌーユーから逃げ出した夜だった。

これは通常の伝染病ではなかった。数十万人が死んだ後、バイオ機器や漂白剤で収まるようなものではなかった。神の庭師たちがしばしば警告していた〈水なし洪水〉だ。あらゆることがそれを示していた。まるで翼に乗っているかのように空気中を飛び、火のように町を焼き払い、細菌だらけの群衆や恐怖や虐殺が広がった。どこもかしこも停電し、ニュースは途切れがちだった。システムの管理者たちが死に、組織網は壊れていった。まるで世界が崩壊したみたいだった。だからトビーにはライフルが必要だった。一週間前なら、ライフルは違法だった。所持が見つかれば死刑にされた。しかし今やそんな法律は関係なかった。

出かけるのは危険だろう。昔住んでいたヘーミン地《プリーブ》まで歩かねばならない――交通機関は動いていないはず――ごく短期間だけ両親が持っていたみすぼらしい小さい中二階の家を見つけ出さなきゃ。埋めてあった場所からライフルを掘り出さなければ。誰にも見られなければよいのだが。

あそこまで歩くのは問題ないだろう。体調は整えておいた。危険なのは群衆だ。途切れがちだが電話で聞けるニュースによると、あらゆる場所で暴動が起きている。

夕暮れ時にドアに鍵をかけて、トビーはスパを出た。広い芝生を横切り、森の道を通って北玄関へと向かった。かつては客たちが木陰を散歩した道だ。そこなら彼女の姿は人目につきにくい。いくつかの白熱灯がまだ通路を照らしている。緑ウサギが灌木の中へ飛び込んだり、ボブキティンが前を横切りながら振り向いて輝く目でトビーを見つめた。でもトビーは人間には出会わなかった。

門は少し開いていた。襲われるかもしれないと半ば思いながら、用心してすり抜けた。そしてヘリテージ・パークを横切りはじめる。人々は一人、あるいは集団で町から出ようと、あたふたそばを通り過ぎて行く。無秩序に広がるヘーミン地の街並みを通り抜けて、田舎に避難しようと。咳や子どもの泣き声が聞こえた。トビーはあやうく地面に倒れている人に躓《つまず》くところだった。

公園のはずれまでたどり着いた時は、もう真っ暗だった。トビーは木から木へと、影に沿って道の端を進んだ。大通りは車、トラック、ソーラーバイク、バスなどで混雑し、ドライバーたちは警笛を鳴らし叫んでいた。転覆して燃え上がった車も何台かある。商店では略奪の真っ最中。コープセコーの連中の姿は一切なかった。彼らは自分の身を守るため、真っ先に現場を捨てて、ゲートのあるコーポレーションの要塞へ逃げ込んだに違いない。そしてトビーはもちろん願った、致命的なウイルスがあの人たちにも付いていますように、と。

どこかから、銃声が聞こえた。じゃ、もうみんな裏庭を掘り返しているんだわ。ライフルを隠しているのは彼女だけじゃない。

車をぎっしりくっつけて、通りの先にバリケードが築かれている。防衛隊がいるが、武器は何だろう？　見える限り、金属パイプを使っているようだ。怒った群衆が叫んだり、レンガや石を投げつけている。通り抜けて、都会から逃れたいのだ。バリケードを守る側はどうしたいのか？　きっと略奪だ。

強姦と金品、そしてとるに足らないものを。
〈水なし洪水〉が起きた時は、とアダム一号はよく語っていた。人は溺れまいと自らを守るでしょう。どんな藁《わら》でも掴もうとするでしょう。みなさん、その藁にならないように。しがみつかれたら、いや、触られただけでも、一緒に溺れてしまいます。

トビーはバリケードから離れた——迂回しなければならない。暗闇に潜み、かがみ込んで木立の後ろを進み、公園の縁を通った。やがて、かつて神の庭師たちが市場を開き、子どもたちが遊んだ土壁ハウスのある空き地にたどり着いた。トビーはその背後に隠れて、何かが起きるのを待った。案の定すぐ、すさまじい衝撃と爆発音が聞こえた。みんなの頭がそちらへ向いている間に、トビーは歩いて渡った。走らない方がいい、とゼブが教えてくれた。走って逃げるとかえって狙われる、と。

横道は人で溢れていた。トビーは身をかわしてよけて行った。手術用手袋をはめて、クモとヤギの遺伝子接合の糸からできた防弾チョッキを着ていた。一年前にアヌーユーの警備室から盗んだものだ。さらに先の尖ったエア・フィルター付きの黒いマスクをつけた。庭の納屋からシャベルと金テコを持ち出していた。両方ともいざという時は、相手に致命傷を与えられる。ポケットにはアヌーユー・トータル・シャイン・ヘアスプレーが入れてある。目を狙えば強力な武器になる。都市流血制限《アーバン・ブラッドシェッド・リミテーション》クラスでゼブから多くを学んだのだ。彼によれば、まず防止すべきは自分自身が殺されることだった。

トビーは北東へ向かった。高級住宅地のファーンサイドを通り抜け、建て付けの悪い狭い家々のあるビッグボックス地区に入り、照明が暗くて人通りの少ない細道を忍び歩いた。他人に構う余裕がない数人が通り過ぎた。引ったくりらしきティーンエージャーが二人足を止めたが、トビーが咳き込みはじめてかすれ声で「助けてちょうだい！」と言うと、さっさと逃げていった。

真夜中近く、いくつか曲がり角を間違えた後――ビッグボックス地区では通りがみんな同じに見えた――トビーは両親の昔の家に着いた。明かりはなく、車庫に通じるドアは開いていた。表のガラス窓は粉々に割られていた。中に誰かいるとは思えない。今の住人たちは死んだか、よそへ移った。まったく同じ造りの隣家も同様。ライフルが埋めてある家だ。

トビーはちょっと立ち止まり、頭の中を打つ血の音を聞きながら気を静めた。〝ドク、ドク、ドク〟。ライフルはまだそこにあるのか、ないのか。あれば、ライフルを持っていける。なければ、ダメ。パニックになってもどうしようもない。

彼女は泥棒のようにこっそりと、隣の家の裏木戸を開けた。真っ暗で、何の動きも見えない。夜に咲く花の香り。ユリ、葉タバコ。それに混じって、幾ブロックか先で何かが燃えている臭い。炎が見えた。葛蛾が顔をかすめていった。

テラスの石の下に金テコを押し込み、端を摑んで、石を持ち上げた。それを何度も繰り返した。三個のテラス石。それからシャベルで掘った。

胸がドクンと鳴り、もう一回鳴った。

あった。

泣いちゃダメ、自分に言い聞かせた。ビニール袋を裂いて、ライフルと弾薬を摑んで、ここを立ち去るのよ。

最悪の暴動を避けて通ったので、アヌーユーに戻るのに三日かかった。屋外の階段に泥まみれの足跡があったが、侵入された形跡はなかった。

6

ライフルは旧式な、ルガー社の四四・九九ディアフィールドで、父親のものだった。トビーが十二歳の時、父が射撃を教えてくれた。あの頃のことは、今ではキノコによる色鮮やかな幻覚状態のように思える。体の中心を狙え、と父は教えた。頭など狙って時間を無駄にするな。動物の場合だよ、と言った。

家族はやや田舎の方に住んでいた。スプロール現象が眺望を侵食する前だった。白い木造の自宅は十エーカーの樹木に囲まれて、リスがいた。第一世代の緑ウサギも。ラカンクはいなかった。まだ異種交配の新種は造られていなかった。シカはたくさんいて、母の菜園に入り込んできた。トビーは二頭しめて、調理の下ごしらえを手伝った。今でもあの臭いと、ヌラヌラ光る腸《はらわた》を思い出す。家族はシカのシチューを食べ、母は骨でスープを作った。でも大抵は、トビーと父は空き缶やゴミ捨て場のネズミを撃っていた。まだゴミ捨て場があった。よく練習したので、父は喜んだ。「うまいぞ」と言ってくれた。

父は息子が欲しかったのだろうか？　たぶんね。誰でも射撃を学ぶべきだ、と言っていた。父の世代は、災難が降りかかったら誰かを撃たねばならない、それは赦される、と信じていた。

やがてコープセコーが公共の安全のために武器を非合法にした。自分たちだけ新発明のスプレーガンを保持するようになったので、急に庶民は公には武器を持てなくなった。父は自分のライフルと在庫の弾薬を、廃棄された杭でできた柵の山の下に埋めて、トビーが必要となった時のために隠し場所を教えておいた。コープセコーは金属探知機で発見できただろう——一斉捜査をしているという風評はあった——でも彼らにしても全地域を調べることはできないし、父は無害と見なされた。エアコンを売る、取るに足りない人物というわけだ。

やがて開発業者が父の土地を買いたいと言ってきた。付け値はよかったが、トビーの父は拒否した。今いる場所が好きだ、と言った。近くのショッピング地域でヘルスワイザーのサプリメントのフランチャイズ店を経営するトビーの母もそう言った。両親は二度目の申し出も三度目の申し出も断った。業者は「お宅の周辺を開発する」と言った。トビーの父は「かまわない」と答えたが、この頃にはすでに主義の問題となっていた。

世の中はまだ五十年前と変わっていないと父さんは思っていた、とトビーは思う。あんなに頑固にならなければよかったのに。あの頃すでにコープセコーは権力を強化しはじめていた。コーポレーションのための一民間警備会社として営業しはじめたのに、地元警察が資金不足のために崩壊したとき、乗っ取ってしまった。コーポレーションが運営資金を出していたから最初の頃は人々はこのことを喜んでいたが、今やコープセコーはあらゆる所に触手を伸ばしはじめていた。父さんは折れるべきだった。

まず父はエアコン会社を解雇された。保温窓《サーマルウインドー》を販売する職を得たものの、給料は下がった。その後トビーの母が奇病にかかった。いつも健康に気をつけていた人だから、なぜそんな病気になったのか、わからなかった。運動をし、野菜をたくさん食べて、ヘルスワイザーの強いバイタルビット・サプリメントを毎日服用していた。彼女のようなフランチャイズ店主は、ヘルスワイザーのお偉方と同じように、個別な特注パッケージでサプリメントを手に入れることができた。

母はサプリメントをさらに飲んだが、それでも衰弱し、どうしてよいかわからず、急速に体重も減った。まるで自分の体にいじめられているようだった。ヘルスワイザー会社のいくつもの診療所で多くの検査が行われたが、どの医者も診断を下すことができなかった。彼らは関心を示した。母が自社製品の忠実な利用者だったから。会社お抱えの医者たちによる特別診療が行われた。でも治療代は請求された。フランチャイズ会員家族の割引があるとはいえ、高額だった。しかも病名がつかなかったため、両親が掛けていたささやかな健康保険は医療費の支払いを拒否した。公的保険は自己資産がゼロの人の医療費しかカバーしなかった。

もっとも、共同ゴミ捨て場みたいな公共診療所なんかには行きたくないけれど、とトビーは思った。患者の舌をつついて、まだ持っていない細菌とウイルスをいくらかくっつけて、家へ帰すだけだった。

トビーの父は、家を二番抵当に入れて、医者や薬や在宅看護師や病院に金をつぎ込んだ。しかし、トビーの母は衰えていく一方だった。

やがて父親は白い家を、最初の申し出よりずっと低い価格で売らざるをえなくなった。取引が成立した翌日、ブルドーザーが来て家は取り壊された。両側に超大型店がいくつもあるので通称ビッグボックスといわれていた新しい分譲地に、父は中二階のある小さい家を買った。父はライフルを杭柵の下から掘り出して、こっそり新しい家へ持ち込み、狭くて、何も生えていない裏庭のテラスの敷石の下にまた埋めた。

それから、父は保温窓の仕事を失った。妻の看護のために休みを取り過ぎたせいだった。ソーラーカーも売らなければならなかった。やがて、家具が一つずつ消えていった。家具は大した値段で売れなかった。人は相手の絶望状態を嗅ぎ分ける、と父はトビーに語った。つけ込むんだ。

それは電話での会話だった。家族は金に困っていたものの、トビーがなんとか大学へ通っていたからだ。彼女はマーサ・グレアム・アカデミーからわずかな奨学金をもらい、不足分を学生食堂のウェイトレスをして補っていた。家に帰って母親の看護を手伝いたかった。母は病院から出され、階段を上れないので一階のソファに寝ていた。でも父はだめだと告げた。トビーにできることは何もないから、大学にいなさい、と。

とうとうみすぼらしいビッグボックスの家まで売りに出さねばならなくなった。トビーが母の葬式に帰った時、芝生に売家の看板が立っていた。父はすでにボロボロ。屈辱と苦痛と喪失感が父を蝕み、もはやほとんど何も残っていない状態だった。

母の葬式は簡単で、わびしかった。葬式のあと、トビーは父とがらんとした台所に座っていた。二人で六本パックのビールを空けた。トビーは二本、父が四本。トビーがベッドに入った後、父は空っぽの車庫へ行き、ルガー銃を口に入れて引き金を引いた。

トビーは銃声を聞いた。即座に何だかわかった。台所のドアの後ろに立てかけられたライフルを見ていた。理由があって掘り出したに違いない。でもトビーはあえてその理由を考えなかった。

トビーは車庫に行って状況を正視する勇気がなかった。ベッドの中で、先のことを考えた。どうしたらいいのか？　当局に連絡すれば——たとえ医師や救急車であっても——銃弾の傷を発見してライフルを取りあげるだろう。そうしたら、非合法の銃を所持した、公然の法律違反者の娘としてトラブルに巻き込まれる。それならまだましだが、トビーに殺人の容疑をかけるかもしれない。

何時間もたった気がしたが、トビーはなんとか車庫に行ってみた。中をあまりよく見ないようにする。父の残骸を毛布に包み、さらにビニールの頑丈なゴミ袋に入れ、粘着テープで密封してテラスの敷石の下に埋めた。ひどく辛かったが、父はわかってくれると思った。父は実際的ながら、内面はセンチメンタルなところもあった――電動工具を物置におきながら、誕生日にはバラの花を贈ってくれるのだ。もし実際的なだけなら、離婚書類を持って病院へ行っただろう。妻の病状が悪化して金がかかり過ぎると、多くの夫がよくそうするのだ。妻が病院から放り出されても知らん顔。自分の金を守る。しかし、トビーの父はありったけの金を使い果たした。

トビーはありふれた宗教にはあまり関心がなかった。家族みんながそうだった。地元の教会へ行ったことはある。近所の人たちが通っているし、そうしないと商売に響いたからだ。でも、聖職者にはイカサマ師が多いし、信徒には間抜けが多過ぎる、と家で二、三杯飲んだあとに、父が言うのを聞いたことがある。それでも、トビーはテラスの敷石の上で短い祈禱を囁いた。〝肉体は土にかえる〟。それから、はけで砂を割れ目にかけた。

彼女は再びライフルをビニール袋に包むと、空き家らしい隣家のテラスの敷石の下に埋めた。窓は暗いし、車は見えない。抵当流れになったのかもしれない。それでトビーは思い切って隣に侵入したのだ。もし父の死体が地中に納まってから裏庭が掘り返されたとき、ライフルがそばにあれば、それも発見されてしまう。だからライフルは今置いたところに置いておきたいと思った。「いつ必要になるか、わからないぞ」、父はよく言っていた。まさに本当だ。わかるはずもない。

近所の人が一人か二人、暗闇で土を掘るトビーを見たかもしれない。でも、誰かに言うとは思えない。彼らも武器を埋めているだろう自分たちの裏庭近くに、災いを招きたいとは思わないはずだ。

トビーは車庫の床の血痕をホースで洗い流して、シャワーを浴びた。それからベッドに入る。泣きたい思いを抱えて、暗闇の中で横たわっていた。でも感じたのは寒さだけ。まったく寒くないのに。

父が亡くなった今、自分が所有者であることを知らせずに家を売ることはできなかった。報告すれば、大型ゴミ容器いっぱいのゴミをひっかぶることになる。例えば、死体はどこだ、どうやって死んだのか？　それで、朝になって軽い食事をとってから、トビーは皿を流しに置いて家を出た。スーツケースさえ持たずに。詰める荷物なんてあるの？

おそらくコープセコーがわざわざ彼女の足跡をたどることはないだろう。彼らにとって何の得にもならない。どっちみちコーポレーション系列の銀行があの家を手に入れるだろう。もし彼女の失踪が誰かの関心を引くとすれば、大学かもしれない。彼女はどこへ行ったのか、病気になったのか、事故にあったのか。そしたら、コープセコーは、新規従業員をリクルートしているポン引きと彼女が一緒にいるのが最後に目撃されたという風評を流すだろう。トビーのような若い娘に起こりやすいケースだ。絶望的な困窮の極み。明らかに親類縁者なし。貯金や信託資金やよりどころもなし。人々は首を振るだけ。気の毒だが何もしてあげられない。少なくとも、あの娘には市場価値が、つまり若い尻がある。だから飢え死にはするまい。誰も罪の意識を持たずにすむのだ。コープセコーはいつも、行動に金がかかるときは風評を流して代用する。彼らは最低限主義を信奉していた。

トビーの父親に関しては、妻の葬式代の支払いをせずにすむように、彼は名前を変えて一層貧しいヘーミン地に消えたと誰もが決めてかかるだろう。そんなことはしょっちゅう起きていた。

7

それからはトビーの苦難の時が続いた。証拠を隠し、まんまと姿をくらましたが、父親の負債の返済を求めて、コープセコーがトビーの行方を捜すかもしれない。没収できるほどの金をトビーは持っていないけれど、女性債務者がセックス業に就かされる話はいくつもあった。セックスで生計をたてねばならないとしても、少なくとも売上は自分の手元におきたいとトビーは思った。

彼女は身分証明書を焼いた。新しいのを買う金はない。DNA注入なしの、あるいは肌色交換なしの安価な偽造証明書さえ買えない。だから、ちゃんとした職につけなかった。そういった仕事はたいていコーポレーションにコントロールされていた。だが、ずっと底まで沈んでしまえば――名前は消え、履歴は嘘ばかりだから――コープセコーは放っておいてくれるだろう。

トビーは小さい部屋を借りた――前に学生食堂の仕事で貯めた金がまだ残っていた。自分だけの部屋だから、怪しげなルームメートに数少ない所有物を盗まれずにすむ。最悪のヘーミン地の一つで、火災のときは逃げ口がない商業ビルの最上階の部屋だ。そのヘーミン地はウィロー・エーカーズという名前だったが、地元民たちはそこを汚水沼《スーイッジ・ラグーン》と呼んでいた。大量の汚物がそこに集まったからだ。トビーは不法滞在のタイ人六人と共同でバスルームを使った。彼らはひっそり暮らしていた。コープセコーにとって、不法滞在者の強制退去は金がかかり過ぎる、だから群れの中で病気にかかったウシを見つけた時に農民がやる手を使うそうだ。つまり射殺し、土中に埋めて、知らん顔。

下の階には、絶滅の危機にある生物を使った、スリンク(早産児)という名の高級服店があった。極端な動物愛護主義者の目をくらますために、店内の売り場ではハロウィン用コスチュームを売りながら、裏部屋では皮をなめしていた。換気管を通して悪臭が昇ってくる。トビーは換気管に枕を押しこんだが、狭い部屋には化学薬品と腐った脂身の臭いが立ち込める。時には動物の吠え声や鳴き声もする。店内で殺していたのだ。顧客たちはレイヨウに見せかけたヤギ皮とかクズリ(イタチ科)に似せて染めたオオカミの皮など欲しがらない。本物であることを自慢したいのだ。

皮を剥いだ死骸はレアリティ(珍味)というグルメ・レストランのチェーン店へ売られた。一般向けのダイニングではウシとラムとシカとバッファローの肉を出した。病気にかかっていないという保証付きだから、生焼けのレアでもいい。店名の「レアリティ」はそういう意味だというのが建前だ。しかし会員制の、用心棒に守られた個人向けの宴会場では、絶滅の危機に瀕した動物を食べることができた。利益は莫大だった。トラ骨入りワイン一ビンがダイヤの首飾りと同じ値段だった。

厳密には、絶滅の危機にある動物の売買は違法だった――高い罰金が科せられていた――しかし非常に儲かる商売だった。近隣の者は店のやっていることを知っていたが、自分たちの心配事を抱えていたし、密告すれば、危険だ。ポケットの中にはまた別のポケットがあり、コープセコーはどのポケットにも手を突っ込んでいた。

トビーは毛皮の着ぐるみを着るサンドイッチマンの仕事を得た。安い日雇い仕事で、身分証明書を見せる必要がなかった。漫画の動物の頭をかぶり、ニセ毛皮の服を着て、首から広告看板をぶら下げ、高級ショッピングモールやブティック街を歩き回るのだ。しかしニセ毛皮の中は暑くて湿っぽく、視界も限られている。最初の週には毛皮フェチの変態連中に三度も攻撃された。彼らはトビーを押し倒すと大きな頭部を回して外を見えなくしておいて、自分たちの下腹部を彼女の毛皮服にこすりつけながら、奇妙な声を立てた。一番よく聞き取れたのはニャオという声だった。強姦ではなかった――実際の体はどこも触られていない――でも気味が悪かった。それに、クマやトラやライオンやその他の絶滅危惧種の動物など、階下で処理される音が聞こえる動物の格好をするのは不快だった。だから、その仕事はやめた。

それから髪の毛を売って当座の現金を作った。髪市場はまだモ・ヘア養羊業者によって衰退させられていなかった――そうなったのは数年後だ――まだ何も訊かずに誰からでも髪を買うダフ屋がいた。その頃トビーの髪は長かった。髪は最高品のブロンドではなくミディアム・ブラウンだったが、まあまあの値段で売れた。

髪の毛を売って作った金を使い切ると、闇で卵子を売った。若い女性の卵子は最高値を得ることができた。必要な賄賂を払えない夫婦や、完全不適格ということで親になる免許を当局から買えない夫婦に卵子を提供するのだ。しかし、トビーは卵子提供は二回しかできなかった。二回目のとき採取針が感染していたからだ。その頃はまだ、卵子取引業者は何か問題が起きた時には治療費を払ってくれた。それでも、トビーの回復には一ヵ月かかった。三回目を申し出た時は、合併症があったから、もう二度と卵子提供はできない、因みに、彼女はもう子どもは持てない、と業者が告げた。

それを聞くまで、トビーは子どもが欲しいなんて考えたこともなかった。マーサ・グレアムでは、ボーイフレンドがいた。彼はよく結婚や家族のことを話した。名前はスタン。でもトビーは言った。そういうことを考えるには二人はまだ若くて、貧乏過ぎると。彼女が勉強していたのはホリスティック・ヒーリング(全体観的治療)——学生たちが俗に言うローション(外用薬)とポーション(内服薬)——で、スタンは難問管理学と四式記帳資産創造企画で、優秀な成績を上げていた。彼の家族は裕福ではなかった。さもなければ、マーサ・グレアムのような三流大学に入っていなかっただろう。だが、絶対に成功してみせるという大志を抱いていた。穏やかな夕暮れを一緒に過ごす時など、トビーは花の調合剤や薬草エキスを彼に塗ってあげた。それから、元気旺盛な、薬草の香りのするセックスをひとしきり行い、シャワーを浴びて、塩と脂肪分のないポップコーンを食べたものだ。

　でも、自分の家族が没落しはじめると、トビーはスタンとの関係は続けられないと思った。大学での日々もまもなく終わるとわかっていた。だから関係を断ち切った。彼の恨みがましいメールにも応えなかった。将来がないからだ。彼は専門職同士の結婚を望んでいたので、彼女はもはや失格だった。どうせ泣くなら、あとより今のほうがいい、と自分に言い聞かせた。

　しかし、結局自分は子どもが欲しかったのだ。図らずも不妊症になったことがわかった時、トビーは体内から光がすっかり流れ出てしまった気がした。

　あの知らせを聞いたあと、彼女は卵子提供で貯め込んであった金を現実逃避のヤク漬けのバカンスに使い果たしてしまった。しかし見知らぬ男たちのそばで目覚める生活は、たちまちスリルを失った。特に彼らが彼女の小銭をかすめる癖に気づいてからは。四、五回そんな目にあってから、決断しなければならないとトビーは思った。生きたいのか、死にたいのか。死ぬなら、迅速にやる道はいくつかある。生きるなら、違った生き方をしなければならない。

　一夜をともにした、汚水沼では親切と言える男の世話で、ヘーミン地ギャング団が牛耳る商売の仕事を見つけた。ヘーミン地ギャング団の仕事なら身分証明書や身元照会の必要はなかった。もしレジの金に手をつけたら、即座に指を切られるだけだ。

トビーの新しい職場はシークレットバーガーというチェーン店だった。シークレットバーガーの秘密《シークレット》とは、どんな動物の蛋白質が入っているのか、誰も知らないことだった。カウンターの女店員たちは〝シークレットバーガー！　みんな秘密がお好き！〟と書かれたTシャツと野球帽を身に着けている。最低の賃金だったが、毎日二個のシークレットバーガーがもらえた。後に神の庭師たちに入り、〈菜食主義の誓い〉を立ててからは、トビーはバーガーを食べた記憶を忘れようとした。だが、アダム一号がよく言っていたように、飢餓は良心を作り変える強力な機能を持つ。挽肉機の効率は百パーセントではない。バーガーにネコの毛やネズミの尻尾の切れ端が混じっていることもある。一度は、人間の爪が入っていたこともあったのでは？

それはあり得た。地元のヘーミン地ギャング団たちは目こぼししてもらうためにコープセコーの連中に金を払った。引き替えに、コープセコーはギャングたちが常套的に行っている小規模の誘拐や暗殺、大麻栽培や安コカイン精製やヤクの路上販売、商売道具のセックスショップなどを見逃してやっている。ギャングたちは死体処分も行っており、死体から移植用の臓器を摘出し、臓器を抜いた死骸をシークレットバーガーの挽肉機にかけている。そうした最悪の噂が立っていた。シークレットバーガーの黄金時代には、空き地で見つかる死体はほんのわずかだった。

もし、いわゆる実録TV暴露ショーなんてものがあったら、コープセコーは捜査をするふりをするだろう。やがて「未解決」事件のリストに入れ、放棄するのだ。コープセコーは、昔の理想を述べたてる市民たちに対して、平和の守護者、公共安全の執行者、街の警護者のイメージを保持したいのだ。そんなことは当時でも笑い話であったが、完全な無政府状態よりコープセコーの方がましだと、人々は思っていた。トビーですら同じ気持ちだった。

その前の年、シークレットバーガーはやり過ぎた。コープセコーの重要ポストの一人が汚水沼にスラム見学に来た後で、挽肉機係が彼の靴を履いているのが見つかったのだ。そこでコープセコーはバーガー店を閉鎖した。しばらくの間、野良ネコたちは穏やかな夜を過ごせた。しかし、数カ月後にはお馴染みのグリル屋台が復活した。これほど原料費が低い商売なら、誰かがやらないはずはない。

8

トビーはシークレットバーガーの仕事を取れたと知って、嬉しかった。家賃が払えるし、飢える心配はない。でもその後、落とし穴に気づいた。

それはマネジャーだった。ブランコという名前だが、バーガー店の女の子たちは陰では〝デブ〟と呼んでいた。トビーと同じシフトで働くレベッカ・エクラーはさっそく彼の話をした。「あいつのレーダー圏内に入らないこと」と彼女は言った。「あんたは大丈夫かもしれない。今はあのドラとやっている。やつは一度に二人はやらないからさ。あんたはやせの方だし、あいつは丸っこいお尻が好みだから。でもね、オフィスに来いと言われたら、用心しなよ。あいつはひどいやっかみだから、女の子を八つ裂きにしちゃうのさ」

「あんたも呼ばれたことあるの?」トビーは訊いた。「オフィスに?」

「神を讃えてつばを吐け」とレベッカは言う。「あいつの目には私は黒過ぎてひどく不快なんだ。それに好みは子ネコで、年寄りネコじゃないのさ。あんたもしわくちゃにしたら。歯の二、三本かち割ってさ」

「あんたは不快なんかじゃないわ」、トビーは言った。茶色の肌と赤い髪とエジプト人の鼻を持つレベッカは、実際には実にきれいだった。

「そういう意味で不快ということじゃないよ」とレベッカは言う。「扱いにくいのさ。あたしらジェラックは一般人が関わりたくない二種類の人間なんだよ。あいつは知っているのさ。あたしは黒レッドフィッシュ団をあいつにしかけることができるのを。奴らは凶悪ギャング団だ。その上、ウルフ・イザヤ教徒もね。悲嘆にくれるどころじゃなくなるよ！」

トビーにはそんな後ろ盾はなかった。ブランコがいる時は目立たないようにしていた。彼にまつわる話はいろいろ聞いていた。レベッカによると、ブランコはかつて汚水沼の最高級クラブ、ウロコの用心棒だった。用心棒は身分が高い。彼らは黒いスーツに身を包んで黒めがねをかけ、エレガントだがタフな様子で歩き回り、女たちを群がらせていた。でも、ブランコは大失態をしたのさ、とレベッカは言った。あいつはウロコ・クラブの女の子をやっちまったのさ——密入国した不法滞在の臨時雇いではなく、あの子たちはしょっちゅうやられているけどね、トップスターの一人、花形ポールダンサーをね。そんな奴は置いてはおけない——自分の衝動を抑えられずに商品を台無しにするような男はね——と言うわけで、ブランコは解雇されたんだ。ラッキーだったね、コープセコーに友だちがいたのさ。さもなかったら、臓器を抜き取られた死骸になって、炭素系ゴミオイル用大型ゴミ箱（熱転換で有機ゴミをオイルに変える）に捨てられるところだったわ。代わりに、汚水沼のシークレットバーガー店に送られた。ひどい格落ちだから、腹立たしかったのさ。ふしだらな女のせいでこんな目にあうとはね。だからブランコはこの仕事が憎いんだよ。でも女たちを自分の特典とみなした。同じような元用心棒の仲間二人が、彼のボディーガードをかねていて、奴らはブランコのおこぼれをいただいている。ただし残り物があればだけどね。

ブランコは、角ばった、たくましい用心棒体型をまだ保っていたが、肥りはじめていた。ビールの飲み過ぎさ、とレベッカは言った。禿げかかった後頭部に用心棒らしいポニーテールをたらし、両腕をびっしり刺青で飾っている。腕にはヘビがとぐろを巻き、手首には髑髏《どくろ》の腕輪。手の甲の動脈と静脈は刺青で皮膚がむけているように見えた。首の回りに彫った刺青の鎖には、赤いハート形の錠前があり、開いたシャツのV字から覗く胸毛の中に納まっていた。聞いた話だと、鎖は背中を垂れ下がって、頭を奴の尻の穴に突っ込まされたさかさまの裸の女に絡まっているそうだ。

トビーは、自分のシフトの交替要員としてグリル屋台へやって来るドラを観察していた。もともとぽっちゃり型で楽観的だったドラは、何週間か経つうちに、やせ衰えてきた。白い腕にはあざが広がっては薄れていく。「ドラは逃げたいんだ」とレベッカが囁いた。「でも怖いのさ。あんたもここから出た方がいいかも。あいつはあんたに目をつけてるよ」

「私は大丈夫」とトビーは言った。本当は大丈夫どころか、怖かった。でも他に、どこへ行ったらいいの？　日銭で暮らす身の上。貯えもない。

翌朝レベッカがトビーを手招きした。「ドラが死んだよ」と。「逃げようとしたんだ。聞いたばかりだけど、死体が空き地で見つかったんだって。首をへし折られ、八つ裂きにされていたらしい。きちがいにやられたんだってさ」

「でもあいつなの？」トビーは訊いた。

「あたりまえさ、あいつさ」とレベッカは鼻であしらった。「自慢してるよ」

その日の正午、ブランコはトビーをオフィスへ呼びつけた。二人の子分がその命令を伝えにきた。二人はトビーをはさんで歩く、万一逃げたりしないように。三人が通りを歩いていると、人が振り返って見る。まるで処刑場へ連行されるみたい、とトビーは思った。チャンスがあった間に、なぜ逃げ出さなかったんだろう？

オフィスは、炭素系ゴミオイル用大型ゴミ箱の裏に隠れた汚い扉の後ろにあった。狭い部屋には机とファイル棚と古びた革の長椅子があった。にやにやしながら、回転椅子からブランコが立ち上がった。

「おい、やせっぽち、おめえを出世させてやるぜ。礼を言いな」

やっとの思いで声をしぼり出した。首を絞められているような気がした。

「このハート、見えるか?」ブランコが刺青を指しながら言った。「おめえをかわいがってやると言うことだ。おめえも俺様がかわいいか?」

トビーはなんとか首を縦に振ることができた。

「お利口さんだ」とブランコは言った。「こっちへ来な、俺のシャツを脱がせな」

背中の刺青はレベッカが言った通りだった。裸の女が鎖に巻かれており、頭は見えなかった。長い髪の毛が炎のように揺れていた。

ブランコは皮膚がむけたような両手をトビーの首に置いた。「俺を怒らせてみろ、小枝のようにへし折ってやるからな」

9

とても悲惨な状況で家族が亡くなり、自分自身は公には行方不明者となって以来、トビーは今までの人生を考えないようにしてきた。氷で覆って凍結した。でも今は過去へ帰りたいと必死で願っていた——悪い出来事も悲しみも含めて——現在の生活はそれほど苦しかった。彼女はとうの昔にはるか彼方に行ってしまった両親が、守護神のように見守ってくれる姿を思い浮かべようとしたが、霞《かすみ》しか見えなかった。

ブランコのお抱え女になっていたのはわずか二週間足らずだったが、何年にも感じられた。奴の考えはこうだった。トビーのようなやせ尻女に、ぶち込みたがる男がいるだけでも幸せと思え。ましてや臨時雇いとしてウロコ・クラブに売られないのは運がいい。あそこじゃ長生きできないからな。幸運の星に感謝しろ。いや、自分にこそ感謝すべきだ。だから、いつも屈辱的な行為のあとで礼を言わせた。しかし、彼女が快楽を感じることは望まず、服従だけを求めた。

シークレットバーガー店の仕事は休憩なしだった。ブランコへのサービスはランチタイムにさせられた——それもまるまる三十分——トビーは昼食をとる暇もなかった。

彼女は日に日に飢えて、げっそりしていった。かわいそうなドラと同じように、青あざが広がってきた。絶望に駆られてくる。このまま行ったらどうなるか、先は見えている。暗いトンネルしかない。じきに精根尽きてしまうだろう。

さらに悪いことに、レベッカはどこかへ消えてしまった。行き先は誰も知らない。どこかの宗教団体と一緒に行ったという巷の噂だ。ブランコは気にもかけていなかった。レベッカは彼のハーレムに属していなかったから。彼はさっさとシークレットバーガー店での彼女の代わりを雇った。

トビーが朝のシフトで働いていた時、道の向こうから奇妙な行列がやって来た。彼らが掲げるプラカードや歌っている歌からみて、宗教関係だと思った。でも今まで見たことのある宗派とは違っていた。多くの狂信的なカルト集団が苦しんでいる魂のために歌を輪唱しながら、汚水沼地区を巡回していた。既知の実教徒《ノウンフルーツ》や石油洗礼教徒《ペトロバプティスト》、その他の富裕層向け宗派は汚水沼を避けたが、いくつかの古くからある救世軍のバンドが、ドラムやフレンチホルンの重みで喘ぎながらよろよろ通って行くことはあった。ターバンを巻いた純心信仰仲間《ピュアハートブレズレン》スーフィ教徒たちがいくつも練り歩くこともあり、黒装束の古代文明人教徒やサフラン色の衣を着たクリシュナ教徒が鐘を打ち鳴らし、歌いながらやって来て、通行人にやじられたり、腐った野菜を投げつけられたりした。ライオン・イザヤ教徒とウルフ・イザヤ教徒はいずれも辻説法をするのだが、顔を合わせれば喧嘩になった。平和王国が実現した暁に、ヒツジに寄り添って横たわるのが、ライオンなのかオオカミなのかで反目し合っていた。いったん争いがはじまれば、ヘーミン地のドブネズミ連中がいっぱい群がる。浅黒いメキシコ系テキサス人、青白いリントヘッド、黄色アジア連合《フュージョン》、黒レッドフィッシュ団などが負けた方に襲い掛かり、衣服を剝ぎ取り、金目の物や、持ち運べる物なら何でも略奪していくのだ。

行列が近づくにつれて、トビーにははっきり見えてきた。リーダーはヒゲをたくわえ、妖精たちを集めて縫い合わさせたようなカフタンを着ていた。彼の背後には子どもの集団が従っていて――背丈も肌の色もいろいろ違っていたが、みな一様に黒い服を着ている――スローガンを書いた石板を掲げていた。〝神の庭には神の庭師たちを！　死を食べるな！　動物は私たち人間だ！〟子どもたちはボロをまとった天使、あるいはホームレスの小人のように見える。歌っていたのはこの子どもたちだった。〝肉はダメ！　ノー・ミート！　ノー・ミート！〟今や彼らは唱和していた。トビーはこのカルト集団について聞いたことがあった。彼らはどこか屋上に庭園を持っているそうだ。乾いた土塊、萎《しお》れたマリゴールドが数本、みすぼらしく並ぶ粗末なマメなどが容赦ない太陽に照りつけられている庭。

　行列はシークレットバーガーの屋台の前で止まった。人が集まってきて、ヤジを飛ばそうとしはじめた。「みなさん」とリーダーが群衆に語りかけた。彼の説教は長くは続かないだろう、とトビーは思った。汚水沼の住民は我慢しないから。「親愛なるみなさん、私の名前はアダム一号です。私もかつては物質主義の無神論者で、肉を食べていました。みなさんと同じように、〈人間〉こそあらゆるものの尺度だと思っていました」

「黙りやがれ、エコ狂いめ」と誰かが叫んだ。アダム一号はこれを無視する。「実はみなさん、私はデータこそあらゆるものの尺度だと思っていました！　そう――私は科学者でした。伝染病を研究していました。死んだ動物や死にかけた動物、そして人間たちまで、まるで小石のように数えていました。数字だけが〈現実〉を正確に描写すると思っていました。ところが――」

「とっとと消えろ、馬鹿やろう！」

「ところが、ある日、今丁度みなさんが立っておられる所に立って、ガツガツ――そうです！――ガツガツとシークレットバーガーを貪り、脂身の味を楽しんでいたまさにその時、偉大な〈光〉を見たのです。偉大な〈声〉を聞いたのです。その〈声〉は言いました――」

「『たらふく食えよ』ってな！」

「その〈声〉は言ったのです。仲間の〈創造物たち〉を殺してはいけない！　顔のついたものは一切食べてはいけない！　自分の〈魂〉を殺してはいけない！　そして……」

トビーは群衆が、押し寄せて来ようとする動きを感じた。この哀れな愚か者は地面に踏み潰されてしまうだろう、神の庭師たちの小さい子どもたちと一緒に。「行きなさい！」トビーは大声を張り上げた。

アダム一号は彼女に向かって、優しい微笑を浮かべ、優雅なお辞儀をした。「わが子よ、自分が何を売っているのか、わかっていますか？　もちろんあなたは、自分の親族を食べたりはしないでしょう」

「食べるわよ、もしお腹がそこまでぺこぺこなら。お願い、行って！」

「あなたはよほどつらい目にあってきましたね、わが子よ」とアダム一号は言った。「あなたは何も感じない、硬い殻で身を覆ってしまった。でもその硬い殻は本当のあなたではない。殻の中には温かく優しい心や親切な〈魂〉があり……」

殻のことは本当だ。自分がかたくなになったのはわかっていた。でも殻は鎧だ。鎧がなければ自分は潰されてしまう。

「このクソッたれが絡んできてるのか？」ブランコが言った。いつものようにトビーの背後にヌーッと現れて、手を彼女の腰に回した。見なくても目に浮かぶ。静脈と動脈。そして赤むけたような肌。

「大丈夫。何もしないわ」、トビーは言った。

アダム一号は立ち去る気配はなかった。誰も何も言わなかったように話し続ける。「わが子よ、あなたはこの世をよくしたいと思っている――」

「私はあんたの子どもじゃないわ」。自分が今や、誰の子どもでもないことは、いやというほどわかっていた。

「私たちはみんな、お互いの子どもなのです」とアダム一号は悲しそうな面持ちで言った。

「消えちまえ、ぶっ飛ばされねえうちに！」ブランコが言う。

「お願い、行って、怪我をしないうちに」、トビーは必死に急き立てた。この男は恐怖を知らない。トビーは声をひそめて急き立てた。「行って！　今すぐ！」

「怪我をするのはあなたです」とアダム一号は言った。「毎日ここに立って、神の愛する〈生き物〉を切り刻んだ肉を売っている。それがあなたをもっと傷つけているのです。さあ、私たちのところへいらっしゃい――私たちはあなたの友だちです。あなたの場所もちゃんとあります」

「お前の汚い手を俺の店員から離せ、このクソ変態やろう！」ブランコは叫んだ。

「ご迷惑ですか、わが子よ」ブランコを無視して、アダム一号は言った。「私は触れてもいませんし……」

ブランコは屋台の後ろから出て来て飛びかかったが、アダム一号は攻撃されるのに慣れているようだった。彼が脇によけたので、ブランコは歌っている子どもたちの群れに突っ込んで、何人かを巻き添えにしながら倒れた。ティーンエージャーのリントヘッドがすばやく彼の頭を空ビンで殴り――ブランコは近所の人気者ではなかった――彼は頭から血を流しながら、倒れた。

トビーはグリル屋台の前に走り出た。本能的にブランコを助け起こそうと思ったのだ。そうしないと後でひどい目にあうから。レッドフィッシュ団のヘーミン地ドブネズミ連中がブランコを蹴ったり殴ったりし、アジア連合たちが彼の靴をもぎ取ろうとしたりしていた。群衆が身近に押し寄せてきたが、ブランコはやっきになって起き上がろうとしていた。二人のボディーガードはどこにいるのやら。影さえ見えなかった。

トビーは不思議に気分が高ぶった。そこでブランコの頭を蹴とばした。何も考えていなかった。イヌのように歯をむき出して笑っている自分。自分の足が彼の頭蓋骨に当たるのを感じた。タオルで覆った石のようだ。やったとたんに、過ちに気づいた。なぜこんな馬鹿なことをしたのだろう？

「さあ、一緒にいらっしゃい」とアダム一号は彼女の肘を引っ張って言った。「そうした方がいい、どっちみち、仕事をなくしたんだから」

今やブランコのヤクザ護衛が二人戻ってきて、ヘーミン地ドブネズミたちを殴っていた。ブランコは朦朧としながらも目をカッと見開いてトビーを睨みつけた。彼女が蹴ったのはわかったようだ。それよりまずいのは、公衆の面前で恥をかかせたことだ。面目を潰されたのだ。今にも身を起こして彼女を八つ裂きにするだろう。「このアマ！」としゃがれ声をあげた。「乳房を切り落としてやる！」

トビーはたちまち子どもたちに囲まれた。二人が彼女の手を握り、あとの子らが前後に列を組んで親衛隊となった。「急げ、急げ！」と叫びながら、彼らはトビーを引っ張ったり押したりして道を走った。

背後で怒鳴り声がした。「戻ってこい！　クソアマ！」

「早く、こっちへ」、一番背の高い少年が言った。アダム一号が最後尾を守って、一団は汚水沼地区の路地を駆け抜けて行く。行進のようだった。人々が見つめている。トビーはパニック状態で、その上非現実的な感覚だった。少しめまいさえ感じた。

人混みがまばらになってきて、悪臭もそれほどひどくはなくなった。板を打ちつけられた商店の数も減ってきた。「もっと急いで！」とアダム一号が言った。横丁を走り抜け、いくつかの角をすばやく曲がると、叫び声も遠くなってきた。

近代初期の赤レンガ造りの工場に着いた。正面には「パチンコ」と書かれた看板があり、その下のもっと小さいのにはこう書かれていた。「スターダスト個室マッサージ、二階、何でもお好みのサービスあり。鼻の美容整形は別料金」。子どもたちは建物の脇へ走り込んで、非常階段を上りはじめ、トビーも後に続いた。彼女は息を切らしたが、子どもたちはサルのようにすばやく駆け上った。屋上に着くと、「私たちの〈庭〉にようこそ」、一人ずつ言っては彼女を抱きしめた。トビーは体を洗っていない子どもたちの甘くて塩辛い匂いに包まれた。

思い出す限り、トビーは子どもに抱きつかれたことがなかった。子どもにとってはただの礼儀だろう、遠い親戚のおばさんを抱くように。でも、トビーにとっては、言葉では言い表せない体験だった。ぼんやりと優しくて懐かしい感じ。ウサギに鼻をすり寄せられたような。ただし、火星からきたウサギたちだ。とにかく感動的だった。彼らの触れ方は、個人的ではないが親しみのある、性的でもない触れ方だった。昨今のトビーの生活では、彼女に触れるのはブランコの手だけだったから不思議な感じがしたのだろう。

大人たち――女たちは黒っぽいぶかぶかのドレスを着て、男たちはつなぎの作業服だった――も挨拶の手を差しのべた。そこに突然レベッカがいた。「よくやったね」と彼女は言った。「みんなにあんたのことを言ったの。きっと連れ出してくれると思っていたよ！」

その〈庭〉は噂に聞いて予想していたのとはまったく違っていた。腐りかけた野菜くずが散らばるカラカラの干潟どころか、まったく逆だった。トビーは感嘆して周りを見回した。とても美しく、見たこともない多くの種類の植物や花があった。色鮮やかなチョウが舞い、すぐそばでハチがブンブン飛び交う。花びらも葉っぱも一枚一枚とても生き生きし、彼女に気づいて輝いていた。〈庭〉の空気さえ違うのだ。

トビーは安堵と感謝で泣いてしまった。まるで大きな慈悲深い手が上から伸びてきて、彼女を抱き上げ、安全に守ってくれているようだった。後に、アダム一号が「神の〈創造〉の〈光〉に満たされて」と言うのをよく聞くことになるのだが、その言葉を知る前に、まさにそう感じたのだった。

「あなたがこの決断をしてくれて、とても嬉しい」とアダム一号は言った。

しかし、トビーは決断をした覚えはまったくなかった。何か他のものがそうさせてくれたのだ。後にいろいろな事が起きるが、彼女はこの瞬間を決して忘れなかった。

最初の晩、トビーの入信を祝ってささやかなお祝いが開かれた。紫色のジャムのビンが大げさな調子で開けられた——トビーにとっては初めてのニワトコの実だった——そしてハチミツのビンがまるで聖杯のようにおごそかに出された。

アダム一号は神の救いについて短いスピーチをした。火の中から取り出された燃えさしと一匹の迷える子ヒツジの逸話は、前に教会で聞いたことがあったが、他の聞いたことのない救いの例も挙げられた。住まいを移されたカタツムリや風で落ちたナシとか。その後で、一同はレンズマメのパンケーキと、ピラーお手製の酢漬けマッシュルーム・メドレー(キノコの盛り合わせ)という料理を食べた。続いて紫色のベリーとハチミツがのった大豆パンを食べた。

最初の興奮が静まるとトビーはぼうっとなり、不安になった。どうしてこんなところへ来たのかしら、こんなありそうにもない、なぜか心乱されるところへ。みょうちきりんな宗教を信じ、そして——今は——歯を紫にして、異様だけども優しい人たちの中で、私は一体、何をしているんだろう?

10

　神の庭師たちと暮らしはじめて数週間は、安心できなかった。アダム一号からは何の指示もなかった。ただ見守っているだけで、見習い期間なのだろうとトビーは解釈した。みんなと調子を合わせよう、必要なら手伝おうとしたが、彼らの日課作業には向いていなかった。イブ九号のヌアラが望むような、細かいステッチは縫えないし、何度かサラダに血をたらしてからは、野菜を切る仕事はやめるようレベッカに言われた。「赤いビートのように見せたければ、あたしならビートを入れるよ」とレベッカは言った。トビーが間違えてアーティチョークを抜いてしまうと、庭野菜担当のアダム十三号のバートから草むしりをしないよう言われた。でも、バイオレット・バイオトイレの掃除ならできた。特別訓練の要らない単純作業だ。それがトビーの仕事になった。

　アダム一号はトビーの努力にちゃんと気づいていた。「バイオトイレはそんなに悪くないでしょう?」ある日トビーに言った。「なんと言っても、ここではみんな、厳格な菜食主義者だからね」。何を言っているのかと思ったが、はっと気がついた。そんなに臭くないと言っているんだ。イヌというよりはウシということね。

　神の庭師の位階制を理解するのにしばらくかかった。敬虔さではみんな同じだが、人材レベルでは違うとアダム一号は力説した。アダムたちとイブたちの位は高かった。彼らの号数は重要性による序列というよりも専門知識を示していた。いろんな面で、僧院に似ている、とトビーは思った。中枢の参事会と平修道士たち。そしてもちろん、平の修道女。ただし純潔の定めはなかった。

トビーは本当の改宗者ではないのに改宗者のふりをして、神の庭師たちの歓待を受け入れているので懸命に働いてお返しをしなければいけないと思っていた。バイオレット・バイオトイレ掃除の他にも作業をした。非常階段を上って屋上に新しい土を運んだ。その供給源はあった。廃屋ビルの敷地や空き地から集めて、堆肥やバイオトイレの副産物と混ぜ合わせるのだ。使い残しの石鹼を溶かしたり、ビンからビンに移したり、酢にラベルを貼ったりとかもした。彼女は命の木ナチュラル製品販売会用に虫を包装した。光を求めて走れランニングマシンジムの床をモップで拭いたり、屋上のすぐ下の階の寮の小部屋を掃除したりした。教団の独身者たちが毎晩そこで、乾燥植物材を詰めたフトンで寝ていた。

数カ月ほど経った頃、アダム一号は彼女の別の能力を役立てたらどうかと言った。「どんな別の能力?」トビーは訊いた。

「あなたはホリスティック・ヒーリングを勉強したんでしょう?」アダム一号は訊ねた。「マーサ・グレアムで?」

「ええ」、トビーは答えた。アダム一号がどうして彼女のことを知っているか訊くまでもない。とにかく彼は知っていた。

そこで彼女は各種の薬草ローションやクリームを作りはじめた。あまり切り刻む必要はないし、すりこぎでこねる強い腕っぷしは持っている。それからまもなく、アダム一号はこの技術を子どもたちに伝授するよう要請したので、いくつかの日常の講習を日課に加えた。

今では、トビーは女性たちが着る黒い袋のような服にも慣れた。「髪の毛を伸ばした方がいいわね」、ヌアラが言った。「その坊主頭はやめなさい。私たち教団の女性たちはみんな髪を長くしているの」。トビーが理由を訊くと、神が審美的なものを好むことを理解するように促された。この種の微笑みをたたえた、上から目線の信心ぶりは、トビーには押しつけがましく思えた。特に女性信者たちのは。

時々教団を去ろうかと思った。一つには、恥ずべき動物性蛋白質への渇望に定期的に襲われたから。「たまには、シークレットバーガーを食べたくならない？」トビーはレベッカに訊いた。レベッカは彼女の昔の世界から来た人だ。彼女となら、こんな話ができる。

「そりゃあるよ」、レベッカは言った。「そう思うことはある。バーガーに何か入れてるんだね――違いないね。中毒になりやすいものを」

食べ物はまあまあだった――限りある食材でレベッカはできるだけの腕を振るった――でも変化がなかった。それに、お祈りは退屈で、神学のごった煮だ――もしまもなく地球上から人間全てが消滅すると信じるのなら、なぜそれほどライフスタイルをこまかく限定しなくてはいけないのか？　庭師たちはまもなく大災害が起きると確信しているが、トビーの見る限り確固たる証拠はない。おそらく鳥の内臓を見て予言しているのだろう。

人口過多と邪悪な行為のために人類滅亡の危機が迫っているのに、庭師たちは自分たちは除外されると思っていた。彼らは、アララトと呼ぶ秘密の場所に隠した食料を食べながら、〈水なし洪水〉の中を漂って生き延びるつもりなのだ。この洪水をうまく切り抜けるための浮遊装置については、自分たちが〈方舟《はこぶね》〉になる。自分たちが集めた親しい動物たち、あるいは少なくともそれらの動物の名前を乗せておく。このようにして彼らは生き延び、〈地球〉を再生させる。そんな筋書なのだ。

トビーはレベッカに、教団の説く大災害を本当に信じているのかと訊いたが、レベッカは引き込まれない。「みんないい人たちだよ」としか言わない。「なるようにしかならない、としか言えないね。だから気にしないの」。そしてトビーに、ハチミツ入り大豆ドーナツをくれた。

いい人かどうかは別として、この現実からの逃避者たちと一緒にいつまでも我慢してはいられないと思った。しかし、おおっぴらに立ち去ることはできない。それはあまりに露骨で恩知らずだ。とにかくこの人たちは命を助けてくれた。そこで思った。非常階段を下りて、寝室階とその下のパチンコ屋とマッサージパーラーの階を通り越し、暗闇にまぎれて逃げる。そしてヒッチハイクしてソーラーカーに乗ってもっと北のどこかの都市まで行く。飛行機は問題外だ。高過ぎるし、コープセコーが厳しく見張っている。たとえお金があっても、超高速列車には乗れない——身分証明書を調べられるが、トビーは持っていない。

それだけではない。ブランコはまだヘーミン地街で彼女を探しているだろう——ブランコと彼の二人のヤクザ護衛が。俺から逃げきった女は一人もいない、というのが彼の自慢だった。遅かれ早かれ、彼はトビーを探し出して、仕返しをする。トビーの蹴りはとても高くつくだろう。その代償は、公開の集団強姦か殺されてさらし首だ。

トビーの居場所をブランコが知らないなんてことはあり得るだろうか？　あり得ない。ヘーミン地ドブネズミギャングたちは、こまめに噂を手に入れてはブランコに売りつけてきたのだから、トビーの居場所も知っているに違いない。彼女は通りを歩くのを控えてきたが、ブランコが非常階段を上って屋上にいる彼女を追いかけて来ないわけはない。ついにトビーはアダム一号に恐れを告げた。彼はブランコのことも、彼のやりそうなことも熟知していた——ブランコの行動を見たことがあるのだ。

「教団の人たちを危険にさらすことはできません」、トビーは告げた。

「ねえ、トビー。私たちといれば安全だよ。というか、まあまあ安全です」とアダム一号は言った。ブランコは汚水沼地区のヘーミン地ギャングだ、と彼は説明した。それに対して神の庭師たちは隣のシンクホール〔下水口地区〕にいる。「それぞれのヘーミン地にそれぞれのギャング団」と彼は言った。「暴力団抗争のとき以外は互いのシマに入らない。いずれにせよ、コープセコーが連中を仕切っていて、うちの情報によると、私たちのところは立ち入り禁止にしているそうです」

「なぜわざわざそんなことをしたんでしょうか?」トビーは訊いた。

「神の名が入っているものを傷つけることは、彼らのイメージが悪くなるからです」とアダム一号は言った。「コーポレーションは社内にいる石油洗礼教徒や既知の実教徒たちの影響を考慮して、そんなことは許さない。宗教団体が爆破事件を起こしたりしない限り、彼らは〈霊〉を敬うし、信教の自由を支持している。彼らは個人資産の破壊を避けたいのだよ」

「私たちを好きになるはずがないです」

「もちろんそうです。彼らは私たちを食物過激主義者で、ファッションセンスが悪く、買い物に対して禁欲的なへそ曲がりの狂信者たちとみなしている。しかし、彼らが望むものを私たちは何一つ持っていないからテロリストとは見なさない。トビー、安心してお休み、天使に守られていますよ」

変わった天使にね、とトビーは思った。みんなが光の天使じゃないわ。でも彼女は安心して眠った。がさつく乾燥植物材のマットレスで。

アダムと全ての霊長類の祝祭

アダムと全ての霊長類の祝祭

教団暦十年
神が人間を創り給うた方法について
アダム一号の話

神の庭である地球上の親愛なる仲間の神の庭師のみなさん。

この美しいエデンクリフ屋上庭園にお集まりいただけたのは、まことにすばらしいことです！〈子どもたち〉が拾い集めたプラスチック製品で作ったすばらしい創造物の木を、楽しく拝見しました――悪の素材がよい目的に使われた、優れた実例です！　そして、これからいただく〈親睦〉の食事が楽しみです。去年収穫したターニップ(カブ)でレベッカが作ったおいしいターニップパイ。もちろんイブ六号のピラーの好意による酢漬けマッシュルーム・メドレーも楽しみにしています。またトビーの教師への昇格を祝います。彼女は献身と勤勉な努力により、一たび〈真理〉の光を見たら、人は多くの苦しい体験と内面的障害を克服できることを私たちに示してくれました。トビー、私たちはあなたを大変誇りに思っています。

アダムと全ての霊長類の祝祭に際し、私たちは〈霊長類〉を私たちの祖先と確認します――この確認は、傲慢にも進化論を否定する人たちの激怒をもたらしました。さらに、私たちをこういう姿に創造された〈聖なる〉摂理をも信じます。それは、「神は存在しない」と心の中で言い続ける科学偏重の愚者たちを怒らせています。彼らは神を試験管に入れて、重さや寸法を測ることができないことが、神の不在を証明すると主張しています。しかし、神は純然たる〈聖霊〉なのです。それなのに、〈測れないもの〉を測ることができないことが、そのものの不在を証明するなんて、どうして結論づけられるのでしょうか？神はまさしく〈非物質〉であり、その〈非〉物質性を通してこそ、そしてそのことによって、全ての物質的なものが存在するのです。なぜなら、もしそのような〈非〉物質性がなかったとしたら、過剰な物質性で存在は超満員となり、ものの区別がつかないでしょう。それぞれ異なる物質的なものの存在こそ、神の〈非〉物質性を証明しているのです。

神が〈地球〉の基礎を築かれた時、すなわち物質のひと塊ともうひと塊の間に神自らの〈霊〉を挿し挟み、そのようにして形あるものを創り出された時、科学偏重の愚者たちはどこにいたのでしょうか？「朝の星たちが共に歌った」時、彼らはどこにいましたか？でも、心の中で彼らを赦しましょう。私たちの今日の仕事は、彼らを叱責することではありません。謙虚に、私たち自身の地球におけるあり方を考える日なのです。

神は〈人間〉を純粋な神の〈言葉〉から創ることもできました。しかし、この方法はお使いになりませんでした。神はまた、〈地球〉の塵から人間を創ることもできました。ある意味ではまさにそうなさったと言えます。「塵」という言葉が示すものは、全ての物質的存在を構築する原子と分子に他ならないからです。さらに神は、〈自然淘汰〉と〈性淘汰〉の長い複雑なプロセスを通して私たちをお創りになりました。これこそ、〈人間〉に謙遜を植え付けるための神の精巧な工夫に他なりません。私たちを「天使よりちょっと低い」ものに創られましたが、他の面では――〈科学〉が証明しているように――私たちの仲間の〈霊長類〉に非常に近いものに私たちを創ってくださいました。現世の傲慢な連中は、この事実に自尊心を傷つけられています。私たちの食欲、欲望、もっと抑制しにくい数々の感情――これらは全て〈霊長類〉と同じです！　始原の〈楽園〉からの〈転落〉は、そういった霊長類の行動パターンや欲求に基づく無邪気な行動から、意識的に恥じながらの行動へと〈転落〉したのです。そしてそこから生まれたのが私たちの悲しみ、不安、猜疑、神への怒りなのです。

実のところ――他の〈動物たち〉のように――私たちは祝福され、生めよ増やせよ、かくして〈地〉を満たせよと命じられました。しかし、満たすためにはしばしば、いかに屈辱的で攻撃的で痛ましい方法を取らねばならないか！　私たちが罪と恥の意識を持って生まれたのは当然です！　なぜ神はご自身のような純粋な〈霊〉に、私たちをお創りにならなかったのか？　なぜ私たちを消滅する物質、不幸にも〈サル〉のような物質に埋め込まれたのか？　昔からこのような嘆きが聞かれます。

どの戒律に私たちは違反したのでしょうか？　〈動物〉としての生活を真に実直に生きようという戒律――例えば衣類をまとわないことなど――です。しかし、私たちは善と悪についての知識を渇望した。そしてその知識を得た。今その報いとしてひどい罰を受けているのです。自分を高める努力の結果、はるか奈落に落ち込んでしまった。今もさらに転落し続けています。〈創造〉と同じく〈転落〉も継続していきます。私たちのは強欲への転落です。なぜ私たちは〈地球〉上のものは全て、自分たちに属すると考えるのでしょうか？　現実には私たちが〈全てのもの〉に属するのです。私たちは〈動物〉の信頼を裏切りました。そして世話係としての聖なる業務を汚しました。「〈地〉を満たせよ」という神の戒律は、人間ばかりを増やして、他の全てを消滅させせよという意味ではなかった。どれほど多くの〈種〉を私たちはすでに絶滅させてしまったのでしょうか？　神の〈創造物〉のもっとも小さいものにまでしたことは、神ご自身に対してやったことになります。みなさん、そのことをよく考えてみてください。いつかまた、〈ミミズ〉を靴で踏みつけたり、〈昆虫〉を罵ったりする時にです。

自分たちこそあらゆる〈創造物〉のなかで唯一〈魂〉をもつ例外的生物と考える傲慢な過失を犯さないよ

う祈ります。さらに、自分たちは他の〈命あるもの〉の上にあるから、他の命を好きなだけ破壊しても罰を受けないと、勝手に思い込まないように祈りましょう。

ああ、神様、あなたに感謝します。私たちを、天使に劣るものとしてだけではなく、多くの仲間の〈生物〉につながるDNAとRNAの結合としてお創りくださったことを。

さあ、歌いましょう。

ああ、私を高慢にさせないで

ああ、神様、私を高慢にさせないでください、
自分を上位のものとみなさないように
他の〈霊長類〉の遺伝子を通して
私たちはあなたの〈愛〉に包まれてきました。

万年も、そしてさらに万年も、あなたの〈日々〉、
あなたの条理は理解を超えていました、
でもあなたのDNAの調合から
情熱、知性、そして学習を得られました。

あなたの道をいつもたどることはできません
〈サル〉と〈ゴリラ〉を通しても、
それでも全ては守られています
あなたの〈天界の傘〉のもとに。

そしてもし、私たちが傲り高ぶり
虚栄と自尊心で膨れあがったら、

アウストラロピテクスを呼び戻してください、
私たちの中の〈動物〉を。

そうして私たちを遠ざけてください、
攻撃、怒り、欲望など悪い傾向から。
自分たちの卑しい生まれや、
〈霊長類〉の子孫を軽蔑させないでください。

『神の庭師たち口伝聖歌集』より

11

レン
教団暦二十五年

あの夜のことを思い返すとき――〈水なし洪水〉が始まったあの夜――異常なことなんて何も思い出すことができない。七時ごろ、お腹がすいたのでミニ冷蔵庫からジョルトバーを出して半分食べた。私は何でも半分しか食べない。私のような体型の娘は太るわけにはいかないの。豊胸インプラントをすべきかどうか、一度モーディスに訊いたことがあるけれど、薄暗い照明なら未成年のふりができるさ、と言われた。女学生演技はお呼びがよくかかった。

懸垂《けんすい》とケーゲル体操を一通りこなしたところで、モーディスにテレビ電話で呼び出されて、元気かと訊かれた。私がいなくて困っているんだって。私のように客をのせられる者はいないから。「レン、お前なら奴らに千ドル札を吐き出させることができるもんな」。私はキスを送った。

「お前、尻の形はだいじょうぶか?」と彼が訊いたから、私はテレビ電話に自分の後ろ姿を写した。「めちゃくちゃいいぞ」と彼は言った。自分が醜く感じられる時でも、きれいになった気分に彼はさせてくれた。

それからスネイクピット〈ヘビ穴〉の部屋をモニターでチェックし、音楽にのせてアクションとダンスができているか、見た。自分のいないところで全てが行われているのを見るのは、不思議な気がした。

まるで自分が消されちゃったようだ。クリムゾン・ペタル（真紅の花びら）はポールに絡みつき、サボナは私の代わりに空中ブランコをやっていた。すてきだった——きらびやかで、緑色で、しなやかで、新しい銀色のモ・ヘアをつけて。私もあれにしてみようか考えているところだった——鬘《かつら》よりいいし、絶対はずれない——でも何人かの女の子たちは、ラムチョップのような臭いがする、特に雨の中では、と言っていた。

サボナはちょっと不器用だった。あの子は空中ブランコタイプではない。ポールタイプだ。上半身が大き過ぎて——ビーチボールみたいに膨れてしまっていた。彼女を短剣で突き刺して、後ろから息を吹きかければ、まっさかさまの顔面強打のワザをしただろう。「何だってうまくゆけばいいの」、サボナは言った。「それで、これは受けるの」

今まさに、彼女は片手を股に入れ、両脚を広げて逆さ開きの芸をしている。まだ未熟だと思ったけれど、下にいる男たちは芸の出来にはまったく関心がない。彼女がうめく代わりに笑ったり、空中ブランコから本当に落ちたりしない限り、サボナをすばらしいと思うだろう。

私はスネイクピットの画面を消し、他の部屋の様子をざっと見たが、あまり何も起きていなかった。フェティシストはいない。鳥の羽毛で覆ってもらいたいとか、おかゆを塗りたくって欲しいとか、ビロードの綱で縛って欲しいとか、熱帯魚のグッピーと一緒に身もだえしたい連中なんていなかった。ごく日常的なセックスばかりだった。

それからアマンダに電話した。私たちはお互いにとって家族だった。子どもの頃は二人とも野良犬だったと思う。それが絆だ。

アマンダはウィスコンシンの砂漠で、バイオアートのインスタレーションの作業中だった。彼女はこれをいたずらアートと呼んでいた。今回はウシの骨だった。十年前の大旱魃以来、ウィスコンシンはウシの骨だらけだ。関係者たちは水不足で死ななかったウシたちを他へ移すより、皆殺しにした方が安上がりだと判断した。アマンダは、燃料電池式フロントエンド・ローダー二台を使い、不法滞在のメキシコ系テキサス人二人を雇って、ウシの骨を引きずって地面にデザインを描いていた。上空から見ないとわからない大きなものだった。でっかい大文字で綴った文字だった。後でそれにパンケーキ用シロップを塗って、すっかり虫で覆われるのを待って、上空からビデオ撮影して画廊に展示するつもりだった。アマンダはものが動き、成長し、やがて消えるまでを観察するのが好きだった。

アマンダはいつもいたずらアートが制作できるほどのお金を調達できた。文化好きのサークルではちょっと有名だった。大きくはないけれど、裕福なサークルだった。今回はコープセコーのトップの一人と取引してた――ビデオ撮影のために、彼女をヘリコプターに乗せることになっていた。「ミスター・ビッグとバタバタの取引をしたんだ」って――私たちの間では、電話でコープセコーとかヘリコプターとは絶対に言わなかった。彼らはロボットにそういう特別の言葉を盗聴させていたから。

アマンダのウィスコンシン作品は〈生きてる言葉〉というシリーズの一部だった。彼女は冗談で言っていた。神の庭師たちからインスピレーションを得たのさ、彼らは物事を書き留めておくことをひどく抑制したからね、と。アマンダはまずは一文字単語の、〝I〟、〝A〟、〝O〟から始めて、次に〝It〟のような二文字単語、さらに三文字から四文字、そして五文字とか綴っていく。今は六文字まで進んでいた。それぞれ異なる材料で書かれていた。魚のはらわたや有害物汚染で死んだ鳥や、解体ビルの敷地で拾った、使用済みの料理油で燃やされた便器など。

彼女が書いた新単語は〝*kaputt*（やられた）〟だった。前に私にそう話してくれた時は、メッセージを送ってるわけよ、と言った。

「誰に？　画廊へ行く人たちに？　ミスター・リッチやミスター・ビッグたちに？」

「そう、彼らだよ」と彼女は言った。「それからミセス・リッチやミセス・ビッグたちにもね」

「アマンダ、面倒なことになるよ」

「大丈夫だよ。奴らにはわからないから」

仕事は順調に進んでいるよ、とアマンダは言った。雨が降って、砂漠の花は真っ盛り、虫はたくさんいるから、シロップをかけた時に寄ってきてくれる。もう〝K〟は造形ずみ、〝A〟も半分以上できた。ただ、メキシコ系テキサス人たちは退屈し始めていた。

「私も退屈よ。早くここを出たい」

「三人だね」とアマンダは言った。「あのメキシコ系テキサス人二人とあんたで三人」

「ああ、そうだね。あんた、すごくかっこいいよ——そのカーキ色の服、よく似合ってる」。アマンダは背が高くて、女探検家っぽく身軽に見える。サファリハットが似合いそう。

「あんただって悪くないよ」とアマンダは言った。「レン、気をつけてね」

「あんたもね。あのメキシコ系テキサス男たちに飛びつかれないように」

「大丈夫、奴ら私のこと、きちがいと思ってるから。きちがい女は大事なあれを切り取ると」

「知らなかった!」笑ってしまった。彼女はよく私を笑わせたがった。

「知ってるはずないでしょ」とアマンダは言った。「あんたはきちがいじゃないもの。床の上でピクピクのたくっているアレなんか、見たことないしね。お休み」

「お休み」と私も言ったが、もう電話は切れていた。

暦で聖人の日をたどることは忘れてしまった——今日はどの聖人の日だったかな——でも年月は数えられる。アマンダと知り合って何年経つか、アイブロウ・ペンシルで壁に書いて数えてみた。昔の漫画の囚人たちみたいに、縦線四本に横線を一本通すと五になる。

長くたったものだ――十五年を超える。彼女が神の庭師たちに来て以来。以前の私の知り合いの多くは、あそこで出会った人たちだ――アマンダ、バーニス、ゼブ。そしてアダム一号、シャッキー、クローズ。それに老いたピラー。もちろん、トビーも。みんなは私のことをどう思うかな――生活のためにやっているこのことを。アダム一号のように、私に失望する人たちもいるね。堕落しちゃっていい気味だわ、バーニスなら言いそうだ。ルサーンは私をビッチと呼びそうだけど、あんたもそうだからわかるわけだね、と言い返してやる。ピラーは頭を働かせながら私を見つめるだろうね。シャッキーとクローズは笑う。トビーはウロコ・クラブに憤慨するだろう。ゼブは？　彼は私を救出しようとするね。やりがいがあるから。

アマンダはすでに知っている。彼女は人を批判しない。人はやむを得ず取引するだけ、と言う。選択の余地がいつもあるとは限らないから。

12

ルサーンとゼブが私を外地獄界から救いだして、神の庭師たちと暮らすようになった時、まったく気にいらなかった。みんなよくにこにこしていたが、こわかった。みんなは破滅や敵や神にすごく関心があった。そして、よく〈死〉について話していた。庭師たちは〈命あるもの〉を殺さないことに厳格だったけれど、反対に、〈死〉は自然の営みだと。今考えてみれば、それは矛盾した話よね。堆肥に変わるのは良いというわけ。自分の体がハゲタカの一部になるのは、期待すべきすてきな未来だなんてみんなが思うわけじゃない。でも、神の庭師たちの連中はそう思っていた。〈地〉上のあらゆる人間——たぶんあの人たち以外の——を殺してしまう〈水なし洪水〉についてみんなが話しはじめるたびに、私は悪夢にうなされた。

神の庭師たちに元からいる子どもたちは、その話をこわがらなかった。聞き慣れていた。あの子たちは、ことに、シャッキーやクローズやその仲間など、年上の男の子たちはふざけて言っていた。死んだ顔つきをして見せて、「俺ら、みーんな死死死死んじゃうんだぜ」と。「おい、レン。〈生命の循環〉にちょっと貢献したくないかい。あのゴミ箱の中に横になれよ、堆肥になれるぞ」「レンよう、ウジ虫になりたいか？　俺の傷をなめてみな！」

「お黙り」とバーニスは言った。「さもなきゃ、お前こそあのゴミ箱に入るんだ、突っ込んでやるからさ！」バーニスは御しがたく、一歩も引かない。たいていの子たちは引き下がった。年上の子たちでさえも。でもそのせいで、私は彼女に借りができて、何でも言われる通りにしなくちゃならなかった。

でも、シャッキーとクローズは、バーニスがいない時を見計らってよく私をからかった。彼らはナメクジを押しつぶしたり、昆虫を食べたりした。誰かを怒らせたりとか。まさにやっかいものだった――トビーはそう呼んでいた。「ほら、やっかいものが来るわ」、トビーがレベッカに言うのを聞いた。

シャッキーが一番年上だった。背が高くやせていて、腕の内側にクモの刺青があった。自分でやったのだ。針で刺してロウソクのすすをすりこんで。クローズはもっとずんぐりした体型と丸い頭で、横の歯が一本なかった。自分では街頭戦でノックアウトされて折れたと言っていた。彼らの弟はオーツという名だった。両親はいなかった。かつてはいたけれど、父親はゼブと一緒にアダムの特別任務に同行したきり、二度と戻らなかった。それから母親は、落ち着いたら子どもを呼び寄せる、とアダム一号に告げて姿を消したきり、二度と現れなかった。

神の庭師たちの学校は屋上庭園とは異なるビルにあった。健康《ウェルネス》クリニックと呼ばれていた。以前そこにクリニックがあったので。ガーゼの包帯でいっぱいの箱がまだいくつも残っていた。神の庭師たちはそうしたものを集めては工芸品を作っていた。酢の臭いがした。教室が連なる廊下の向こう側に神の庭師たちが酢作りに使う部屋があった。

健康クリニックのベンチは硬かった。私たちは列になって座った。石板に書き、毎日のクラスが終わると拭いて消した。神の庭師たちは敵が見つける恐れのあるところに言葉を放置してはいけない、と言っていた。どっちみち、木を原料にした紙を使うのは罪だから。

私たちは何時間もかけて暗記して、それを大声で詠唱した。例えば、神の庭師たちの教団史の場合、こうだった。

〝教団暦一年、庭園創始。教団暦二年、まだ新興。教団暦三年、ピラーの養蜂開始。教団暦四年、バート入来。教団暦五年、トビーの救出。教団暦六年、カツロ参入。教団暦七年《セブン》、ゼブが私たちの天国《ヘブン》に〟

教団暦七年には、私が来たことも入れるべきよ。私の母さんのルサーンも。それに、そこは天国なんかじゃなかった。でも神の庭師たちは韻を踏む詠唱が好きだった。

〝教団暦八年、ヌアラが運命の悟り。教団暦九年、フィロの輝き開始〟

私は神の庭師教団暦十年目にレンを入れて欲しかったけれど、そうなるとは思わなかった。

それ以外の暗記はもっと難しかった。数学と科学は最悪。聖人の日は全て暗記しなきゃならない。毎日が少なくとも一人か数人の聖人の日か祝祭だから、結局、全部で四百人以上の分を暗記しなければならなかった。おまけに、聖人に加わるために成し遂げたことも。覚えやすいのもあった。例えばメンフクロウの聖ヨッシー・レッシェムなら――そう、答えは明らかだった。そして、聖ダイアン・フォッシーは悲劇的だし、聖シャクルトンは英雄的な物語だから、覚えやすかった。でも、本当に難しい聖人たちもいた。聖バシール・アラウズや聖クリックやポドカープの日を覚えている人なんているかな？　私はいつもポドカープの日を間違えた。そもそもポドカープって何なの？　古代種の木だったけれど、魚の鯉《カープ》のように聞こえたね。

ヌアラが幼い子どもたちとつぼみと花聖歌隊と織物リサイクルの先生を担当し、レベッカは食品芸術。つまり料理。スーリヤは裁縫。ムギは暗算。ピラーは養蜂と菌類学。トビーは薬草治療を用いたホリスティック・ヒーリング。バートは野草と庭園植物学。フィロは瞑想法。ゼブは捕食者と獲物の関係学や動物擬装について教えていた。他にも先生が何人かいた——私たちが十三歳の頃には、カツロに救急医療を教わり、助産婦のマルシュカから人間の生殖機能について教わった。ただし、カエルの卵巣どまりだった——とにかくこれらが主な科目だった。

神の庭師の子どもたちは先生全員にあだ名をつけた。ピラーは菌。ゼブはマッドアダム。家具を作るスチュアートはネジ。ムギは筋肉。マルシュカは粘液。レベッカは塩コショウ。バートは禿げていたからドアノブ。トビーは干からび魔女。彼女はいつもいろいろなものを混ぜ合わせてビンに注いでいるから魔女で、ひどくやせて硬い体形のトビーをヌアラと区別するために、〈干からび〉と呼んだわけ。ヌアラのあだ名は濡れ魔女だった。いつもぬめった口元とふらふら揺れるお尻を持ち、泣かせるのが簡単だったからね。

学習聖歌の他にも、神の庭師の子どもたちが自作した野卑な歌がいくつもあった。そっと歌ってた——シャクルトンとクロージャーと年上の男子たちが音頭をとって歌いはじめ、それから私たちもみんな加わった。

濡れ魔女、濡れ魔女、
でっかいデブでよだれだらけのメスイヌめ、
肉屋に売って、大金もうけろ、

ソーセージにして食っちまえ、べちょべちょ魔女よ！

肉屋とソーセージについては特に酷かった。神の庭師たちの間では、どんな肉でも不快なものと見なされていたから。「やめなさい」とヌアラは言ったが、すぐ涙ぐんで鼻をすすったから、年上の少年たちはやったぜと親指を立てて見せた。

干からび魔女のトビーを泣かせることは一度もできなかった。彼女は頑固者だと少年たちは言ってた――トビーとレベッカは二人とも最も頑固と見なされてた。レベッカは明るく見えたけれど、怒らせてはダメ。トビーの方はとことん堅かった。「やめなさい、シャクルトン」と背中を向けたまま言っていた。ヌアラは私たちに優し過ぎたが、トビーは私たちに行動の説明を求めた。だから私たちはトビーの方をより信頼した。人はセクシーな人より意志の固い人に頼るね。

13

私はルサーンとゼブと一緒に屋上庭園から五ブロック離れたところにあるビルに住んでいた。そこはチーズ工場と呼ばれていた。元はチーズ工場だったので、まだほんのりチーズの臭いが漂っていた。そのあとは芸術家たちの住居になったが、もう芸術家は一人も残っていないし、誰も所有者を知らないようだった。やがて神の庭師たちが住み着いた。みんなは家賃を払わないでよいところに好んで住んだ。

私たちの住居は広い部屋で、カーテンで仕切ったいくつかの小部屋があった――一つは私のため、一つはルサーンとゼブ用、一つはバイオレット・バイオトイレ、もう一つはシャワー室。ビニール袋を裂いたものを粘着テープでつなぎ合わせたカーテンじゃ、防音効果がまるでない。特にバイオトイレには困った。庭師たちは言った。消化は聖なる働きだから、臭いや音は、可笑しなものでも嫌なものでもない、単に栄養摂取過程の最終副産物なんだからって。でも、私たちの住みかでは、そんな最終副産物を無視するのは難しかった。

食事は大部屋で、ドアで作ったテーブルで食べた。食器も、ポットも鍋もみんな拾った廃物利用だった――庭師たちは落穂拾いと言っていた――ただし、いくつかの分厚い皿とマグカップは違った。庭師たちが、かつて〈陶芸〉に凝った時代に作ったものだ。窯はエネルギーを使い過ぎると決めた前に。

私は乾燥植物材と藁をつめたフトンで寝た。ブルージーンズや古いバスマットを縫い合わせたキルトが付いていた。毎朝私が一番にする事は、ベッドを整えること。庭師たちはきちんと整えられたベッドを好んだ。ただし、ベッドの材料についてはうるさくなかった。ベッドが終わると、壁のクギにかけてあった服を下ろして着る。七日目ごとに洗濯された服を支給してもらえた。庭師たちは洗濯に水と石鹸を浪費するべきじゃないと信じてた。私の服はいつもしめっぽかった。湿気のため。それに、庭師たちは乾燥機を使わせてくれなかったから。「神はそのために太陽をお創りになったんだから」とヌアラは言っていた。私たちの服を乾かすためだって。

ルサーンはベッドでじっとしていた。彼女が大好きな場所だから。かつてヘルスワイザーで私の本当の父さんと住んでいた頃は、めったに家にはいなかったのに、ここでは、ほとんど外へ出なかった。屋上に行くか、健康クリニックに行って神の庭師の女たちを手伝って、ゴボウの皮をむいたり、でこぼこしたキルトを作ったり、ビニール袋の切れ端でカーテンを織ったりする以外は。

ゼブはよくシャワーを浴びていた。〝毎日のシャワー禁止〟は、彼が無視した多くの教団規則の一つだった。外に置いた天水桶につないだホースから出る水がシャワーの水だった。重力だけで流れ出るからエネルギーは使っていない。それが例外的に禁止を無視するゼブの理由だった。彼はこう歌っていた。

誰もかまやしねえ、
誰もかまやしねえ、
だから俺らは滑り下りる、
誰もかまやしねえから！

彼がシャワーで歌う歌はみんなはこんな風に否定的だった。彼独特のロシア熊みたいな大声で朗らかに歌っていたけれど。

ゼブに対して、私の気持ちは複雑だった。怖いと思う一方で、彼ほどの重要人物が家族にいるのは、心強い気もした。ゼブはアダムの一人、しかもリーダー格。他の連中がゼブを敬う様子でわかる。大きくてがっしりしていた。暴走族っぽい髭をたくわえ、長い髪は茶色で白髪が少し交じっている。革みたいに硬い顔に、有刺鉄線のような眉毛。銀歯と刺青が似合いそうに見えたけれど、どちらもない。用心棒なみに強くて、用心棒みたいに怖くてかつ愛想のいい表情をしていた。必要ならお前の首をへし折ってやる、お遊びじゃないぜ、って感じ。

時々私とドミノをした。神の庭師たちはあまりおもちゃを置いていない。〝自然こそ私たちの遊び場〟ってわけ。彼らが認めるおもちゃと言えば、残り物の布地で縫ったものや、とっておいた紐で編んだもの。あるいは、乾かした野生リンゴを頭にしたシワシワの老人人形ぐらい。でもドミノは公認だった。なぜって、セットを自分たちで彫って作るから。私が勝つと、「いいぞ!」とゼブは叫び、私はキンレンカみたいなぬくもりを感じた。

彼にはよくしてあげなさいよ、とルサーンはよく言っていた。本当の父ではないけれど実父のようなものだから、邪険にしたら気持ちを傷つけちゃうって。でも、ゼブが私によくしてくれると、あまり気にいらないようだった。だから、私はどうしたらよいか、わからなかった。

ゼブが歌いながらシャワーを浴びている間に、私は何か食べる物を見つけなきゃいけなかった――乾燥ソイビッツとか夕食の残りの野菜パテとか。ルサーンの料理の腕はかなりひどかった。食べてから私は学校へ行った。いつもまだお腹がすいていた。でも、学校給食をあてにできた。おいしくなくても、食べ物だ。アダム一号がいつも言っていた通り、空きっ腹にまずい物なし。

かつてヘルスワイザー構内にいた時はひもじい思いをしたことはなかった。本当にそこへ戻りたかった。実の父が恋しかった、まだ私を愛してくれているに違いない。私がどこにいるかわかっていたら、きっと迎えに来てくれたはずだ。本当の家、自分の部屋、ピンクのカーテン付きベッド、いろいろな服でいっぱいのクローゼット。でも、一番欲しいのは、昔のままの母さんだった。買い物に連れて行ってくれる、クラブにゴルフをしに行く、アヌーユー・スパで美容と健康療法をたっぷり、そしてすてきな香りをまとって帰ってくる母さん。でも、もし私が昔の生活について何か言っても、あれは全て昔のことよ、と母さんは言ったかもね。

母さんには、ゼブと駆け落ちして神の庭師たちに入った理由がたくさんあった。人類のため、そして〈地〉上の他の全ての生き物のためにも最善の方法だった。ゼブだけじゃなく私への愛からも起こした行動だ。だって世界を癒して生命の絶滅を防ぎたいと願っていた。それを知ってあなたは嬉しくならないの？　母さんなら言うだろうね。

母さん自身はあまり嬉しそうには見えなかった。テーブルに向かって腰かけ、髪にブラシをかけながら、一つしかない小さい鏡に映る自分の顔を見つめてた。憂うつそうだったり、批判的だったり、あるいは悲劇的だったり、表情を変えながらね。彼女の髪は他の女庭師たちと同じように長かったので、ブラシをかけて編んでピンでとめるのは大仕事だった。うまくいかない日には、四回も五回もやり直していた。

ゼブが留守の日には、ほとんど私と口をきかなかった。あるいは私が彼を隠したかのように振舞った。「あの人を最後に見たのはいつ？」とか訊いた。「彼は学校にいた？」まるで私に彼の行動を見張っていて欲しいみたいだった。そのあとすぐ、すまなそうに言った。「気分はどう？」まるで私に何か悪いことをしたみたいに。

私が答えても、母さんはもう聞いていない。その代わりにゼブがやって来ないか耳を澄ましていた。どんどん不安が高まり、怒りがつのっていく。室内を歩き回り、窓の外に目をやり、自分に対するゼブの態度がひどいとか独り言を続けて。ついにゼブが姿を現そうものなら、べたべたと抱きつく。それからくどくど文句を言いはじめる――どこに行っていたの、誰といたの、なぜもっと早く帰ってこなかったの？　ゼブはただ肩をすくめて、「大丈夫だよ、ベイビー、俺はここにいるだろ。心配し過ぎだぜ」と言うだけだった。

それから二人は彼らのビニールと粘着テープ製のカーテンの向こうに消える。やがて母は苦しそうでみっともない声をたてはじめる。私は恥ずかしくてたまらなかった。そんな時、母さんを憎んだ。自尊心も慎みもない。まるでモールの通りのど真ん中をすっ裸で走っているみたいだった。なぜあんなにゼブを熱愛していたんだろう？

今ならその理由はわかる。人は誰とでも恋に落ちることができる――愚者とでも、犯罪者とでも、つまらない人とでもね。そこに意味のある法則なんてないんだから。


もう一つ、私が神の庭師たちで大嫌いだったのは洋服。庭師たち自身はいろんな肌色なのに、洋服は同じだった。もしアダムたちやイブたちが主張するように〈自然〉が美しいなら――もし野に咲くユリが私たちのお手本なら――なぜ私たちはもっとチョウに似ていられないのか、駐車場みたいではなく。私たちの身なりは、それほど単調で、平凡で、つまらなくて、陰気だった。

ヘーミン地ドブネズミのストリート・キッズたちは金持ちではないのにキラキラしてた。羨ましかった、手品師のカードのように、彼らが取り出して見せる物が。紫やピンクや銀色にピカピカ輝くテレビカメラ電話とか、彼らが耳につっこんで音楽を聞く小さい貝殻型のイヤフォンとか。彼らのけばけばしい自由が欲しかった。

私たちはヘーミン地ドブネズミたちと付き合うことを禁じられていた。彼らは彼らで、私たちを浮浪者扱いして、鼻をつまんでみせたり、叫んだり、物を投げつけたりした。アダムたちやイブたちは、私たちは信仰ゆえに迫害されていると言ったけれど、そうではなく、服のせいだった。ドブネズミたちはとってもファッション意識が高く、盗むか仲間うちで取引しては最高の服装をしてた。だから、私たちは彼らと付き合えなかったけれど、盗み聞きすることはできた。そうやって彼らから知識を取り入れた——ばい菌に感染するみたいにね。金網フェンスから覗くようにして、禁じられた世俗の生活を眺めていた。

前に、歩道に落ちてる美しいカメラ付き携帯電話を見つけたことがあった。泥だらけで電源は切れてたけれど、とにかく家へ持ち帰ったら、イブたちに見つかった。「あなた、わからないの?」と言われた。「そんなものはあなたを傷つけるだけよ! 脳を焼いちゃうわよ! 見てもだめ。相手にもあなたが見えてるんだから」

14

初めてアマンダと出会ったのは私が十歳の時、教団暦の十年だった。私の年齢はいつも教団暦と同じだからいつだったか覚えやすい。

その日は、オオカミの聖ファーリーの日――つまり、ヤング・バイオニアのゴミ漁りの日だった。私たちはみっともない緑のバンダナを首に巻いて、神の庭師たちのリサイクル工芸材料を拾いに行かなければならなかった。時々、使い残しの石鹸を籐のかごをかかえて集めた。大量に捨てる上等なホテルやレストランを回って拾い集めるのだ。最高級のホテルはみんな裕福なヘーミン地にあった――ファーンサイド、ゴルフグリーン、そして一番の金持ちのソーラースペースに――私たちはそういう所までヒッチハイクで行った。禁止されていたけれどね。神の庭師たちはいつもそうだ、何かをしろと言い付けながら、それを楽なやり方ですることを禁じてしまう。

バラの香り石鹸は最高だった。バーニスと私はいくつか家に持ち帰って、私は湿ったキルトのかび臭さを消すために枕カバーのなかに入れた。残りを庭師たちに渡すと、屋上の黒い箱型ソーラークッカー（太陽熱調理器）でゼリー状になるまで煮つめたあと、冷やして板状に切る。庭師たちは細菌を非常に恐れていたから、たくさん石鹸を使った。でも、板状石鹸のいくらかは取っておいた。それらを葉っぱでくるみ、ひも状にした草の茎でくくって、庭師教団の命の木ナチュラル製品販売会で観光客やとんまな見物人に売った。そこでは袋入りの虫から有機ターニップ、ズッキーニや、その他の野菜など、庭師たちが使いきれない品々を売っていた。

その日は、石鹼の日でなくて酢の日だった。私たちはバーやナイトクラブやストリップ劇場の裏口に行ってゴミ箱をあさり、飲み残しのワインを見つけてはとってきた。そしてそれをヤング・バイオニアのほうろうバケツに注ぎ込む。それを健康クリニックのビルに運ぶと、ビネガー・ルームの巨大な樽にワインを注いで発酵させ、酢を作る。それを庭師たちは住居の掃除に使った。余り物は私たちが拾い集めてきた小ビンに分けて、庭師ラベルを貼った。石鹼と一緒に、命の木販売会で売った。

私たちはヤング・バイオニアの作業を通して有益なことを学ぶことを期待されていた。例えば、ポイと捨ててよい物は一つもない、罪深い場所で見つけたワインでさえも。生ゴミ、ゴミくず、排泄物なんてものはない、まだ適切に利用されてないだけだって。そして、一番大事なのは、子どもを含めて全ての人がコミュニティーの生活に貢献しなければならないことだった。

シャッキーやクローズや年長の少年たちは時々、ワインを溜める代わりに飲んでしまった。飲み過ぎると、転んだり、吐いたり。あるいは、ヘーミン地ドブネズミたちと喧嘩したり、飲んだくれの浮浪者たちに投石したりしていた。その仕返しに飲んだくれの浮浪者たちは私たちをだまそうと、ワインの空ビンに放尿する。私は尿を飲んだことはないけれど。ビンの口を嗅いでみればすぐわかる。しかし何人かの子たちはタバコや葉巻の吸い殻、手に入ればスカンク草でも、その吸い過ぎで嗅覚が麻痺していたから、ビンを持ちあげて飲み下したあげく、吐き出して悪態をついた。もしかしたら、わざと尿入りビンから飲んだのかもしれない。庭師たちに禁じられていた悪態をつく口実にね。

庭園が見えなくなる所まで来るなり、シャッキーとクローズ、仲間の男の子たちはヤング・バイオニアのバンダナを首からはずし、アジア連合のように頭に巻いた。自分たちもストリート・ギャングになりたかったのだ——合言葉まで作っていた。「ギャング！」といえば、相手は「グリン」と返すことになっていた。つまりギャングリン(壊疽《えそ》)ね。ギャングの部分は非行集団という意味で、グリンは頭に巻く布のグリーンを指した。ギャング・メンバーだけの秘密のはずだったけれど、私たちはみんな知っていた。バーニスによれば、壊疽は腐った肉だから、完全に腐ったあいつらにはぴったりの合言葉だって。「うまいジョークだ、バーニス」とクロージャーは言った。「追伸、おめえはブスだな」

私たちはいくつかのグループを組んで拾い集めることになっていた。ヘーミン地ドブネズミのストリート・ギャングをはじめ、私たちのバケツをひったくってワインを飲んでしまう飲んだくれの浮浪者たち、児童セックス市場に私たちを売る恐れのある児童誘拐犯たちから身を守るためだった。でも私たちは、そうせずに、早く分担区域を回りきれるように、二人組や三人組にわかれて働いた。

その日は、バーニスと仕事を始めたけれど、喧嘩になった。口喧嘩はいつも絶えなかったが、私は友情の証しとみなしていた。どんなに激しく言い合っても、いつも最後は必ず仲直りしていた。二人は何かの絆で結ばれていた。骨のように硬いものじゃなく、軟骨みたいにぬるぬるした絆。たぶん、神の庭師の子どもたちの中で二人とも不安だったからね。味方なしでいるのは、二人とも怖かった。

その時の喧嘩の原因は、ゴミ箱から拾ったヒトデ付きのビーズの小銭入れだった。私たちはこういうめっけ物が欲しくて、つねに探していた。ヘーミン地住人はいろんな物をぽいぽい捨てる。アダムやイブたちは言っていた、彼らは集中力に欠けるし、道徳心がないからだって。

「最初に見つけたのは私よ」と私。

「前回も先に見つけたのはあんたね」とバーニス。

「だからどうなの？　先に見つけたのは私なんだから！」

「あんたの母さんは自堕落女」とバーニス。ひどい。私がそう思っているのをバーニスは知ってるんだから。

「あんたの母さんは野菜女！」と私は言ってやった。神の庭師たちでは「野菜」呼ばわりは侮辱じゃない。でも、侮辱として言ってやった。「野菜のビーナ！」と言い足してやった。

「肉臭い！」とバーニスは言った。財布を持ったまま、離そうとしない。

「勝手にして！」と言って、私は背を向けて歩きだした。私はぶらぶら歩いたが、振り向きもしなかった。バーニスは後を追っかけて来なかった。


あれはアップル・コーナーズと呼ばれるモールで起きた。アップル・コーナーズは私たちのヘーミン地の正式名称だけれど、みんなにはシンクホールと呼ばれていた。人々が痕跡を残さずその中に消えてしまうからだ。私たち神の庭師の子どもたちは、チャンスさえあれば、きょろきょろしながらモールを歩いた。

私たちの地区のものは何でもそうなんだけれど、このモールもかつては気取った場所だった。だけど今は噴水は壊れてビールの空き缶で埋まり、備え付けプランターはジジーフルーツ(ド派手果汁)缶やタバコの吸い殻、それにうんざりするほどばい菌だらけ(だとヌアラが言う)使用済みコンドームなんかであふれていた。かつてはお金を入れれば、太陽や月や、希少動物や自分の映像まで映しだしたホログラム・ブースは、ずっと前に処分されて、今はがらんとしていた。私たちは時々中に入って、星を散らしたぼろぼろカーテンを閉め、ヘーミン地ドブネズミたちが壁に書き残した落書きを読んだりした。〝モニカは最低。ダーフはすごくいいぜ。いくらだ？　おめえならタダにしてやるぜ、おめえならな！　ブラッド、おめえは死んだ〟。ドブネズミたちは大胆きわまりなく、どこにでも何でも書きまくった。誰に見られようと、お構いなし。

シンクホール地区のドブネズミたちはホログラム・ブースに入って麻薬を吸っていた――ブースはその臭いでいっぱい――そこでセックスもした。コンドームやパンティーが残されていたからわかった。神の庭師の子たちはどちらもしてはいけないことになっていた――幻覚剤は宗教儀式のためだけだし、セックスは緑の葉を交換して焚火を飛び越えた者どうしにだけ赦される――でも年長の子たちは両方ともやったと言っていた。

まだ板が打ちつけられていない店は二十ドルショップだけ。ティンスル（安ぴか品）とかワイルド・サイド（荒れ園）とかボング（水キセル）とかいった店名だった。売っている物は、羽根つき帽子、ボディーペインティング用のクレヨン、竜と骸骨と下品なスローガンを書いたTシャツとか。それにジョルトバー、噛むと暗闇で舌が光るチューインガム、「あなたのためにフーしてあげる」と書いてある赤い唇型の灰皿。そして、「肌に刻み込む刺青」。血管まで焼きただれるって、イブたちが言っていた。シャッキーによれば、ソーラースペースのブティックから盗ってきた高級品も安く売っているとか。

みんな安ぴかのガラクタ、とイブたちなら言うだろうね。どうせ魂を売るのなら、少なくとも高値を要求すべきだって！　バーニスと私は気にしなかった。魂に興味はなかった。ウィンドーを覗いては、欲しくてたまらなかった。〝どれが欲しい？〟私たちは言い合った。〝あのLEDライト杖？　あれ、かっこいい！　ブラッド・アンド・ローズ（血とバラ）のビデオ？　気持ちわる、男の子向きだよ！　お馬鹿な女の子インプラントのおっぱい、刺激に反応する乳首つき？　レン、吸ってみて！〟

あの日バーニスが帰ったあと、何をしてよいかわからなかった。戻ろうかな、ここに一人でいると危ないから、と考えていたら、アマンダが見えた。モールの向こう側でメキシコ系テキサス人のヘーミン地の女の子たちと一緒に立っていた。そのグループは見てすぐわかったけれど、アマンダがあの子たちと一緒だったことは今までなかった。

あの子たちはいつものような服装をしていた。ミニスカートとスパンコールつきのトップスに、綿あめみたいなボアを首に巻き、銀色の手袋をはめ、プラスチックのチョウの髪留め。貝殻イヤフォンととても明るい色の電話とクラゲの腕輪を持っていて、いいところを見せようとしていた。

貝殻イヤフォンで同じ曲を鳴らしながら、それに合わせて腰を振ったり胸を突き出したりして踊っていた。まるで、全ての店の物をそっくり持っていて、飽きてしまった感じだった。その様子が私には羨ましくてたまらなかった。羨ましそうにただ立っていた。

アマンダも踊っていたけれど、ダントツにうまいの。しばらくして彼女は踊りをやめ、ちょっと離れたところに立って、パープルフォンにメールを打ちこみはじめた。それから、私をまっすぐ見つめて笑いかけ、銀色の指を振ってみせた。〝こっちへおいで〟という合図だった。

私は誰も見ていないのを確かめてから、モールの通りを横切った。

15

「クラゲの腕輪が見たいんだろう？」私がそばに行くとアマンダが言った。孤児みたいな服にチョークのような指をした私は哀れっぽく見えたはず。アマンダは手首を持ち上げてみせた。ちっぽけなクラゲたちが、泳いでる花みたいに開いたり閉じたりしている。めちゃめちゃ、かっこよかった。

「どこで買ったの？」と訊いた。何と言ってよいかわからなかった。

「万引き」とアマンダ。ヘーミン地の不良少女たちのやり方だ。

「クラゲたちは、どうやって生きているの？」

彼女は腕輪の留め金についた銀色のつまみを指差した。「これが通気装置。酸素を送り込むんだ。餌は週に二回やるよ」

「もし忘れたら、どうなるの？」

「共食いだよ」と言って、彼女はちょっと笑った。「わざとやらせる子もいるよ。餌をやらないの。そしたら、中はバトルになる。しばらくしたら、クラゲは一匹だけになっちゃって、やがてそれも死んじゃうの」

「ぞっとするね」と私は言った。

アマンダは微笑み続けた。「うん、だからやるんだよ」

「ほんとにきれいだね」と私はどっちつかずの調子で言った。彼女を喜ばせたかったけれど、〝ぞっとするね〟を良く取ったのか、悪く取ったのかはわからなかった。

「あげるよ」とアマンダは手首を突き出した。「また万引きできるから」

私はその腕輪がすごく欲しかったけれど、餌の買い方がわからないから、クラゲは死んじゃう。それに、どんなにうまく隠しても、腕輪は必ず見つかって、私は酷い目にあうにきまっている。「もらえない」と言って私は一歩下がった。

「あんた、あいつらの仲間だろ」とアマンダは言った。非難しているのじゃなく、ただ知りたいだけだったみたいだ。「神様きちがい、ぞっとする奴ら。うようよいるんだってね、そいつら、このへんに」

「違う、私は違う」と言ったけれど、嘘は見え見えだったに違いない。シンクホールのヘーミン地にはみすぼらしい連中が大勢いたけれど、神の庭師たちみたいにわざとみすぼらしく装っているわけではなかった。

アマンダは首をちょっとかしげた。「変だなぁ、あんたもあいつらと同じに見えるよ」

「一緒に暮らしてるだけよ。ちょっといるってわけ。あの人たちと同じじゃない、ぜーんぜん」

「そうだよね」、アマンダは微笑んで言って、私の腕を軽くたたいた。「こっちへおいで。いいもの見せてあげる」

彼女が連れて行ってくれたのはウロコとシッポ・クラブの裏に通じる路地だった。神の庭師の子たちには禁じられてた場所だけれど、私たちはよくそこへ行った。飲んだくれの浮浪者たちより先に朝早く行けば、酢用ワインをたくさん拾い集められたから。

その路地は危険だった。ウロコとシッポをイブたちは悪徳の巣と呼んでいた。決して、絶対に、あそこに行ってはダメ。特に女の子たちはね。ドアの上のネオンサインには成人向け娯楽と書いてあり、夜は、暗いのにサングラスをかけた黒スーツ姿の巨漢二人が警備していた。神の庭師たち年長組のある少女によると、彼らがその子に、こう言ったんだって。「一年たったら、お前のかわいい尻を振ってもう一度来い」って。でもバーニスは、あの子はほらを吹いてるだけと言っていた。

ウロコ・クラブ入口の両側には、ライトアップされたホロスコープの写真が飾られていた。髪の毛以外は全身がトカゲみたいにキラキラ輝く緑色のウロコに覆われた美少女たちの写真。一人は片足を首に巻きつけ、もう一方の足で立っていた。あんな風に立っていたら痛いだろうな、と思ったけれど、写真の少女は笑っていた。

ウロコは生えているのか、それとも貼り付けてあるのか？　バーニスと私は意見が違った。貼り付けてある、と私は言ったけれど、生えたんだよ、豊胸インプラントみたいに手術されているんだから、とバーニスは言った。頭がおかしくなきゃそんな手術を受ける人なんていない、とバーニスには言った。でも、こっそり私もバーニスの説をちょっと信じていた。

ある日の昼間、私たちはウロコガールが通りを走ってくるのを見た。黒スーツの男が追いかけていた。輝く緑色のウロコのせいで、女の子はキラキラ光っていた。ハイヒールを脱ぎ捨て、裸足で人々の間をくぐり抜けながら走っていた。でも、ガラス片の塊を踏みつけて倒れちゃった。男は追いつくなり彼女を抱え上げて、ウロコ・クラブへ連れ戻していった。緑のヘビ皮を巻いた腕がぶらぶら揺れて、足からは血が滴り落ちていた。あの光景を思い出すたびに、私は背筋が冷たくなった。人が指を切るのを見る感じだった。

ウロコ・クラブのそばの路地裏に、狭い四角い裏庭があり、ゴミ箱置き場があった――炭素系ゴミオイル用ゴミとか他の種類のゴミ用だ。そこを囲む板塀の向こう側には建物が焼け落ちた跡の空き地があった。今ではそこはセメントや黒焦げの材木や割れたガラス片が散らばって、地面が硬くなって、雑草が茂っていた。

時にはヘーミン地ドブネズミ連中がそこにたむろして、ワインボトルの中身を空けてる私たちを襲ってきた。奴らは「神様きちがい、神様きちがい、臭いぞ」なんて叫んでいた。バケツをひったくって逃げた後で、中身を私たちにかけたりした。一度はバーニスがやられて、何日間もワイン臭かった。

戸外授業の日に、時々ゼブと一緒に空き地に出かけて行った。私たちのヘーミン地では、一番草原っぽい所だよって言っていた。ゼブが一緒にいる限り、ヘーミン地の子どもたちは私たちをいじめない。ゼブは私たち専用のトラみたいだった。私たちにはおとなしいけれど、他の人間に対しては獰猛だった。

あそこで死んだ女の子を見つけたことがあった。髪の毛も服もない。緑色のウロコが数枚くっついてるだけ。〝貼り付けてあるんだ〟と私は思った。〝何かそんな感じ。とにかく、生えていたのではない。つまり私の方が正解だった〟

「日光浴してるのかもな」と年長の男の子が言うと、他の男の子たちはくすくす笑った。

「触るんじゃない」とゼブは言った。「少しは思いやりを持て！　今日は屋上庭園で授業をやる」。次に戸外授業のために空き地に入った時、女の子の姿はもうなかった。

「あの娘はきっと炭素系ゴミオイルになったね」とバーニスは私に囁いた。炭素系ゴミオイルはどんな炭素廃棄物からも作られる――食肉処理場の廃物、腐った野菜、レストランの食べ残し、そしてペットボトルからさえも。炭水化物がボイラーに入っていき、油と水がでてくる。それと金属系のもの。法的には人間の死体を入れることはできないけれど、子どもたちはジョークを飛ばしていた。油と水とシャツのボタン。油と水と金のペン先。

「油と水と緑のウロコ」と私はバーニスに囁いた。

ちらりと見たら、空き地には誰もいなかった。飲んだくれの浮浪者もヘーミン地ドブネズミも、女の裸の死体も。アマンダが私をずっと向こうの隅まで連れていった。コンクリートの平板があるだけだった。シロップ容器が立てかけてあった、搾り出し式の。

「これ、見てごらん」と彼女は言った。コンクリート板にシロップで自分の名前が書いてあり、アリの列がその文字を食べている。どの文字も黒アリで縁取られていた。そこで私は初めてアマンダの名前を知った。アリで書いてあった。アマンダ・ペインって。

「カッコいいでしょ」と彼女は言った。「あんたも自分の名前を書いてみたい？」

「なぜ、こんなことするの？」

「カッコいいから」とアマンダ。「何か書くとさ、こいつらが食べちゃう。だからあんたは現れて、そして消える。そうすりゃ、誰もあんたを見つけられない」

なぜ筋が通っていると思ったのか？　わからないけど、そう思えた。「どこに住んでいるの？」私は訊いた。

「まあ、その辺よ」、アマンダはむとんちゃくに言った。つまり、本当はどこにも住んでいないってこと。どこかの不法占居ビルで寝ているか、もっとひどいとこかも。「以前はテキサスにいたよ」と言い足した。

じゃ、彼女は避難民だったのだ。ハリケーンや旱魃のあとには、多くのテキサス難民たちがやって来た。大半は不法移住者だった。アマンダが姿を消したがっている理由がやっとわかった。

「うちへ来て私と一緒に暮らせばいいわ」、私は言った。そんなつもりもなかったのに、つい口から出た。

その時、バーニスが塀の隙間を抜けて入って来た。後悔して、私を連れ戻しに来たのだ。でも今はもう、私にはバーニスは要らなかった。

「レン、何してるの！」彼女は叫んだ。空き地をどしんどしん蹴りたてながら、あのいつものように思い切ったように私めがけ突進してきた。私はそれを見ながら思った。足が大きくて、体は角ばってるし、鼻は小さ過ぎる、首がもっと長くて細ければいいのに。アマンダみたいに。

「ほら来た、あんたの友だちだね」、アマンダはニコニコして言った。〝あの子は友だちじゃない〟と言いたかったけれど、そんな裏切りができるほどの勇気はなかった。

バーニスは赤い顔をして近寄って来た。怒るといつも真っ赤になる。「レン、だめよ」と彼女は言った。「あの子としゃべっちゃいけないの」。彼女はアマンダのクラゲの腕輪に目をつけた。私と同じぐらい腕輪を欲しがってるのがわかった。「あんたはワルね」とバーニスはアマンダに言った。「ヘーミン地ドブネズミ！」バーニスは腕を私の腕にからめた。

「この人はアマンダよ」、私は言った。「うちへ来て一緒に住むの」

バーニスがいつも通りかっとなると思った。でも、私は冷たい視線を彼女に注いだ。あんたの言いなりにはならないからね、って。無理強いすれば、他人の前で面子を失う。だから彼女は黙って狡猾な表情をみせた。「わかった。彼女も酢用ワインを運ぶ手伝いができるわね」

「アマンダは盗み方を知ってるの」。健康クリニックへ戻りながら、私はバーニスに言った。私は和解のつもりで言ったのだが、バーニスはぶつぶつ言っただけだった。

16

アマンダを野良ネコみたいにうちへ連れて帰れないのはわかっていた。元いた場所へ帰しなさいとルサーンが言うに決まっている。アマンダはヘーミン地ドブネズミだし、ルサーンはドブネズミたちが大嫌いだった。彼女によると、彼らは堕落した子どもたちで、みんな泥棒で嘘つき。いったん堕ちた子どもたちは野犬と同じで、訓練したり信用したりできないと。彼女は、ある庭師の場所から別の庭師の場所へ歩いていくことさえ怖がった。ドブネズミギャング団が取り囲んで手当たり次第に身ぐるみはいで逃げるからだ。彼女は石を拾って投げつけて叫んだりできなかった。以前の生活のせいでね。温室育ちの花って、ゼブはルサーンを呼んでいた。〝花〟って言うから、私は褒め言葉だと思っていた。

とにかく、アマンダは追い出されてしまう、まずアダム一号の許可を取らないと。彼は人が、特に子どもたちが神の庭師たちに参加することを歓迎した。庭師たちは若者の精神育成に尽くすべきだと彼はいつも説いていた。もし彼がアマンダは私たちと暮らすべきだと言えば、ルサーンもいやとは言えない。

私たち三人は、健康クリニックで酢をビン詰めにしているアダム一号を見つけた。私が、アマンダを拾ったこと、彼女が〈光〉を見て神の庭師たちに参加したがっていることなどを説明してから、私のうちに同居させてもよいか、訊ねた。

「本当ですか?」アダム一号はアマンダに問いかけた。神の庭師たちは仕事の手を止めて、アマンダのミニスカートと銀色の指をじろじろ見ていた。

「はい、そうです」、アマンダは礼儀正しく答えた。

「レンに悪い影響を与えるわ」、近くに来たヌアラが言った。「レンは影響されやすいからね。その子はバーニスに任せるべきよ」

バーニスは〝ほら、見たことか!〟って勝ち誇った顔を私に向けて冷静な声で答えた。「いいですよ」

「だめ!」と私は叫んだ。「あたしが見つけたのよ!」バーニスは私を睨みつけた。アマンダは何も言わない。

アダム一号は私たち三人を注意深く見ていた。彼はいろんなことを知っている。「アマンダ自身の決断に任せてはどうです」と言った。「一緒に暮らすことになる家族たちに会ってみるべきです。それがいい。フェアでしょ、違いますか?」

「最初に、うちに来て」、バーニスは言った。


バーニスはブエナビスタ・コンドミニアムに住んでいた。神の庭師たちはそのビルを所有してはいなかった。所有は悪いことだから。でも、なぜかそこを支配してた。褪せた金色の文字で「現代の独身者用豪華ロフト」と書かれていたけれど、豪華でないのはわかっていた。バーニスの部屋のシャワーは詰まり、台所のタイルは割れて隙間だらけだし、天井は雨漏りするし、風呂場はカビでつるつる滑った。

私たち三人はロビーへ入った。番人をしていた中年女性の神の庭師のそばを通り過ぎたけれど——彼女はもつれたマクラメレースに気を取られて、ほとんど私たちに気がつかない。バーニスの階へ行くのに階段をいくつも上らなければならない。神の庭師たちは、年寄りや下半身麻痺者など以外のエレベーター使用は認めない。吹き抜け階段には禁じられた品が散らばっていた——注射針、使用済みコンドーム、スプーン、ロウソクの燃えさしなど。夜にはヘーミン地の悪党やチンピラやポン引きなどが入って来て階段でいかがわしいパーティーをしていると神の庭師たちは言っていたけれど、私たちは見たこともない。一度だけシャッキーとクローズがワル仲間とそこでワインの残りを飲んでるのを見たことはあった。

バーニスは自分用のプラスチックキーを持っていた。錠を開けて私たちを入れてくれた。アパートは、水漏れする流しの下に置きっ放しになった汚れた服か、他の子どもたちの青洟か、あるいはおしめみたいな臭いがした。そんな悪臭の中に、別のとても肥沃な、スパイスのきいたような土の香りが混じっている。もしかしたら、地下室にある神の庭師のキノコ菌床から暖房管を通って漂ってくるのかもしれない。

でもこの臭いも——他の臭いもみんな——バーニスの母親ビーナから発散してるようだった。ビーナは擦り切れた豪華なビロードのカバーをかけたソファに根が生えたように座って、壁を見つめていた。いつも通り形のくずれた服を着て、使い古した黄色いベビー毛布を膝にかけていた。白っぽい髪の毛が、丸い、やわらかくて白っぽい顔の両側にだらりとたれているし、指の骨が折れてるみたいに、両手とも力なく曲げていた。彼女の前の床には汚れた皿が散らばっていた。ビーナは料理はしない。バーニスの父親が与える物を食べるだけ。食べない時もある。でも、後片付けをしたことはまったくなかった。めったにしゃべらなかったし、今はまったく口をきかない。しかし、私たちがそばを通ったら、目がぱちぱちしていた。たぶん私たちを見てたのだ。

「どこが悪いの?」アマンダが私に囁いた。

「〈休閑〉中」と私は囁き返した。

「マジで？」とアマンダ。「すっかりテンパってる感じだよ」

私の母は、バーニスの母親を「うつ状態」と言っていた。でも母は、バーニスがいつも指摘する通り、本物の神の庭師じゃなかった。信者たちは決して〝うつ状態〟とは言わない。ビーナのような振る舞いをする人は〈休閑〉中とみなしていた――休養して、〈悟り〉をえるために自身の深部に隠棲して、春に開くつぼみみたいに再び咲きだす時のためにエネルギーを溜め込んでいるってわけだ。〈休閑〉中の人は何もしていないように見えるだけ。非常に長い間、〈休閑〉状態に留まってる神の庭師たちもいるようだった。

「ここが私の場所よ」とバーニスが言った。

「私はどこで寝るの？」とアマンダ。

私たちがバーニスの部屋を見ていると、ドアノブのバートが帰ってきた。「俺のちびちゃんはどこだ？」

「答えないで」とバーニス。「ドアを閉めて！」彼が居間を動き回る音が聞こえた。やがて彼はバーニスの部屋に入ってきて、彼女をすくい上げた。バーニスの脇の下を抱えたまま立ち続けてる。「俺のちびちゃんはどこだ？」とまた言った。身がすくんだ。バーニスにだけじゃなく、同じことをやっているのを前にも見た。彼は少女の脇の下が大好きなんだ。マメ畑でナメクジやカタツムリの移動作業をやっている時に、マメの茎列の陰に追い込む。手伝うふりをしてね。そして両手を伸ばしてくる。彼はまさにノブ(握り屋)だった。

バーニスはもがきながら怒鳴った。「あんたのちびちゃんなんかじゃないからね」。つまり、〝私は小さくもないし〟、〝あんたのものでもない〟。さらには、〝少女じゃない〟とさえ、言ったつもりらしい。バートはこれを冗談と取っていた。

「じゃ、俺のちびちゃんはどこへ行った？」彼は悲しそうな声で繰り返した。

「おろしてよ」とバーニスは大声で言った。私はバーニスに同情しながらも、同時に自分はラッキーだと思った――ゼブについてどう思っているにせよ、きまり悪さはなかったから。

「次に、あんたのうちを見せて」とアマンダが言ったので、私たち二人は階段を下りた。ますます顔を赤くして怒るバーニスを後に残して。悪いとは思ったけれど、アマンダをあきらめるほど悪いとは思わなかった。


アマンダが私たちの家族に加わったことを、ルサーンは喜んでいなかったけれど、アダム一号の命令だと伝えた。だから、もう彼女にできることはない。「あなたの部屋で寝るしかないわね」と不機嫌に言った。

「アマンダは気にしないよ」と私は言った。「アマンダ、どう？」

「ぜんぜん。ほんとに」とアマンダは言った。彼女はとっても礼儀正しいふりができる。まるで彼女の方が人の願いを聞いているみたいにね。それがルサーンの気に障った。

「それで、そのけばけばしい服は捨てなければね！」とルサーンは言った。

「でも、すり切れてないわ」、私は無邪気にそう言った。「ぽいと捨てちゃうわけにはいかない！　そんなのもったいないわ！」

「売るのよ」とルサーンはぴしゃりと言った。「お金の使い道はいくらもあるわ」

「お金はアマンダのものよ。彼女の服だもの」と私は言った。

「いいわよ」と優しく、でも堂々とアマンダは言った。「一銭もかかっていないし」。私たちは私の小部屋に行きベッドに腰かけ、口に手を当てて忍び笑いをした。

その晩ゼブが戻ってきた時、はじめのうちは何も言わなかった。みんなで一緒にご飯を食べている間、ゼブはソイビッツとインゲンマメのキャセロールを食べながら、アマンダの優雅な首筋と、皿の上のものを品よくつまむ銀色の指を観察していた。彼女はまだ手袋をはめたまま。とうとうゼブが話しかけた。「お前は油断のならないやり手だな」。彼としては友好的な語りかけだった。ドミノで私が勝った時、「よくやった」といつも言う時と同じでね。

彼におかわりをよそっていたルサーンの体が、急に固まった。大きなスプーンを、まるで金属探知機みたいにまっすぐ宙に持ち上げたまま。アマンダは目を大きく開けてまじめな顔で彼に訊いた。「なんとおっしゃいました?」

ゼブは笑った。「お前はとてもいいやつだ」

17

アマンダと一緒に暮らすようになると、姉妹ができたみたいだった。本当の姉妹よりよかった。今では神の庭師の服を着ているから私たちと同じに見える。それにすぐ体臭も私たちと同じになってきた。最初の週に私は彼女をあらゆる所に案内した。ビネガー・ルーム、裁縫室、そして光を求めて走れランニングマシンジムまでね。ムギがそこの担当だった。私たちは彼を筋肉ムギと呼んでいた。彼の筋肉は一つしか残っていなかったから。でも、アマンダは彼と親しくなった。彼女は何をどうすればよいかを訊くことで、誰とでも親しくなった。

ドアノブのバートは、庭のナメクジとカタツムリを他所へ移すには、柵の上から道路に投げればいい、這《は》い逃げて新しい住みかを見つけるからと説明した。でも本当は、つぶされてしまうのを私は知っていた。水漏れを修理したり水系統の管理をするレンチってあだ名のカツロは、アマンダに配管の仕事を見せた。

霧のフィロはあまり彼女に話しかけなかった。ただやたら笑いかけただけ。年長の神の庭師たちは、フィロは言語を超越して〈霊〉とともに旅していると言っていたけれど、彼は弱っているだけだよ、とアマンダは言った。再生ゴミから家具を作るネジのスチュアートは、あまり人好きではないのに、アマンダには好意を持っていた。「あの娘には木材を見分けるよい目がある」と言うのだった。アマンダは裁縫は好きではないのに、好きなふりをしたので、スーリヤにはほめられた。レベッカは〝かわい子ちゃん〟と呼びかけ、食べ物の趣味がいいとほめた。ヌアラはつぼみと花聖歌隊で彼女の歌声に聞き惚れた。干からび魔女のトビーさえ、アマンダがやって来るのを見ると明るくなった。トビーは一番手ごわい相手だったけれど、アマンダが急にキノコに興味を持ち、老女ピラーがハチミツのラベルにハチのスタンプを押すのを手伝うと、喜んだ。だけど、顔に出すまいとしていた。

「なぜそんなにみんなに愛想がいいの？」私はアマンダに訊いた。

「こうやっていろいろ探り出すんだよ」と彼女は言った。

私たちはいろんなことを話しあった。私は父さんのことや、ヘルスワイザー構内の私の家のこと、そして母さんがゼブと駆け落ちした事情を。

「お母さんはゼブ用のセクシーなパンティーを持っていたんだろうね」とアマンダは言った。私たちは、ゼブとルサーンのすぐ近くで、夜に、こんなことを小部屋で話した。二人が立てるセックスの音だって聞こえた。アマンダが来るまで、それを全部恥ずかしいと思っていたけれど、アマンダにつられておかしいと思うようになった。

アマンダはテキサスの旱魃について話してくれた。彼女の両親がハッピーカッパ・コーヒーのフランチャイズ権を失ったこと、買い手がまったくなくて家が売れなかったこと、仕事がまったくなかったこと、とうとう両親は古いトレーラーとメキシコ系テキサス人だらけの避難民キャンプにころがりこんだこと。そこで両親のトレーラーはハリケーンで壊され、父親は飛んできた金属にあたって死んだこと。多くの人が溺死したけれど、アマンダと母親は木にしがみついて、手漕ぎボートの男たちに救出された。

めぼしい物を探してる泥棒たちだよ、とアマンダは言った。アマンダと母親を陸地の避難所へ連れて行ってやる、ただし、二人が取引に応じれば。

「どんな取引？」私は訊いた。

「ただの取引だよ」

避難所はテントをたくさん立てたフットボール場だった。たくさんの取引が行われていた。二十ドルのためなら人は何でもする、とアマンダは言った。やがて飲み水のせいで母親は病気になったが、取引でソーダ水を手に入れていたアマンダは病気にかからなかった。薬がない母親は死んだ。「大勢が腹を下して死んでったよ」とアマンダは言った。「あそこの臭いったらなかったね」

病人はますます増え、汚物やゴミを処理する者はいないし、食べ物を運んでくる人もいないから、アマンダはやがて避難所から逃げだした。フットボール場へ連れ戻されたくないので、名前を変えた。避難民は何でも割り当てられた仕事に就かねばならなかった。「タダ飯なんてない」と人々は言っていた。どんな方法であれ、全てに支払いは必要だった。

「変える前の名前は何だったの？」と私は訊いた。

「貧乏白人の名前さ、バーブ・ジョーンズ」とアマンダ。「それが身分証明書の名前だった。でも今はもうなし。だから私は姿なき存在なの」。私が彼女を尊敬する理由の一つが、それ、透明人間だから。

アマンダはその他大勢の人々と共に、北へ向かって歩いた。「ヒッチハイクしようとしたけれど、やっと乗せてくれたのは養鶏農夫だという男だった。私の脚の間に手を突っ込んできたよ、息遣いがおかしくなると、何するつもりかすぐわかる。私は両手の親指を目に突っ込んでやって、さっと車から飛びおりた」。目に親指を突っ込むのは、外地獄界じゃごく普通のことのように話してくれた。そのやり方を知りたかったけれど、私の神経ではそんなことをとてもできるとは思えなかった。

「それから壁を通り抜けなきゃならなかった」とアマンダは言った。

「どの壁？」

「あんた、ニュースを見ないの？　テキサス避難民を締め出すために造っている壁よ。柵だけじゃ防ぎきれないからね。スプレーガンをもった男たちが守っている――コープセコーの壁だよ。でも端から端まで巡視しきれない。メキシコ系テキサス人のガキ連中はトンネルに精通しているから、私を助けて抜けさせてくれた」

「射殺されたかもね」と私は言った。「それからどうしたの？」

「働きながらここまでたどり着いたのさ。食べ物や何かを稼いでね。時間はかかった」

もし私が彼女だったら、溝の中に横たわって死ぬほど泣いたと思う。でもアマンダは言うの、本当に欲しいものがあれば、人はなんとか手に入れる方法を見つけるもんだって。がっかりしたりするのは時間の無駄、と彼女は言う。


神の庭師の子たちと問題が起きないか、私は心配した。何といっても、アマンダは私たちの敵の一つ、ヘーミン地ドブネズミだった。もちろん、バーニスはアマンダを嫌っていたけれど、あえてそうは言わなかった。みんなと同じく彼女のことをすごいと思っていたから。第一に、神の庭師の子たちは誰も踊れないのに、アマンダはすばらしい動きができた――まるで腰の骨をはずせるみたいにね。ルサーンとゼブが留守の時、私に教えてくれた。マットレスに隠したパープルフォンで音楽をかけて、カード料金を使い切ると、新しいのを万引きしてきた。それに派手なヘーミン地ファッションの洋服も隠していた。何かを万引きする必要がある時は、この服を着こんで、シンクホールのモールに出かけて行った。シャクルトンやクロージャーや年長の男の子たちが、彼女に恋してるのは見え見えだった。アマンダはとてもきれいだった。小麦色の肌、長い首、大きな目。きれいな子に対しても、男の子たちはニンジン吸いっ子とか脚付き肉穴なんて呼んでいた。彼らは女の子たちへの下品なあだ名には事欠かなかった。でもアマンダは例外だった。彼らはアマンダに敬意を抱いていた。ガラス片の片側を粘着テープで覆ったものを持ち歩いて、一度ならずもこれで命を救われた、と彼女は言っていた。男の急所に一撃をくらわせたり、男を躓かせてから顎の下を蹴り上げて、首を折るやり方を私たちに見せてくれた。こういうのはコツがあるのさ、と彼女は言った。必要になった時に使えるワザがね。

しかし、祝日や、つぼみと花聖歌隊の練習の時、彼女ほど信心深そうな人は他にいなかった。まるでミルクで洗われたみたいに見えた。

方舟の祭り

方舟の祭り

教団暦十年
二度の洪水と二つの約束について
アダム一号の話

親愛なるみなさん、そして仲間の人間たちのみなさん。
今日、〈神の子どもたち〉は小さい〈方舟〉をたくさん作って、アーボレータム（樹木園）川で進水させました。神が創られた〈創造物たち〉への敬意のメッセージが積まれた、これら方舟を海岸で偶然見つけるかもしれない他の子どもたちに届けるためです。ますます危険が迫ってくる世界において、なんと思いやりのある行為でしょう！　さあ、忘れずにいましょう、嘆くより期待を持つ方が望ましいということを！

今日の夕食は祝祭日の特別のご馳走です。野菜でできた〈動物たち〉を詰めこんだノアの方舟ゆで団子の入った、〈最初の洪水〉を象徴するレベッカのおいしいレンズマメのスープです。一つだけターニップでできたノアが入ったゆで団子があります。それにあたった人はご褒美がもらえます――食べ物を無頓着にがつがつ食べないようにという教えです。

ご褒美はヌアラ、つまり才能豊かなイブ九号が描いた絵です。〈水なし洪水〉に備えて私たちがアララト貯蔵室に入れておくべき必需品と共に航海者聖ブレンダンが描かれています。ヌアラはこの美術作品で缶詰のソイダインとソイビッツをことさら強調しました。私たちはアララト貯蔵室を定期的に入れ替えることを忘れてはなりません。ついに必要な日がきて缶を開けたら中身が腐っていた、なんて目にあいたくないですね。

バートの立派な妻ビーナは〈休閑〉状態にあるので、私たちと一緒に祭りを祝うことができませんが、近いうちに仲間に戻れることを願っています。


さあここで、方舟の祭りの祈禱をいたしましょう。

今日という日を私たちは、悼み、しかしまた喜びます。いつ起こったにせよ、〈最初の洪水〉で絶滅した全ての陸上の〈創造物たち〉の死を悼みます。しかし、同時に喜ぶのです。〈魚〉や〈クジラ〉、〈珊瑚〉、〈ウミガメ〉や〈イルカ〉、〈ウニ〉、そして〈サメ〉たちが絶滅を免れたことをです。ただし、もし莫大な量の淡水雨によって海水温度と塩度に変化が起きて、私たちの知らない〈生物種たち〉に害を及ぼしていたとしたら、喜べません。

私たちは〈動物たち〉の間に起きた大虐殺を悲しみます。化石の記録が示す通り、どうやら神は多くの〈種〉を処分しようとお考えになったのです。しかし多くの〈生物種〉を、われわれの時代まで生き延びさせて、新たに私たちの保護に託されたわけです。もしあなたが、すばらしい交響曲を作曲したら、それを消し去らせたいと思いますか？　〈地球〉とその音楽、〈宇宙〉とその中のハーモニー――それらは神が〈創造〉された作品なのです。そこでは、人間の創造力など貧しい影に過ぎません。

〈人間の言葉で表現された神の話〉によると、選ばれた〈種〉を救済する仕事はノアに与えられました。〈人類〉の中で認識あるものを彼が代表してのことです。彼のみが前もって予告を受けました。彼は独りでアダムの最初の管理責任を受け継いだのです。〈洪水〉が引いて自分の方舟がアララトの山の浜へ上がるまで、神の愛する〈生物種〉の安全を守り抜きました。やがて救われた〈生物たち〉は、あたかも第二の天地創造のように〈地球〉に解き放たれたのです。

最初の天地創造では、全てが喜びでしたが、次のときは条件付きとなりました。もはや神はそれほどお喜びではありませんでした。最後の試みで、〈人間〉を創った時にどこかで失敗したことをご存知でしたが、修正するにはもう遅すぎました。「私はもはや二度と人のゆえに地を呪わない。人が心に思い図ることは、幼い時から悪いからである。私は、このたびしたように、もう二度と、全ての生きたものを滅ぼさない」と創世記第八章二十一節の〈人間の言葉で表現された神の話〉にある通りです。

そうです、みなさん、地上におけるいっそうの呪いは神ではなく、〈人間〉自身の仕業なのです。地中海の南岸を考えてください――かつての実り豊かな農地は今や砂漠です。アマゾン川流域の荒廃はどうですか。生態系の大規模破壊を考えてみてください、生態系の一つ一つが、細部にまでわたる神の無限に行き届いた厚い配慮の反映なのです……これらの点については、いずれまた取り上げましょう。

それでも、神は注目すべきことを述べておられます。神は述べます。「恐れおののいて」、つまり〈人間〉を恐れて、「地の全ての獣、空の全ての鳥は恐れおののいて……あなたがたの支配に服し」と。創世記第九章二節です。ここで神は、ある人々が主張するように、〈人間〉が全ての〈動物〉を潰滅させる権利を持つと述べておられるのではありません。実は反対に、神の愛する〈創造物たち〉への警告なのです。

〝人間に気をつけなさい、その悪しき心に〟

やがて神はノアおよび彼の息子たち、「そして全ての生きとし生けるもの」と〈契約〉を結ばれます。神とノアとの〈契約〉を思い出す人は多いけれど、その他全ての〈生きもの〉との〈契約〉は忘れられています。しかし神はお忘れになりません。「生きとし生けるもの」と「あらゆる生きもの」という言葉を何度も繰り返し、私たちにその趣旨を理解させようとなさるのです。

誰も石と〈契約〉を結ぶことはできません。〈契約〉が存在するためには、少なくとも二人の生きた責任ある当事者がいなくてはなりません。ですから〈動物〉は感覚を持たない物質でも、単なる肉の塊でもないのです。彼らが生きた〈魂〉を持っていなければ、神と〈契約〉を結べたはずがありません。〈人間の言葉で表現された神の話〉はそれを確認しています。「しかし今、獣に問うてみよ」とヨブ記第十二章は言っています。「教えてくれるだろう。空の鳥に問うてみよ、告げてくれるだろう……海の魚もまたあなたに語るだろう」

今日は〈種〉の介護者として選ばれた、ノアを思い起こしましょう。私たち神の庭師たちは複数から成るノアです。私たちも呼びかけられました。私たちも警告されています。医師が病人の脈で診断するように、私たちも来るべき災害の兆候を感じとることができます。私たちは、備えなければなりません。〈動物〉の信頼を裏切った者たち、そう、神が〈動物たち〉を住まわせられたのに、それを〈地球〉上から消滅させた連中が〈水なし洪水〉によって一掃されてしまう時のために。〈水なし洪水〉は闇にまぎれて飛ぶ神の黒天使たちの翼に乗って、また飛行機やヘリコプターや高速列車や運送トラックやほかの輸送機関を使って拡大するのです。

しかし私たち神の庭師たちは〈種〉についての知識、および彼らに対する神の愛護を大事にしていきます。この貴重な知識を、あたかも方舟に乗せているかのように、〈水なし大洋〉を越えて運んでいかねばなりません。

みなさん、アララト貯蔵室を念入りに造りましょう。慎重に予測して缶詰や乾燥食品を備蓄しましょう。うまく偽装して隠すのです。

神が、狩人のわなから私たちを助け出してくださり、そしてその羽根でおおってくださり、その翼の中に私たちを隠してくださるよう、祈りましょう。詩篇第九十一篇にありますね。またあなたがたは暗闇に歩きまわる疫病をも、真昼に荒らす滅びをも恐れることはありません、と。

みなさん、少なくとも日に七回、手を洗うことの重要性を忘れてはいけません。知らない人と会った後にも。絶対必要なこの注意を直ちに実行してください。
くしゃみをしている人は避けること。
さあ、歌いましょう。

私の体は地上の〈方舟〉

私の体は地上の〈方舟〉、
〈洪水〉から守ってくれる。
全ての〈創造物〉を懐に抱き、
彼らが善良だと知っている。

遺伝子と細胞と、
数知れぬニューロンでしっかり組み立てられている。
私の〈方舟〉はかき抱く、
アダムが眠って過ごした数百万年を。

そして〈破壊〉が渦巻く時は、
アララト山へ進んでいく。
私の〈方舟〉は無事に陸に着く、
〈聖霊〉の光の導きにより。

〈生き物〉全てと和やかに、
私はこの世の日々を送る、

みんなそれぞれ与えられた声で、
創造主を讃えて歌います。

『神の庭師たち口伝聖歌集』より

18

トビー、聖クリックの日

教団暦二十五年

北側の草原にはまだ死んだ雄ブタが横たわったままだ。ハゲワシがたかっているが、獣皮が硬くて食いちぎれない。目玉と舌だけをついばんでいる。実際にたっぷり食べるには、腐って破裂するまで待たなければならない。

トビーはカラスたちがやかましく飛び回っている空の方へ、望遠鏡を向ける。やがて振り向いて見ると、二頭のライオバム(ライオンと子ヒツジの異種交配)が草原を横切って来る。オスとメス、草原の所有者さながらゆうゆうと歩いてくる。雄ブタのそばで立ち止まり、臭いをかいでみる。ちょっとだけ。そしてまた歩み続ける。

トビーは魅せられて、じっと見つめる。ライオバムは写真でしか見たことがない。実物を見るのは初めてだ。これって幻想かしら?　とんでもない、ライオバムは本物。あの最後の絶望的な日々に、狂信的な教派の一派に解放された動物園の獣たちに違いない。

彼らは猛獣だけど、危険には見えない。ライオンと子ヒツジの接合は、平和王国を呼びよせるためにライオン・イザヤ教徒が注文して作らせたものだ。ライオンと子ヒツジが共に横たわるという友愛の予言を実現するためには、二者を混合させるしかないと考えたのだ。しかし、その結果は完全な菜食動物ではなかった。
それでも、金色の巻き毛とくるくる回る尻尾を持つライオバムたちは、けっこうおとなしく見える。今は花を食べていて、頭を上げない。だが、彼らが彼女の存在に十分気づいているのはわかる。やがてオスが口をあけて、長い鋭い犬歯を見せながら吠える。メーとウォーの奇妙な混合音だ。メウォーね、とトビーは思う。

肌が痛い感じがする。あんな動物に茂みの陰から飛びかかられるなんて想像もしたくない。どうせ引き裂かれて食われる運命なら、もっとありきたりの猛獣の方がいい。でも、彼らは驚くべき動物だ。一緒に跳ね回り、空気を嗅ぎ、ゆっくりと森の端へ向かい、まだらな木陰の間に消えていくのを彼女は見つめ続ける。

ピラーが彼らを見たらどんなに喜んだかしら、とトビーは思う。ピラー、レベッカ、おちびのレンも。それにアダム一号。そしてゼブ。今はみんな死んでいる。

やめなさい、とトビーは自分に言いきかせる。今すぐやめるのよ。

トビーは、モップの柄でバランスを取りながら、注意深く横向きに階段を下りて行く。今でもまだ、期待し続けている。エレベーターのドアが開き、電気がつき、エアコンが息を吹き返し、人が、そう、誰かが出てくるのを待っている。

鏡が並んだ長い廊下を、ますますふかふかしてくる絨毯の上を静かに歩いて行く。スパは鏡だらけだ。婦人たちには強烈な照明の下で自分の姿がいかにひどいか、それから柔らかい照明によって、ちょっとしたお金を出せば、どれほどましに見えるようになるかを気づかせる必要があるのだ。しかし、独りで過ごすうちに、トビーはピンク色のタオルで鏡をみんな覆ってしまった。次々と鏡に映る自分の姿に驚かされたくなかったから。

「どなたかお住まいですか?」彼女は大声で言った。私じゃないわ、と考える。いま私がしてることは、とても住んでいることとは呼べない。氷河のバクテリアみたいに休眠状態だ。ただ時が過ぎるのを待ってるに過ぎない。

彼女は午前中の残りを一種の無感覚状態で座って過ごす。かつては瞑想とみなされただろうが、今は、それとはほど遠い。身がすくむほどの怒りに襲われそうだ。それがいつ来るか、予測はできない。それは現実への疑いから始まって、悲しみに終わる。でも、その二つの局面の間では体が激怒で震える。誰に対して、何に対して? なぜ生き延びたの? 数えきれない何百万もの人間の中で。なぜもっと若い誰か、もっと楽観的でより新鮮な細胞を持つ人じゃないの? 自分はここにいるだけの理由があると信じるべきだろう。証人となり、メッセージを伝え、潰滅状況の中で少なくとも何かを救い出すため、などと。そう信じるべきなのに、できない。

こんなに長い間悲しんでばかりいるのは間違い、と彼女は自分に言い聞かせる。悲嘆と煩悶。そんなことでは、何一つ成しとげられない。

昼の暑い間、彼女は昼寝をする。真昼のスチームバス状態の中で眠らずにいる努力など、エネルギーの浪費だ。

彼女は、スパの顧客たちが有機植物治療を受けていた狭い個室のマッサージテーブルの上で眠る。ピンクのシーツにピンクの枕、ピンクの毛布もある——やわらかく抱きしめてくれる色、赤ちゃん用の優しい色——まあ、毛布は要らないけど、この気候では。

寝起きが悪くなってきていた。無気力感と闘わなきゃ。眠りへの欲望は強い。眠る、そして眠る。永遠に眠る。灌木のように現在のためだけに生きることはできない。でも、過去は閉められたドア。彼女に見える未来はない。もしかしたら、毎日毎日、毎年毎年、ただ枯れ萎《しぼ》み、身を折り曲げて、老いたクモのように萎《しな》びてしまうまで、生き続けるのかもしれない。

あるいは、近道をすることもできそうだ。赤いビンにはいつもケシの花があるし、小さい死の天使と呼ばれる命取りのテングタケもいつもある。いつそれらを体内に解き放ち、天使たちの真っ白な翼に乗って飛び去るかは、彼女次第だ。

自分を元気づけるために、トビーはハチミツのビンを開ける。ずっと前に抽出したハチミツの最後の一ビン。ピラーと一緒にエデンクリフの屋上で採った。この何年間も、お守りのように大事に取っておいたもの。水が入らないようにしておけば、ハチミツは腐らない、とピラーは言った。だから古代人は不死の食べ物と呼んだのだ。

トビーは香りの良いハチミツを一匙すくって飲み込む。そしてまた一匙。ハチミツを集めるのはしんどい仕事だった。巣箱を燻《くゆ》らせ、入念に巣をはがして、ハチミツを抽出する。繊細さと手ぎわよさを必要とした。ハチたちには話しかけて説得しなければならない。その上で一時的にガス中毒にするのだ。時には刺されたが、思い出す限り、くもりのない幸せな体験だった。そう思うことで自分をだましてるとわかっていたが、そうしたかった。あのような純粋な喜びがまだ可能だと信じることが、絶対に必要だった。

19

次第に、トビーは神の庭師たちを離れた方がよいとは思わなくなった。彼らの教義を純粋に信じてはいないが、今ではもう否定するわけでもない。季節は次々と移り変わっていった――雨、嵐、暑さと日照り、涼しくて雨なし、雨が多く暖かい――年が暮れてまた明ける。トビーは完全な神の庭師の信者ではなかったが、もはやヘーミン地住民ではない。どちらでもなくなったのだ。

今では思い切って街にも出かけて行く。だが教団から遠くまでは行かなかった。それにしっかり身を覆い、マスクをつけ、つば広の日よけ帽をかぶった。いまだに、ブランコの悪夢を見る――彼の腕に彫られたヘビ、彼の背中につながれた首無し女たち、そして皮膚がむけたような青い静脈が浮き出た両手が彼女に向かって伸びてくる。〝俺が好きだと言え！　そう言うんだ、クソ女！〟彼といる最悪の時、最も怖い時、最も苦しい時、彼の両手が手首から切れて落ちるところを目に浮かべた。彼の両手やその他の体の部分が。ほとばしる血色のない血。生きたまま炭素系ゴミオイル用ボイラーに詰め込まれる彼を思い描いた。ひどく暴力的な想念だったから、神の庭師たちの中に入って以来、頭からかき消そうと懸命に努力してきた。しかし、記憶は蘇り続けた。彼女は眠っている間に、「苦難のシグナル」と彼らが呼ぶ音を時々出している、と近くの寝部屋で寝ている人たちに言われた。

アダム一号は彼女が立てるシグナルに気づいていた。トビーは時が経つにつれて、彼を軽く見るのは間違いとわかってきた。今では彼の髭は無垢な羽根のように白くなり、青い目は赤ん坊のように無邪気に見開かれ、とても信じやすく騙されやすく見えたが、トビーは彼ほど強靭な意志を持つ人にはまたと会えないだろうと思った。彼は自分の意志を武器のように振り回さなかった。ただその中に身をゆだねて、漂っているのだ。それを攻撃することは、潮流に攻撃をかけるようなもので、できるわざではないだろう。

「いま彼はペインボールにいますよ」。天気のよい聖メンデルの日に、彼はトビーに言った。「二度と保釈されないかもしれない。おそらくあそこで自然にかえるでしょう」

トビーは胸がどきどきした。「何をしたんですか?」

「女性を殺したんです」とアダム一号は言った。「手を出すべきではない女性をね。ヘーミン地に刺激を求めてやってきたあるコーポレーションの女性を。あんなことをしなければよかったのに。今回は、コープセコーも厳しい処置を取らざるを得なかった」

トビーはペインボールについて、聞いたことがあった。政治犯に限らず、有罪判決を受けた犯罪者たちが収監される施設だ。彼らの選択肢は二つのうち一つ。スプレーガンによる射殺か、ペインボール・アリーナで服役するか。アリーナといっても競技場なんかではなく、囲いこまれた森のようなものだ。二週間分の食べ物とペインボール・ガンを与えられる——その銃は普通のペイントボール・ガンと同じく塗料を噴射するが、それが目に当たれば目がつぶれ、皮膚に付けば腐食が始まり、極悪犯ぞろいの敵方チームから餌食にされやすくなる。入所した囚人たちはみんな赤と金のチームに配属されるのだ。

女囚たちはペインボールをあまり選ばず、スプレーガンを選んだ。大半の政治犯もそうした。アリーナで生き延びる見込みがないのを知っていたから、早く終わらせる方を選ぶのだ。トビーにもそれはよくわかった。

長い間ペインボール・アリーナは、闘鶏や〈内部拷問〉と同じく秘密にされてきたが、今ではスクリーン上で観ることができるらしい。ペインボールの森には木の間や岩の中にカメラが隠されていた。しかし、脚とか腕とかのぼやけた影の他には、大して見るべきものは映っていない。当然ながら囚人たちは人目を忍ぶことに馴れているからだ。だが時たま画面に敵が狙撃される瞬間が映ることもある。一カ月生き延びれば優秀だ。もっと長ければさらに優秀。スリルによるアドレナリンの影響で、刑期が終了しても森から出たがらない者もいた。コープセコーのプロたちでさえ、刑期の長いペインボーラーたちを恐れていた。

チームによっては撃ちとった敵を木にぶら下げたり、遺体を切り刻んだりした。頭を切り落として、心臓と腎臓をえぐり取る。敵チームを威嚇するためだ。一部を食べることもあった。もし食料不足だったなら。そうでなければ自分たちがいかに邪悪かを示すためだけに。トビーは思った。そのうち一線を越えてしまうということじゃない、越えてはいけない線があることさえ忘れてしまうんだわ。何でもやってしまうのよ。

急に頭なしで、逆さ吊りにされたブランコが目に浮かんだ。それを見てどう感じるの？　嬉しい？　かわいそう？　彼女にはわからなかった。

トビーは〈徹夜の祈禱〉を申し出た。ひざまずき、たくさんのグリンピースと心を溶け合わそうと努めた。ツルや花や葉っぱや莢《さや》。青々とした緑に、鎮静。ほぼうまくいった。

ある日、クルミ顔の老女ピラーのイブ六号が、トビーに訊いた。ハチについて勉強したいかと。ハチとキノコは、ピラーの専門だった。トビーはピラーが好きだった。親切そうだし、羨ましくなるほどの安らかさを湛えている。だからハイと答えた。

「よかった」とピラーは言った。「ハチにはいつでも悩みを語れるわよ」。そうか、私の悩みを気に留めてくれていたのは、アダム一号だけじゃないんだわ。

ピラーはハチの巣箱へトビーを連れて行って、ハチたちの名前を呼んでは紹介した。「あなたが友だちだと知る必要があるのよ」、彼女は言った。「ハチたちは匂いを嗅ぎ分けるの。ゆっくり動いて」。トビーは用心し、ハチたちはトビーのむき出しの腕を金色の毛皮のように覆っていく。「次に来た時、彼らはすぐあなたがわかるわ。ああ――もし刺されても、叩いちゃだめ。とげ針を払い落とすだけ。でもハチはおびえなければ刺さないの。刺せば自分が死ぬんだから」

ピラーはハチにまつわる伝承をたくさん知っていた。家の中にハチが入ってきたら、見知らぬ人の訪問を意味し、もしそのハチを殺したら、その訪問は良いものではなくなる。もし養蜂家が死んだら、ハチたちに知らせなければならない。さもないと、ハチたちは群れをなして飛び去ってしまう。ハチミツは傷口に効く。五月に来るハチの群れは涼しい日ほどありがたい。六月に来るハチの群れは新月に等しい。七月に来るハチの群れは潰したハエほどの価値もない。巣箱のハチすべては一匹のハチと同じ。巣を守るために死ぬのだ。「神の庭師たちのようにね」とピラーは言った。彼女が冗談を言っているのかどうか、トビーにはわからなかった。

初めのうち、ハチたちはトビーの存在に動揺したが、やがて彼女を受け入れるようになった。彼女一人でハチミツを抽出させてくれるようになり、刺されたのは二度だけですんだ。「ハチは間違えたのよ」、ピラーは言った。「まず女王バチの許可を得なくてはいけないの。それから害は及ぼさないからとハチたちに説明しなければね」。それも大きい声でよ、人間と同じで、ハチだって人の心はしっかり読めないんだからと。そこで、トビーは話しかけたが、馬鹿みたいに感じた。歩道を歩いている人が、ハチの群れに話しかけてる私を見たら、なんと思うかしら？

　ピラーによれば、世界中のハチがここ何十年間もトラブルに巻き込まれているという。殺虫剤や温暖化や伝染病、おそらくそれら全部のせいだろう——正確なことはわかっていない。ただし屋上庭園のハチたちは無事だった。実のところ彼らは繁殖している。「愛されているってわかっているのよ」、ピラーは言った。

　それはどうかな、とトビーは思った。トビーはいろいろなことを疑った。しかし、自分一人の胸に収めていた。疑いは、庭師たちに馴染みの言葉ではなかった。


　しばらくして、ピラーはトビーを、ブエナビスタ・コンドミニアムのじめじめした地下室へ連れて行ってキノコの栽培場を見せた。ハチとキノコは相性がいい、とピラーは言った。ハチは死者へのメッセンジャーだから、霊界とも仲がいい、と彼女は奇妙奇天烈な情報をまるで周知の事実のように無造作に言った。トビーは無視するふりをした。その霊界の庭ではキノコはバラの花のような存在だった。キノコの本当の部分は地下にあるのだから。目に見える部分、つまり人が普通キノコとよぶものは、一時的な幻影に過ぎない。雲のような花なのだ。

　食用キノコ、薬用のキノコ、そして幻覚を起こすキノコがある。幻覚キノコは、〈黙想の業〉と〈隔離の週〉にだけ使われるが、ときには、ある種の症状治療のため、あるいは〈魂〉を再び向上させるための、〈休閑〉状態にある人々を癒すのにも役に立つ。誰でも時には〈休閑〉状態になる、とピラーは言う。しかし長く続くと危険だった。「階段を下り続けて、もう戻ってこないようなものよ」とピラーは言う。「でも、キノコは助けてくれることができるの」

　三種のキノコがある、とピラーは言う。〝無毒〟、〝使用に要注意・要説明〟、そして〝危険〟だ。それぞれみんな覚えなくてはならない。〝ホコリタケ、どの種でも無毒〟、〝シビレタケは要注意・要説明〟。全テングタケ、特にタマゴテングタケは、〝死の天使。危険〟。

「これらはすごく危険では？」トビーは訊いた。

ピラーはうなずいた。「もちろん。とっても危険よ」

「なのに、なぜ育てるのですか？」

「神様は、毒キノコをお創りにならなかったはずよ、私たちに時折利用させようとお考えにならなければね」、ピラーは言った。

ピラーの態度があまりに穏やかで優しかったので、トビーは自分の耳が信じられなかった。「誰かを毒殺しないですよね！」

ピラーはトビーをまっすぐ見て言った。「いや、わからないわね。そうしなければならない時にはね」


今ではトビーは時間さえあればピラーと過ごすようになった――エデンクリフの養蜂場や近くのビルの屋上でハチ用の蕎麦やラベンダーを栽培し、ハチミツを採取してはビンに詰めた。ピラーはラベルに文字の代わりに、小さいハチのスタンプを押した。ビンの一部は、ピラーがブエナビスタ・コンドミニアムの地下室壁の可動式コンクリートブロックの裏側に作りつけたアララトの食料貯蔵室にしまった。また、二人はケシを栽培して、種からねっとりした汁を集めたり、ブエナビスタの地下室のキノコ菌床で時間を過ごしたりした。さらに、命の木ナチュラル製品販売会で売る万能薬や治療薬やハチミツとバラ入りスキンローションを煮詰めて作ったりした。

このようにして時間は経っていった。トビーは時を数えるのをやめた。いずれにしても、時は過ぎていくものじゃないわ、とピラーは言った。時は人がその上を漂う海なのよ。

夜、トビーは自分の香りを嗅いだ。新しい自分の香りを。肌はハチミツと塩の香りがした。そして大地の。

20

神の庭師には次々新しい人たちが入ってきた。本気の改宗者もいるが、それ以外の者は長く留まらなかった。しばらくいて、みんなと同じように体を覆い隠すだぶだぶの服を着て、最も熟練のいらない仕事をする。女性たちは、時々泣いていた。しばらくするうちに彼女らはいなくなる。影の人間なのだ。アダム一号は、人目につかない場所に彼女らをあちこち移動させていた。トビーにしたのと同じように。想像するしかない。庭師たちが個人的な質問を歓迎しないことにトビーが気づくのに、長くはかからなかった。どこから来たのか、前は何をしていたのか――そんなことは全て関係ない、と彼らの態度が示していた。〈今〉だけが大事。自分について言って欲しいことだけを、他人についても言いなさい。つまり、何も言うなということだ。

トビーが知りたいことはたくさんあった。例えば、ヌアラには男性経験があるのかしら。もしないとしたら、そのせいであんなに男たちとひどくいちゃつくのかしら？　助産婦のマルシュカはどこで技術を学んだのか？　神の庭師たちを始める前にアダム一号は一体何をしていたのか？　イブ一号、つまりアダム一号夫人やアダム一号の子どもたちがいたことがあるのか？　トビーがこれらの領域に触れそうになると、ただにっこりして、話題を変えられた。つまり知識、あるいは権力を欲しがり過ぎるという原罪を犯さないように諭されるわけだ。この二つはつながっているからである――トビーもよく了解しているでしょ？

そして、アダム七号の、ゼブがいる。トビーは、ゼブを真の神の庭師とは思っていなかった。自分もそうじゃないから。シークレットバーガーで働いている間、同じような体型で毛深い多くの男を見てきた。だから、彼には何か魂胆があるに違いないと見ていた。その種の用心深さが窺えるのだ。そんな男がエデンクリフの屋上で、一体何をしているのか？

ゼブは出たり入ったりしていた。時には何日も姿を消す。そして戻ってくるたびに様々なヘーミン地住人の服を着ていた。ソーラーバイカー用の合成皮革ジャケット、つなぎの作業服、あるいは用心棒の黒服など。トビーは最初、彼がブランコの仲間で彼女をスパイしに来たのかと心配した。しかし、そうではなかった。子どもたちはマッドアダムとあだ名をつけていたが、十分正気に見えた。心優しいけれど妄想的なこの奇人たちの仲間と暮らすには、正気過ぎるくらいだ。それに、彼とルサーンとの間にはどんな絆があるのか？　ルサーンは一目でわかる甘やかされた構内の奥さんそのものだ。爪が割れたくらいでふくれてしまう。ゼブのような男が選ぶ相手ではない。ゼブは銃弾がありきたりだったトビーの子ども時代なら、弾丸スピッターと呼ばれただろう。

セックスのためかも、とトビーは考えた。肉体の蜃気楼、ホルモンに刺激された妄想。多くの人に起きる現象だ。適当な男がいさえすれば、自分もそのような物語の一部になり得た頃をトビーは思い出す。でも、神の庭師たちでの暮らしが長くなるほどに、そんな時代は遠ざかっていった。

最近はセックスをしていないし、したいとも思わなかった。汚水沼にどっぷりつかっていた頃は、いやになるほどセックスをしていた。人がやりたいと思うようなものではなかったが。ブランコからの解放はとてもありがたかった。ぐちゃぐちゃになるまで犯され、どろどろになるまでに叩きつぶされて、空き地にぶちまけられずにすんだのは、幸運だった。

神の庭師たちで一度、セックスがらみの事件があった。老いぼれ筋肉ムギが、トビーに襲いかかったのだ。ブールバード・コンドミニアムの最上階にある元宴会場で、光を求めて走れランニングマシンで一時間ほど運動している時だった。彼女をランニングマシンから引きずりおろして床に押し倒し、馬乗りになると、欠陥ポンプのようにぜいぜい呻きながらデニムスカートの下をまさぐった。しかし、彼女は土掘りや階段の上り下りのおかげで強くなっており、ムギは昔ほど体力がなかった。彼女は肘を彼にめりこませ、自分の上から振り落として逃げた。ぶざまに床にひっくり返って喘いでいる彼を残して。

彼女はピラーにそのことを話した。今では気になることを全てピラーに語るようになっていた。「私はどうしたらいいの？」と訊いた。

「ここでは、そんなことには、大騒ぎしないの」とピラーは言った。「実際にムギに悪意はないの。私たちみんなに、私にさえ、そんなことをしたことがあるわ。何年も前だけどね」。そしてちょっとドライな含み笑いをした。「私たちの中に潜むアウストラロピテクスがひょっと出てくるのよ。心の中で彼を赦してあげて。もう二度とやらないってわかるから」

セックスがらみのトラブルはそれだけだった。一時的なものかも、とトビーは思った。腕がしびれるのと同じかも。私のセックス神経回路はブロックされている。でも、なぜ気にならないのかしら？

昆虫変態のイラストで知られる聖マリア・シビーラ・メーリアンの日の午後だった。養蜂の仕事には縁起のいい日と言われている。トビーとピラーはハチミツの採取中だった。朽木の火をじゃばらであおぐので、煙とすすを防ぐためにつば広のベールつきの帽子をかぶっていた。

「あなたのご両親は――生きてるの？」白いベールごしにピラーが訊いた。

庭師にしては珍しくすばりと訊かれたので、トビーは驚いた。でも、ピラーは正当な理由なしには、こんな質問はしないはずだ。トビーは父について話す気にはなれなくて、代わりに母の不可思議な病気について語った。ひどく奇妙だったわ、母はいつも健康志向が強かった。体重の半分はビタミン剤だったと言ってもいいくらいでした。

「どんなサプリメントを摂っていたのか、挙げてみて」、ピラーは言った。

「母はヘルスワイザーのフランチャイズ店を経営していたから、そこのです」

「ヘルスワイザーね」とピラー。「前に聞いたことがあるわ」

「何をですか?」トビーは訊いた。

「そんな病気よ、ああいったサプリメントに関連してね。ヘルスワイザーの人たちがお母さんを自分たちで治療したがったのは、当然だわ」

「どういうことですか?」トビーは訊いた。朝の陽光は暑いのに、寒気がしてきた。

「トビー、考えてみたことがある? あなたのお母さんはモルモットにされたのかもしれないって」

これまで考えたことはなかったが、今はっと思い当たった。「変だと思ったことはあったわ。錠剤のことじゃないけれど……、父の土地を買い取りたかった開発業者なんじゃないかと。井戸に何かを入れたのかと」

「もしそうなら、家族全員が病気になったはず」とピラーは言った。「トビー、そのコーポレーションが作った薬はぜったいに飲まないって、約束してちょうだい。錠剤を買わないって。もし彼らがくれようとしても、どんな説明をしても、決して受け取らないって。彼らはデータと科学者を生み出すのよ。医者たちもね——役立たずの連中よ。みんな買われちゃってるの」

「まさか、全員がそうじゃないでしょう!」トビーはピラーの激しさに驚いて言った。ふだんピラーはとても物静かなのに。

「そうね、全員じゃないわ。でも、そういったコーポレーションの系列でまだ働いている人たちはみなそうよ。その他の——何人かは突然死んでしまった。まだ生き残っている人たち——わずかでも古風な医学倫理観を持っている人たちは……」ピラーは一息ついた。「まだそういう医者たちはいるわ、でもあのコーポレーションにではない」

「どこにいるのですか?」トビーは訊く。

「何人かはここに、私たちと一緒にね」とピラーは微笑んだ。「レンチのカツロはかつて内科医だった。今はここで水道工事をしてるわ。スーリヤは眼科医だった。スチュアートは腫瘍学者。マルシュカは婦人科医だったのよ」

「じゃ、他のお医者さんたちはどこ? もしここにいないのなら」

「安全に暮らしてる、他の場所で、とだけ言っておくわ。今のところはね。でもここで約束してちょうだい。コーポレーションのあの錠剤は死人の食べ物なのよ。私たちのような人間の死者じゃなく、邪悪な種属の。まだ生きている死人。子どもたちがそんな薬を飲まないように、悪い薬だと教えなくちゃ。これは私たちの信仰の問題ではなく、確かなことなの」

「でも、なぜそれだけ確信できるのですか?」トビーは訊いた。「そのコーポレーションが何をやっているのか、誰も知らない。みんなそこの構内に籠もっていて、外には何も漏れてこないし……」

「聞いたら驚くわよ」とピラーは言った。「絶対に水漏れがおきない船なんて、造られたことがないの。さあ、私に約束して」

トビーは約束した。

「いつの日か」とピラー。「あなたがイブになった時、もっといろんなことがわかるわよ」

「あら、イブになるなんて、思わないわ」とトビーは無関心に言う。ピラーは微笑んだ。

その日の午後、ピラーとトビーがハチミツ採取を終え、ピラーがハチたちと女王バチに協力を感謝している時、ゼブが非常階段を上ってきた。彼はソーラーバイカーたちに人気の黒い合成皮革ジャケットを着ていた。バイクに乗っている時の熱気を逃がすように、ジャケットには切れ込みが入れてあるのだが、ゼブのジャケットには余計な切れ込みが入っていた。

「どうしたの?」とトビーは訊いた。「どうしたらいい?」切り株のようなゼブの両手は腹部を押さえていた。指の間から血が流れ出ている。トビーはちょっと吐き気がした。同時に、「ハチの上に血をたらさないで」と言いたい衝動にかられた。

「転んで怪我したんだ」とゼブ。「割れたガラス片で」。息遣いが荒い。

「信じられないわ」、トビーは言った。

「お前が信じるとは思わなかったよ」、ゼブはにやりとした。「ほら」とピラーに言う。「プレゼントを持ってきたよ。シークレットバーガー・スペシャルだ」。合成皮革ジャケットのポケットに手を突っ込んで、ひとかたまりのひき肉を取り出した。トビーは一瞬、肉がゼブ自身の肉かと思ってぞっとしたが、ピラーは微笑んだ。

「ゼブ、ありがとう。いつも頼りにしてるわ! さあ、一緒に来て。すぐに支度するから。トビー、レベッカを探して、清潔なキッチンタオルを持ってくるように言ってくれる? それから、カツロも連れてきて」。血を見てもピラーはちっとも動揺していないように見えた。

いくつになったら、私もあんなに落ち着いていられるんだろう、とトビーは思った。自分自身の体が切り開かれた感じだった。

21

ピラーとトビーはゼブを、屋上の北西コーナーにある〈休閑〉回復小屋へ運んだ。ここは、〈徹夜の祈禱〉の庭師や、〈休閑〉状態から回復しはじめた人たちや、軽い病人たちに利用されていた。二人がゼブを横にならせている時、布巾を一山抱えたレベッカが屋上の裏の囲いをした小屋から出てきた。

「まあ、誰がやったの？　ガラスでやられたのね！　ボトル戦？」

カツロがやって来て、ゼブの腹部から上着を剝ぎ取り、プロの目で傷を調べた。「あばら骨が止めてくれたな。切り傷だ、刺し傷じゃない。深い傷はなし――運がよかったな」

ピラーはひき肉をトビーに手渡した。「これはウジ虫用よ。今回はあなたが世話をしてくれる？」臭いから察して、肉はもう腐りかけていた。

トビーはピラーがするのを見覚えた通りに肉を健康クリニックで手に入れたガーゼに包んで、屋上の端から紐で吊り下げた。二、三日たって、ハエが卵を産み付け、その卵がかえったら、紐を引き上げてウジを採取する。腐った肉には必ずウジが湧くのだから。ピラーはいつも治療の必要に備えてウジ虫を手元に用意していた。でも、トビーはそれを使う現場を見たことがなかった。

ピラーによると、ウジ虫療法は大昔から行われていたそうだ。血吸いヒルや瀉血《しゃけつ》などと共に、時代遅れとしてお払い箱にされた。しかし、第一次世界大戦中に、ウジが湧くと兵士たちの傷がずっと早く治ることに医者たちが気づいた。この有益な虫は腐った傷部分を食べるだけでなく、壊死性バクテリアを殺し、壊疽の防止に大いに役立ったのだ。

ウジは気持ちいい感触なの、とピラーは言った。小魚みたいな優しいかじり方で。でもよく見ていないとね。腐った傷肉を食べ切ったら、正常な肌まで食べ進むから、痛みと出血を起こすわ。それさえ防げば、傷はきれいに治るのよ。

ピラーとカツロはゼブの傷を酢で洗い、ハチミツを塗りつけた。ゼブの顔色は青白かったが、もう血は止まっていた。トビーがスマックを飲ませてやった。

カツロによると、ヘーミン地の路上の乱闘で使うガラスは汚染度がひどく高いから、敗血症を防ぐには直ちにウジ虫治療を始めねばならない。ピラーは折ったガーゼの中にピンセットでつまみ出した手飼いのウジ虫たちを入れて、それをゼブの体にテープで貼りつけた。ウジ虫たちがガーゼを噛み破って出てくる頃には、ゼブの傷は十分に膿んでおいしそうに見えるだろう。

「誰かここに残って、ウジ虫の見張りをしなければ」とピラーが言った。「二十四時間、寝ずの番よ。私たちの愛するゼブをウジ虫たちが食べ始めないようにね」

「あるいは俺が奴らを食い出すより先にな」とゼブは言った。「陸エビよ。エビと身体組織は同じさ。フライにするとえらく旨《うめ》えんだ。大いなる脂質の供給源さ」。強がりは言うものの、声は弱々しかった。

トビーは最初の五時間を引き受けた。アダム一号がゼブの事故を聞いて訪ねてきた。「君子危うきに近寄らず」と彼は穏やかに言った。

「うん、そうだが、奴らの数が多過ぎた」とゼブは言った。「とにかく、俺は奴らのうち三人を病院送りにしてやった」

「自慢するようなことではないです」とアダム一号は言った。ゼブは顔をしかめた。

「歩兵は足を使うんだ。だから俺はブーツを履いている」と彼は言った。

「この問題は後で話し合いましょう、君の気分が良くなってから」とアダム一号。

「気分はいいぜ」とゼブはうなった。

トビーに代わろうとヌアラがせかせか入ってきた。「彼にヤナギ茶を煎じてあげた？」彼女は訊いた。「わー、いやだ、ウジ虫なんて大嫌いよ！　さあ、上半身を起こしましょう！　網戸は上げられないの？　風通しが必要よ！　ゼブ、これがあなたの言う、都市流血制限ってものなの？　いたずらが過ぎるわよ！」彼女は甲高い声でしゃべりまくるので、トビーは蹴飛ばしてやりたくなった。

次に、ルサーンが涙を拭きながら現れた。「まあ、なんてこと！　何があったの、誰が……」

「この人が悪いのよ！」とヌアラがいわくありげに言う。「そうでしょ、ゼブ？　ヘーミン地の奴らと喧嘩なんてね」と彼女は嬉しそうに囁いた。

「トビー」とルサーンはヌアラを無視して呼びかけた。「どれくらいひどいの？　彼は……この人は……」彼女は昔のテレビドラマで臨終に立ち会う女優のような声を出した。

「俺は大丈夫だ」、ゼブは言った。「もういいから、一人にしてくれ！」

誰にもかまって欲しくねえ、と彼は言った。ピラーは別だ。もし絶対必要ならカツロもな。それに、トビーだ。少なくとも静かだからな。ルサーンは怒って泣きながら立ち去ったが、トビーにはどうしようもなかった。

神の庭師たちの間では、噂が日々のニュースだった。年長の少年たちはたちまちゼブの武勇談を聞きつけた。喧嘩は今や戦闘にされていた。さっそく翌日の午後、シャクルトンとクロージャーがゼブを見舞いに来た。彼は眠っていた。トビーがヤナギ茶に少しケシを入れておいたのだ。彼らはゼブの周りをそっとつま先で歩き、小声で囁き合いながら傷を覗き見ようとした。

「ゼブは一度クマを食ったんだ」とシャクルトンが言った。「ベアリフトの仕事で飛んでいた時にさ。あの頃はホッキョクグマの救助活動をしてたんだ。飛行機が墜落して、ゼブは歩いて戻ってきた——何カ月もかけてね！」年長の少年たちはゼブの英雄伝説をいくつも知っていた。「皮をむけば、クマも人間そっくりだってさ。」

「ゼブは副操縦士を食べたんだ。もちろん死んだあとでさ」、クロージャーが言った。

「ウジ虫、見られる？」

「ゼブは壊疽《ギャングリン》になってる？」

「ギャング！　グリン！」兄たちについて来た、ちびっ子オーツが叫んだ。

「黙れ、オーティー！」

「ううっ、肉臭男！」

「さあ、帰りなさい」とトビーはせかした。「ゼブは——アダム七号は安静が必要なのよ」

アダム一号は、シャクルトンとクロージャーとちびっ子オーツがまともに育つと考えていたが、トビーには疑わしかった。霧のフィロが父親代わりだったが、必ずしも対応できる精神状態ではなかった。

ピラーは夜番を引き受けた。どっちみち夜ぐっすり眠れないから、と彼女は言った。ヌアラは午前番を志願した。トビーは午後の番についた。一時間ごとにウジ虫たちの状態をチェックした。ゼブは熱も出さず、新たな出血もなかった。

回復しだすと、ゼブは落ち着かなくなった。そこでトビーは彼とまずドミノをし、つぎにクリベッジ、最後にチェスをした。チェスセットはピラーのもので、黒いコマはアリ、白いコマはハチだった。ピラーが自分で彫ったものだ。「昔の人は女王バチは王様だと思っていたの」とピラーは言った。「それを殺すと残ったものは目的を失ってしまうから。だから、チェスの王はチェス盤の上であまり動き回らない。女王バチはいつも巣の中にいるからよ」。この話が本当かどうか、トビーにはわからなかった。女王バチはいつも巣の中に引きこもっているのだろうか？　もちろん群がって巣別れする時、婚礼飛行の時は別として……。トビーは盤を見つめ、パターンを見極めようとした。休閑回復小屋の外から、小さい子どもたちのにぎやかな声に混じってヌアラの声が聞こえてきた。「五感を通して、世界が私たちの中に入ってくるの……見る、聞く、感じる、匂いを嗅ぐ、味わうこと……味わうためには何を使うかしら？その通り……オーッ、メリッサをなめる必要はないわ。さあ、舌を舌の入れ物にしまってふたをしめなさい」。トビーは像を描いた——いや、味を。ゼブの腕の肌の味、塩味を感じた……。

「あがり」とゼブが言った。「またアリの勝ち」。ゼブはいつもトビーに初めは有利になるように自分はアリを選んだ。

「あら」とトビーは言った。「わからなかったわ」。今彼女は怪しいと思っている——くだらない憶測だけど——ヌアラとゼブの間に何かあるかもしれないと。盛りを過ぎているが、ヌアラは官能的で妙に子どもっぽい。この性質を魅力的だと思う男たちがいる。

ゼブは盤をクリアにして、また新しくコマを並べはじめた。「頼みがあるんだ」、ゼブは言った。トビーの返事も待たずに。

ルサーンは頭痛がひどいんだ、と彼は言った。彼の声は静かだったが、いらつきがあった。それでトビーは頭痛は本物でない、または本当であってもゼブはくだらないと思っているのだと感じた。

今度彼女が偏頭痛を訴えたら、トビーの薬を持って行って、見てやってくれないか？　ホルモンの問題だとしたら、彼はルサーンのホルモン調整にはまったく何もしてやれないからだ。「あいつは俺には大きな悩みだ。離れているので、妬いてしょうがない」。彼は詐欺師のようににやりとした。「お前の言うことなら聞くだろう」

そうか、バラも輝きを失ったのだ、とトビーは思った。でも、バラはそれを認めない。

22

清浄な大気の聖アラン・スパロウ。今までのところ、その名にふさわしい日は一日としてない。トビーは乾燥ハーブとビン詰めの医薬品を入れた袋をぶかぶかのつなぎの中に隠して、ヘーミン地の混み合った道を歩いていた。昼過ぎの雷雨は有害ガスと汚染微粒子をいくらか浄化したが、トビーは聖スパロウへ敬意を払って、とにかく黒いマスクをつけていた。これは習慣になっていた。

ブランコがペインボールへ収監されていたので、もう外へ出ても安心だった。散歩したりうろついたりはしなかったが――ゼブの指示を忘れずに――絶対に走らなかった。仕事で目的地に向かって歩いているように見えるのが一番よかった。通りすがりの人の凝視や神の庭師たちをあざける声は無視したが、突然の動きや近寄り過ぎる人間は警戒した。ヘーミン地ドブネズミの一団がトビーのキノコをひったくろうとしたことがあった。彼らにとって幸せなことに、その時彼女は何も致死的なものを持っていなかった。

彼女はゼブの頼みを叶えるために、チーズ工場の建物へ向かって歩いていた。そこへ行くのは三度目だった。ルサーンの頭痛が本物で、人の気を引くためでないなら、彼女をヘルスワイザー市販の二倍の強さの鎮痛・催眠薬が、癒すか殺すかして、問題を解決しただろう。しかし、コーポレーションの薬は神の庭師たちにはタブーだったから、トビーはヤナギの抽出液にカノコソウとケシを混ぜたものを使っていた。ただしケシは少なめにした、さもないと中毒になるから。

「何が入ってるの？」トビーが薬を飲ませるたびにルサーンは訊いた。「ピラーが調合するものより苦いわ」

実はピラーが作ったのよ、とはあえて言わずに、トビーはルサーンに一服分を飲み込むように促した。それから冷たい湿布をルサーンの額にのせてベッドの脇に座り、彼女の泣き言を軽く聞き流そうとした。

神の庭師たちはできるだけ個人的問題を吹聴しないように求められていた。精神的ガラクタを他人に押し付けることは嫌悪された。〈人生〉を飲むカップは二つあるわ、とヌアラは幼い子どもたちに教えた。それぞれの中身はまったく同じかもしれないけれど、味はびっくりするほど違うのよ！

ノーのカップは苦い、イエスのカップはおいしい――

さて、どっちをお腹に入れたい？

これが神の庭師たちの基本的信条だった。ルサーンはスローガンを唱えることはできたが、その教えを自分のものにしていなかった。トビーは自分が偽者だから偽者を見抜くことができた。トビーが世話役に決定したとたんに、ルサーンの中でわだかまっていた全てが噴出してきた。トビーは、同情しているふりをして、ただうなずくだけで何も言わなかったが、実は、最悪の衝動に駆られてルサーンの喉を絞めてしまわないうちに、何滴ケシを与えれば彼女は意識不明に陥るかと考えていた。

トビーは道を急ぎながらルサーンの愚痴をあらかじめ考えていた。いつも通りなら、愚痴はゼブのことだろう。ルサーンが必要な時に、なぜゼブは一度も近くにいないのか？　一体どうして、この不潔なひどい場所で、世の中のことを何もわかっていない空想家連中たちと一緒に住む羽目になったのか？〝トビー、あなたのことじゃないわ、あなたは分別があるもの〟。彼女はここで、利己主義の怪物、自分の欲望しか考えない男と、生きたまま葬られてしまった。彼に話しかけるのはジャガイモ——いや、石に話しかけるようなものよ。彼は人の話を聞かない、自分の考えていることを一切伝えない、彼は火打石のように固いとか。

ルサーンが努力しなかったわけではない。責任ある人間になりたいと思ったし、アダム一号は多くのことについて正しいと本当に信じている。動物への愛は誰よりも強い。しかし確かに限界はある。一瞬でもナメクジに中枢神経系があるとは信じられないし、ナメクジにも魂があるというのは、魂の観念を軽んじることになるし、腹立たしい。彼女より魂を尊敬する人はいないほど、彼女はとてもスピリチュアルな人間なのだ。世界の救済については、彼女ほど強く世界救済を願った者はいない。しかし、いかに神の庭師たちが、神にかけて、ちゃんとした食物、衣服、シャワーさえなしですませて、他の誰よりも高尚で道徳的だと感じても、現実は何も変わらないのだ。彼らは自分にむちを打った中世のフラグラント（悪徳宗派）と同じだ。

初めてこの話題がでたとき「フラジェラント（鞭打苦行派）のこと？」とトビーは言った。

するとルサーンは、神の庭師たちのことを言ったのではないわ、頭痛のために気分がふさいでいたからよと。それに、コーポレーションから来て、夫を捨ててゼブと駆け落ちしたせいで、庭師たちにさげすまれている。信用されていない、身持ちが悪い女と思われている。陰で卑猥な悪口を言われている。子どもたちにはね——そうじゃない？

「子どもたちは誰についても卑猥な冗談を言うものよ、私のこともよ」、トビーは言った。

「あなたにも？」ルサーンは黒まつげの大きな瞳を見ひらいて言った。「あなたの卑猥な冗談を言うなんて、どうして?」あなたに性的魅力なんてないのに、どうして、というのが彼女の意味だった。前も後ろも板のように真っ平ら。働きバチだ。

それにはプラス面もあった、少なくともルサーンは彼女に嫉妬はしていなかった。その点で、庭師の女性たちのなかで、トビーは特別だった。

「あなたのこと、誰も馬鹿になんかしていない」、トビーは言った。「あなたを身持ちが悪いなんて思っていないわ。さあ、リラックスして目を閉じて、想像しましょう、ヤナギのエキスが体の中を通り抜けて、痛みのある頭の方まで上っていく」

神の庭師たちがルサーンをさげすんでいないのは、いや、彼女が思っているような理由で馬鹿にしていないのは事実だった。彼女が日課をサボったり、ニンジンの切り方をまったく覚えようとしないことには腹を立てるかもしれないし、彼女の住まいのだらしなさや、窓台でのお粗末なトマト栽培の失敗や何時間もベッドに寝たきりでいることを軽蔑していたかもしれないが、彼女の不倫、あるいは姦通、あるいはそれがかつて何と呼ばれていたにしろ、気にしなかった。

神の庭師たちは結婚証明書など重視しなかったからだ。男女の絆が続く間の貞節は重視した。最初のアダムと最初のイブが結婚式をあげた記録はないのだから、彼らから見れば、他宗教の聖職者や俗界の役人に結婚を執り行う権限はなかった。一方、コープセコーは、人の虹彩の形や指紋やDNAを採る方法として公的結婚を奨励した。つまり人を追跡しやすくするために。あるいはそう神の庭師たちは主張した。そしてこれはトビーが躊躇なく信じられる言い分の一つだった。

神の庭師たちには、結婚式は簡単な行事だった。双方が証人たちの前でお互いに愛し合っていると宣言すればよかった。成長と繁殖を象徴する緑の葉を交換し、宇宙のエネルギーを象徴する焚火を飛び越えて、結婚したと宣言して床につくのだ。離婚のときは、以上を反対に行えばよかった。つまり、愛してないから別れると公表し、枯枝を交換し、冷えた灰の塊をさっと飛び越えるのだ。

ルサーンのいつもの苦情は、トビーが急いでケシを飲ませないと必ずまた始まった。ゼブが彼女を緑の葉と焚火越えの儀式に誘ったことがないからだ。「それに意味があると私が思っているわけじゃないのよ」とルサーンは言う。「でも、彼はそう思っているはずよ。神の庭師たちの一員なんだから。そうでしょ？　だから、それをしないということで、私と本当に一緒になることを拒否しているのよ。そう思わない？」

「他の人が何を考えているのか、私にはわからないわ」とトビーは言うのだった。

「でももしあなたなら、彼は責任逃れをしていると思わない？」

「彼に訊けばいいじゃない」とトビーは言ったものだ。「なぜ彼が、まだ……」。プ、ロ、ポ、ー、ズは正しい言葉だろうか？

「彼はすぐ怒るの」。ルサーンはため息をつく。「初めて知り合った時からずいぶん変わったわ！」

それからルサーンとゼブの物語を聞かされるのだった――ルサーンが何度も飽きずに繰り返した物語を。

23

物語はこうだった。ルサーンはゼブに、アヌーユー・スパ・パーク店に滞在している時に出会った――トビー、あなたは、アヌーユーを知っている？　ええ。リラックスして元気を取り戻すには最高の場所。建ったばかりで、まだ庭造りの最中だった。噴水や芝生、庭園や植木など。ルミローズも。トビーは、ルミローズが大好きじゃない？　見たことないって？　そう、いずれね……。

ルサーンは夜明けに起きるのが好きだった、その頃は早起きだったので、日の出を見るのが好きだった。色や光にはとても敏感だったから、家の美的なものにとても神経を使った――室内装飾は自分でやっていた。少なくとも一部屋は日の出色に塗りたかった――日の出の部屋、とみなしていた。

その頃はいつも落ち着かなかった。いや、とても不安だった。夫は納骨堂のように冷たい人だったから。それにセックスもなく、たえず仕事のことしか頭になかった。彼女は官能的な人間だった、常にそうだった。それゆえ、その官能性は飢餓状態にあった。それは健康に悪い、特に免疫システムには悪い。読んだ本にそう書いてあった！

そういう状態のもとで、彼女は夜明けにピンクのキモノを着て歩き回っていた。ちょっと泣きながら、ヘルスワイザー・コーポレーションの夫との離婚を考えながら、とりあえず別居をと思いながら。でもそれはレンのためにはよくない、レンはまだ若いし父を慕っていた。父親がレンをそれほど愛しているとは言えないのに。そんな時、突然ゼブが、立ち昇る光の中に現れた、まるで――そう、まるで幻のように、たった一人で、ルミローズの灌木を植えていた。闇の中に光るバラ、その香りは天与のものだった――トビーはその香りを嗅いだことある?――ないはず、神の庭師たちは新しいものは何でも否定するから。でも、あのバラは本当に美しかった。

そう、夜明けの光の中で地面に跪く男は、火のついた石炭の花束を抱えているように見えた。片手にスコップを持ち、もう片方に光るバラの花束を抱えた男、そして瞳がやや熱狂をおびて愛とも見えそうな輝きを放つ男に、不安にさいなまれる女は抵抗できるかしら、とトビーは思った。ゼブの方にも言うべきことがあっただろう。朝日が真珠色に光る芝生に立つ、ピンクのキモノをだらりと着流した魅力的な女、特に目に涙をためた姿に。ルサーンは魅力的だ。視覚的な見地から言えば、非常に魅力的だった。トビーが接するのは、主として泣き言を言う時だったが、それでも魅力的だった。

ルサーンはふわりふわりと芝生を横切って行った。湿った冷たい草を足に感じながら、ももにあたる布地や、腰の回りのしめつけや、鎖骨から下の緩やかさを感じながら。波のようにうねりながら。彼女はゼブの前で止まった。ゼブは、自分はあたかも間違って海に放り出された水夫であり、女がまるで人魚かサメであるかのように、自分の方へやって来るのを見つめていた。(トビーは自分でこうしたイメージを補っていた。ルサーンはゼブとの出会いは運命だと言った。)二人とも強く意識してたわ、と彼女はトビーに言った。彼女はいつも他人が意識していることに気がつく。まるでネコか、それとも、それとも……彼女にはそういう才能がある、それとも呪いかも――彼女にはだからわかった。自分を見つめるゼブが感じている心の中を。それは抗しがたいものだった!

あれはとても言葉では表現できないわ、と彼女は言う。まるでこんなことはトビー自身には起きたことがあるはずないというように。

そんなわけで、二人はそこに立っていたが、次に起きることは予測できた——起こるべき事を。恐怖と欲情が二人を押しつけ、同時に引き離した。

ルサーンはそれを欲情とは呼ばなかった。思慕と呼んだ。

話がここにくると、トビーは、遠い昔の子ども時代の家の台所のテーブルに置いてあった塩とコショウのセットを思い描く。小さな陶器の雌鶏と雄鶏のセット。雌鶏が塩で、雄鶏がコショウだった。塩けのあるルサーンがコショウっぽいゼブの前に立ち、ニコニコと見上げながら素朴な質問をする——バラの灌木は何本あるの、とかなんとか。彼女はゼブにすっかり魅了されていたので、覚えていない……。

(ここでトビーは話をそらす。二頭筋、三頭筋、その他ゼブの筋肉の魅力について聞きたくはないので。トビーがそれに無関心なのか？ そうではない。それゆえこの部分の話に嫉妬を感じるのか？ その通り。私たちは常に自分の動物的本能の傾向と偏見を意識していなければならない、とアダム一号は言った。)

そこで、ルサーンは、トビーを自分の物語に引き戻す——それから不思議なことに、彼に見覚えがあるとわかったのよ、と話した。

「前に見かけたことがあるわ」と彼女は言った。「昔ヘルスワイザーにいたでしょう？ でも、あの頃は庭の仕事をしていなかった！ あそこであなたは——」

「見間違いだよ」、ゼブは言った。そして彼女にキスをした。そのキスはナイフのように彼女の奥深く切りこみ、彼女は彼の腕の中に崩れ落ちた——まるで死んだ魚のように——いや——ペチコートのように——いや——濡れたティッシュのように！ すると彼は彼女を抱き上げて芝生の上に寝かせた、誰でも見えるところに。それは信じられないような性的興奮を掻き立てた。彼は彼女のキモノの帯を解き、持っているバラの花びらを引きむしって彼女の体中に撒き散らした、そして二人は……。まるで高速度の衝突だったわ、とルサーンは言った。とてもこれには耐えきれない、私は、死んじゃう、今ここで、と思った。そしてゼブも同じ気持ちだと感じた。

後日――ずっと後になって同棲してから――彼女の言った通りだと、ゼブが言ったと。そう、彼はヘルスワイザーにいた、しかし、詳しくは言えない理由があって、急に辞めたのだ。そしてかつてのことや昔の住まいについて、誰にも言わないよう、彼女に頼んだ。彼女は誰にも言っていない、いや、あまり話してはいない。今トビーには話しているが、これは例外なのだ。

スパに滞在中のあの時――美肌治療をしていなくてよかった、していたら、かさぶただらけになっていただろう、肌の調整のためだけに入っていたのだ――あの頃、二人はスパのプールの着替え室のシャワールームを施錠して、何度か前菜なみにお互いを味わった、そのあと彼女はぬれ落ち葉のようにゼブにくっついた。彼が彼女にくっついたようにね、と彼女は付け加えた。互いに求めてやまなかったのだ。

やがて、スパでの処置期間が終わり、彼女は名ばかりの家庭に戻ったが、あれこれ口実を作っては構内から抜け出た――主に、買い物、構内ではありふれたものしかないから――そしてヘーミン地で二人は密会した――はじめは、すごく刺激的だった！――堅苦しい型にはまったヘルスワイザー構内から遠く離れたヘーミン地の変な場所、うらぶれた小さいラブホテルや貸し部屋など、時間単位で借りられるところだ。そして彼が大急ぎで去っていかねばならない時――何かのトラブルがあった、ルサーンには理解できなかったが、でもゼブには急ぎ逃げ出す必要性があった――、とにかく、彼女は彼から離れているのは耐え難かったのだ。

だから彼女は名ばかりの夫を捨てた。とってもつまらない男だったから、そうされても当然だった。

そして二人は都市から都市へ、トレーラーパークを転々と移動した。ゼブは自分の指紋やＤＮＡなどを変えるために、闇の手術に金を出した。そして安全になってからここ、神の庭師たちに戻ってきた。ゼブは、ずっと神の庭師の一員だったと彼女に言っていたから。少なくともそう言っていた。とにかく、アダム一号を非常によく知っているようだった。学校で同級生だったとか、そんなことらしい。

じゃ、ゼブは関係を持つことを強いられたのだ、とトビーは思った。ゼブは逃亡中の、元コーポレーションの人間だった。ひょっとすると彼は、ナノテクノロジーや遺伝子接合か何か、会社資産を闇市で横流ししたのかもしれない。もし捕まったら致命的だろう。ルサーンに顔と昔の名を知られてしまったから、ゼブはセックスで彼女の気をそらせ、同棲によって裏切りを防ぐしかなかった。そうするか、それとも殺すしかなかった。彼女を後に残していくことはできない。そうしたら彼女は馬鹿にされたと思ってコープセコーのイヌどもに彼を追跡させるだろう。とにかく、ゼブは大胆なことをしたものだ。この女は素人の自動車爆弾のようだ、いつ爆発するかわからないし、そのとき誰が一緒に爆死させられるかもわからない。ゼブは彼女の喉にコルクを詰めることや、炭素系ゴミオイル用大型ゴミ箱に放り込むことを考えたことがあるのかしら、とトビーは思った。

でも彼は彼女を愛していたのかもしれない。彼なりのやり方で。トビーには想像しにくいけれど。でも、おそらく彼の愛は尽きたのだろう、なぜなら現時点で、彼女に十分なケアをしていないから。

「ご主人はあなたを探さなかったの？」最初にこの話を聞いた時、トビーは訊ねた。「ヘルスワイザーにいる人は？」

「あの男なんか、もう私の夫とは思っていないわ」、ルサーンは怒った調子で言った。

「ごめんなさい、あなたの元ご主人ね。コープセコーはあの……、彼に書置きはしてきたの？」もしルサーンが追跡されたら、神の庭師たちにたどり着く。ゼブのみならずトビー自身にも、そして彼女の昔の正体も暴かれる。やっかいなことになる。コープセコーは未払いの負債を決して帳消しにはしない。それに、もし父の死体が発掘されたらどうなるか?

「彼らがそんなお金を使うはずがないわ」とルサーンは言った。「彼らにとって私は大事じゃないの。私の元夫はと言えば」――ちょっと顔をしかめた――「彼は同類の女と結婚するべきだったのよ。私がいなくなったことさえ、気づいていないかもよ」

「レンはどうなの?」トビーは訊いた。「かわいい子だし。いなくなって、彼はきっと寂しがっているわ」

「まあ」とルサーンは言った。「そうね。それはたぶん気がついているわね」

なぜレンを父親のもとに置いてこなかったのか、とトビーは訊きたかった。娘をこっそり連れ去り、書置きも残さなかった。悪意に満ちたいやしい行為に思えた。でも、そんな質問をすれば、ルサーンは怒るだけ。批判にしか聞こえないから。

チーズ工場まで二ブロック離れたところで、トビーはヘーミン地ドブネズミ団の路上闘争に出くわした。アジア連合対黒レッドフィッシュで、対戦をとりまいて、数人のリントヘッドが叫んでいる。この子どもたちはまだ七歳か八歳ぐらい、でも大勢いた。トビーを見るとお互いに叫びあうのを止めて、彼女に対してののしり始めた。〝神サン、神サン、死んじめえ。白い魔女だ! 靴盗んでやれ!〟

彼女は体を回し壁を背にして、彼らに立ち向かう用意をした。幼い子どもたちをひどく蹴飛ばすのは難しい。ゼブが都市流血制限クラスで教えてくれたように、子どもを傷つけることに対しては種としての自制心が働くのだ。しかし、トビーにはわかっていた。命取りになりかねないから、やむを得ないと。彼らは彼女の腹部めがけて、小さいかなづち頭を打ち込んで転倒させようとするだろう。より小さい子どもたちには、庭師の女性たちのだぶだぶスカートをめくりあげて中にもぐり込み、あたりかまわず噛みつくというひどい癖があった。しかし、トビーには、備えができていた。彼らが十分に接近してきたら、耳をひねるか、首に空手チョップをくわせるか、それとも二つの小さい頭をがちんこさせてやる。しかし、とつぜん彼らは魚の群れさながら向きを変え、彼女のそばを走り過ぎて路地に消えた。トビーは振り返り、理由を悟った。ブランコだった。彼はペインボールにいるのではなかった。釈放されたに違いない。あるいは脱出してきたのだ、どうにかして。

恐怖が心臓を締めつけた。彼の血管が浮き出た皮膚がむけたような手を見て、体中の骨が砕ける感じがした。これこそ最悪の恐怖だった。

〝落ち着くのよ〟と自分に言い聞かせた。彼は道の向こう側にいる。彼女はだぶだぶのつなぎを着て、マスクを着けているから、おそらく彼女とはわからないだろう。まだ彼女に気づいた様子はない。でも彼女は独りだし、彼は手当たり次第のレイプを躊躇しない。まさにヘーミン地ドブネズミたちが逃げたあの路地に彼女を引き込むだろう。そしてマスクをはぎとって彼女と見破る。それで何もかも終わりだ、でも終わりは長引くだろう。彼は好きなだけ長引かせ、彼女を肉体の看板に変えてしまうだろう。ひどい巧妙な処理で生死の境にさらされた人間の展示に。

トビーはすばやく背を向けると、彼の悪意が自分に集中しないうちに早足でその場を離れた。息を弾ませて角を曲がり、半ブロック行ってから後ろを振り返った。ブランコはいなかった。

ルサーンのアパートの戸口に立った時は、初めて嬉しいと思った。マスクを持ち上げてはずし、プロフェッショナルらしく顔の筋肉を引いて笑顔を作り、ドアをノックした。

「ゼブ?」ルサーンが呼んだ。「あなたなの?」

野生食品の聖ユーエル

野生食品の聖ユーエル

教団暦十二年
聖ユーエルの贈り物について
アダム一号の話

みなさん、仲間の創造物たち、愛する子どもたち。

今日から聖ユーエルの週が始まります。この間、神が自然を通じて私たちにお恵みくださった〈野生の産物〉の贈り物を探しましょう。イブ六号のピラーが、ヘリテージ・パークのキノコ採り散策に連れて行ってくれます。アダム十三号のバートは〈食用草〉の採取を助けてくれます。忘れないでくださいよ、疑わしいものは吐き出すこと！　ネズミが食べていたら、おそらく食べても大丈夫です。でも、必ずしもそうとは限りません。

年長の子どもたちは、緊急時食料用の小〈動物〉捕獲について、私たちの尊敬すべきアダム七号のゼブによる実地指導に参加します。覚えておいてください、不潔な食品というものはないのです。感謝と赦しを乞う気持ちを持てば、そして、食物連鎖で番が来た時に自分たちをささげる気になっていれば、です。犠牲の奥義はこれ以外にないでしょう。

バートの立派な妻ビーナはまだ〈休閑〉状態にありますが、まもなく仲間に戻ってくれるよう願っています。彼女が〈光〉に包まれますように。

今日私たちは聖ユーエル・ギボンズについて瞑想します。彼は一九一一年から一九七五年までこの

〈地球〉上で活躍されました。大昔とはいえ私たちの心の中では身近におられます。少年時代に、父親が仕事を求めて家を出て行くと、聖ユーエルは〈自然学〉の知識によって家族を養いました。彼は高等学校ではなく、神よ、あなたの学校へ行きました。あなたの〈種〉が先生になったのです。厳しいけれども常に真実の教えでした。彼はそれを私たちに分け与えてくれました。

彼はあなたの多くの〈ホコリタケ〉や他の健康によい〈菌類〉の使い方を教えてくれました。有毒種の危険性についても、ただし節度ある用い方をすれば、〈霊的〉価値があることも教えられました。

聖ユーエルは、大規模農業作物から遠く離れたところですくすく育てれば、手もかからず、変種もせず、殺虫剤をかけられずにすむ〈ノビル〉や野生〈アスパラガス〉、野生〈ニンニク〉の長所を謳い上げました。彼は路傍の薬草を知っていました。〈ヤナギ〉の樹皮は痛み止めと熱さまし、〈タンポポ〉の根には余分な水気を排出する利尿効果があることなど。また何も無駄にせぬように教えられました。よくもみくちゃにされて投げ捨てられるつまらない〈イラクサ〉でさえ、多種ビタミン源なのですから。彼は間に合わせのやり方も教えてくれました。例えば〈カタバミ〉がなければ代わりに〈ガマ〉があるかもしれない。〈ブルーベリー〉がなくても、野生〈クランベリー〉ならたくさんあるかもしれないとか。

聖ユーエル様、〈霊〉となられたあなたと共に、粗末な防水シートを地面に敷いたあなたの食卓で、野生〈イチゴ〉と春先の〈ゼンマイ〉や、軽く蒸した〈トウワタ〉のサヤを、もしバターの代用品が見つかればそれをつけて、一緒にいただかせてください。

そして私たちが困窮の極みにある時、〈運命〉がもたらしてくれるどんなものでも受け取れるように、お助けください。そして私たちの心の耳に、神のお声を聞くこの耳に、〈植物〉の名と季節と、発見できる場所を囁いてください。

なぜなら、〈水なし洪水〉がまぢかに迫っているからです。やがて売買行為は停止し、私たちは神の肥沃な〈庭園〉の中で、自分たちが作り出す資源に頼るしかなくなります。これはあなたの〈庭園〉でもあります。

さあ、歌いましょう。

さあ、歌おう、〈聖なる野草〉の歌を

さあ、歌おう、〈聖なる野草〉を
溝に繁茂している野草よ、
それは困っている柔和な者のためにある、
富める者のためにではない。

市場で野草は買えない、
スーパーなんかでは、
世間は野草を馬鹿にする
貧者用にたくさん生えているから。

春には〈タンポポ〉の芽が、
花が咲き開かないうちに。
六月は〈ゴボウ〉が最高
太くて汁気がたっぷり。

秋が来れば、〈ドングリ〉が熟し、
黒〈クルミ〉も。

新〈トウワタ〉のサヤは煮れば甘いし、
〈トウワタ〉の芽も、まだ新しいうちは。

たっぷりのビタミンCには
〈トウヒ〉と〈カバ〉の樹の内皮がいい――
でも取り過ぎてはだめ、
木を殺してしまうから。

〈スベリヒユ〉、〈カタバミ〉、〈シロザ〉、
そして〈イラクサ〉もいい。
〈サンザシ〉、〈ニワトコ〉、〈ウルシ〉、〈バラ〉――
それらの実は健康に良い食品。

〈聖なる野草〉は豊富にある
そして見た目も美しい――
私たちが決して飢えないようにと、
神がお恵みくださったことを誰が疑えますか?

『神の庭師たち口伝聖歌集』より

24

レン
教団暦二十五年

隔離ゾーンのあの晩の食事は覚えている。チキーノブだった。神の庭師たちに入ってから、ほとんど肉を食べることができなくなったが、モーディスは、チキーノブは本当は野菜だと言った。茎から生え出して顔がないから。だから私は半分だけ食べた。

その後、練習のためにちょっとダンスをした。自分の貝殻イヤフォンを持っていたから、それにあわせて歌った。音楽は神によって私たちの体に組み込まれているとアダム一号は言った。私たちは鳥のように、そしてまた天使のように歌うことができる。歌うのはただ話すことより、心の奥からでる賞讃の表現形式で、私たちの声は歌う時の方がよく神に届くのだと。それを時々思い出すようにしている。

それから私はまた、モニターでスネイクピットを覗いて見た。スネイクピットにはペインボールから出てきた男が三人いた。髭剃り後がまだ青いし、髪もカットしたばかりなのですぐわかる。服も新しいし、長期間暗い密室に入れられていたらしく、びっくりしたような表情だ。それに左の親指の付け根に小さい刺青がある——レッド・チームかゴールド・チームかを示す赤か、真っ黄色の円形だ。他の顧客たちは彼らからちょっと離れようとしている、うやうやしく彼らに場所を譲ろうとしているのだ——まるで彼らがペインボール犯罪者ではなくネット上のスターやスポーツヒーローであるかのように。金持ち連中は自分をペインボールの選手だったらと想像するのが好きだ。チームに賭けたりもする、レッド対ゴールドで。ペインボール関連で動く金額は大きい。

常に、二、三人のコープセコーの連中がペインボールの釈放者たちを監視していた――凶暴になって多くの害を及ぼしかねないからだ。私たちウロコ・クラブの女は、彼らと単独で会うことは決して許されなかった。彼らはごっこ遊びを理解しなかったし、やめるタイミングがわからず、備品よりもっと多くの物を破壊してしまう。だから彼らを疲労困憊させるのがベストだったが、素早くしないと激怒モード全開になってしまうのだった。

「俺があの馬鹿どもを阻止してやる」とモーディスは言った。「やつらの体の中には、ほんの少しの人間らしさも残っていねえ。でもセックスマートは、やつらが相手なら多額のボーナスを払ってくれるしな」

私たちは彼らに飲み物と錠剤を、できるだけ大量に飲ませた。私が隔離ゾーンに入った直後から、新商品を使いはじめた――ブリスプラス(「幸福増幅」の意)と呼ばれるものだ。お手軽セックス、満足度完璧、全身をふっとばす快感、しかも避妊は百パーセント――そう書いてあった。ウロコ・クラブの女の子たちは仕事中の薬物摂取を禁じられていた――お前たちは自分が楽しむために給料もらってるんじゃねえ、とモーディスは言った――しかしこれは違った。もし飲んだなら、バイオフィルムのボディーグローブは必要ないし、そのためなら多くの顧客は余計に金を払うだろう。ウロコ・クラブはブリスプラスをリジューブ・コーポレーションのために試しているところだったので、キャンディのようにやたらと気前よくは配れなかった――主として最高顧客のためだけだ――でも私は試してみたくてたまらなかった。

ペインボールの男たちが相手の夜には私たちはいつも多額のチップをもらった。私たち常勤のウロコの女の子たちはペインボールの新規釈放者たちとセックスをしなくてもよかった。私たちは熟練した芸人だから、傷をつけたら高くつくからだ。毛が逆立つような仕事のためには臨時雇いが使われた——ペインボールの男たちは生《なま》接触を望むから、密入国したヨーロッパ系の貧民やメキシコ系テキサス人やアジア連合やレッドフィッシュ団の未成年者が街から拾われてきた。仕事がすむと女たちは汚染されたとみなされる。汚染されていないことが証明されるまではね。ウロコ・クラブは隔離ゾーンの金をその女たちの検査診断や治療に使おうとはしなかった。私は彼女らを二度と見ることはなかった。彼女らは入口から入ってきたが、そこから出て行くことはなかったと思う。より劣悪なクラブでは彼女たちのような女は吸血鬼プレイをしたい男たちのために使われた。そこでは血が流れるような接触が行われるのだが、前述したようにウロコ・クラブではモーディスは清潔維持を旨としていた。

あの晩、ペインボールの男の一人がスターライトをひざに乗せて、店の目玉商品のツイストをさせていた。彼女はピーグレットの羽根衣装に頭冠をつけており、たぶん前からなら格好よく見えたのかもしれないが、私の視角では、その男は水のいらない洗車機さながらの大きなブルーグリーンのブラシであおられて興奮しているように見えた。

二番目の男はあんぐり口をあけてサボナを見つめており、首は、ほとんど背骨と直角になるほどそり返っていた。彼女の手が滑ったら、彼の首の骨を折ってしまうだろう。もしそうなったら、今までのようにウロコ・クラブの裏口から裸で外の空き地に投げ捨てられるだろう、と私は思った。彼は他の男たちより年をとっており、頭のてっぺんは禿げて、ポニーテールを背中にたらして腕にたくさん刺青を入れていた。見たことがあるような気がした——常連かもしれない——でも、しっかりとは見えなかった。

三番目は泥酔状態だった。ペインボール・アリーナでやったことを忘れようとしていたのかもしれない。私はペインボール・アリーナのウェブサイトを見たことはなかった。あまりにもひどいようだ。男たちが話すから知っただけのこと。彼らが話して聞かせる内容は、驚くばかり。特にこちらがキラキラ光るグリーンのウロコに覆われていて本当の顔が見えない時には。きっと魚に話しかけているような気がしていたのだろう。

他に何も面白いことはなかったので、私はアマンダの携帯に電話した。でも応答なし。たぶん寝ていたのだろう、ウィスコンシンの野原で寝袋にくるまって。もしかしたらキャンプファイヤーのそばに座っているのかもしれない、それに二人のメキシコ系テキサス人がギターを弾いて歌っていて、アマンダも、彼らの言葉ができるから一緒に歌っているかも。おそらく、昔の映画みたいに頭上に月が出ていてコヨーテの遠吠えが聞こえているかも。そうならいいけど。

25

アマンダがやって来て一緒に住みはじめてから、人生が変わった。そして聖ユーエルの週、私が十三歳になりかけた時にまた変わった。アマンダは年上で、もう大人のおっぱいになっていた。こんなふうに時を計るのは変だね。

あの年、アマンダと私は――そして、バーニスも――他の年長の子どもたちと一緒に、ゼブの捕食者と獲物関係の実習に参加することになっていた。私たちは本物の獲物を食べなければならなかった。ヘルスワイザー構内で肉を食べた記憶はかすかに残っている。しかし神の庭師たちでは非常時を除いては肉食に反対していたから、血まみれの肉やすじ肉を自分の口の中に入れて、喉の奥へ押し込むなんて、考えただけで吐き気がした。でも私は吐くまいと決めた、吐いたら自分もとても恥ずかしいし、ゼブの顔がたたないから。

アマンダのことは心配していなかった。彼女は肉食に馴れていたし、前に何度も食べていた。チャンスがあればシークレットバーガーを盗んでた。だから、肉を嚙んで飲み込むことは平気だった。

聖ユーエル週の月曜日、私たちはきのう洗濯したばかりの、まだ清潔な服に着替えた。私がアマンダの髪を編み、彼女が私の髪を編んでくれた。ゼブはこれを「霊長動物の毛づくろい」と呼んだ。ゼブがシャワーを浴びながら歌うのが聞こえた。

誰も気にしねえ。
誰も気にしねえ。
それで俺らは困ってる、
誰も気にしねえから!

彼の朝の歌は、私にとって癒しになっていた。全ていつも通り、少なくともその日は、ということだったから。

普段は私たちが出かけるまで、ルサーンはベッドから出なかった。アマンダを避けるためもあった。でも今日は黒っぽい庭師服を着て台所にいて、実際に料理をしていた。最近はそんな努力をすることが多いようだった。それに私たちの生活空間の整頓もしていた。窓際の鉢にもじゃもじゃのトマトの木を育てさえしていた。ゼブを喜ばせようとしている、と私は思った。でも、二人は前よりも頻繁に喧嘩するようになっていた。喧嘩をする時は、私たちを外へ出したが、聴きとれないわけではなかった。

喧嘩の種は、ゼブがルサーンのそばにいない間、どこにいたのかということだった。「仕事してた」、あるいは「いいかげんにしてくれ」、それとも「知らなくていい、その方がお前のためだ」、ゼブはこれぐらいしか言わなかった。

「他に女がいるのね! あなたの体中にメスイヌの臭いがするわ!」とルサーンは言うのだった。

「ワオー」とアマンダは囁く。「あんたのお母さん、すごく口が悪いね!」私は誇らしいのか、恥ずかしいのか、わからなかった。

「違う、違う」とゼブは疲れた声で言う。「お前以外の女が欲しいわけがないだろう」

「うそよ！」

「ああ、ひでえなあ！　ほっといてくれ！」


ゼブはぼとぼと水を垂らしながら、シャワーから出てきた。私が十歳の時に彼が受けた切り傷の跡が見えた。私はぞっとした。「今日は俺のヘーミン地ガキどもはご機嫌いかがかな？」彼は神話の怪物トロールのように歯をむき出して笑った。

アマンダはかわいく笑いながら言う。「ずいぶん大きいヘーミン地ガキよね」

朝ごはんに、私たちはマッシュして揚げた黒マメのフライとハトの半熟卵を食べた。「うまい朝飯だ」とゼブはルサーンに言った。ルサーンが料理したものだけど、実際にとてもおいしかった。

ルサーンはお得意の甘ったるい笑顔をゼブに向けた。「あなたたちみんなにおいしい食事をして欲しかったの」、彼女は言った。「この先一週間、あなたたちが何を食べるか考えてね。どうせ古びた根っことネズミでしょ」

「ウサギのバーベキューだ」とゼブは言った。「それを十匹と小ネズミの付け合わせに、デザートは揚げたナメクジ」。彼はいやらしい目つきでアマンダと私を見た。私たちをぞっとさせようとしているのだ。

「すごくおいしそうに聞こえるね」とアマンダは言った。

「なんてひどい人」とルサーンはゼブに愛情こめた目を向けた。

「ビールが付かなくて残念だ」とゼブ。「お前も一緒に来いよ、ベイビー、少し華やかさが必要だ」

「あら、今回は遠慮するわ」、ルサーンは言った。

「一緒に来ないの？」と私は訊いた。いつも聖ユーエルの週の間、ルサーンは林の中の道沿いで変な野草を採ったり、虫のことで苦情を言いながらぶらぶら歩く間も、ゼブから目を離さないのが常だった。今回は本当は彼女に来てもらいたくなかったが、普段通りのままがいいとも思っていた。再び全てが変更されてしまう予感がしていたから。ヘルスワイザー構内から連れ出された時のように。予感に過ぎなかったが、私は嫌な気がした。私はすっかり神の庭師たちになじんでしまって、今はここに属していた。

「行けないわ」、彼女は言った。「偏頭痛がするの」。昨日も彼女は偏頭痛がしていた。「ベッドに戻るわ」

「トビーにあとで寄ってもらうよ」とゼブ。「それともピラーに。いつもの酷い痛みを取り払ってもらおう」

「ほんと？」と苦しそうな笑顔。

「お安い御用だ」とゼブは言った。ルサーンはハトの卵を食べ残していたので、ゼブが代わりに食べた。どっちみちプラムほどの大きさしかなかった。

インゲンマメはエデンクリフの屋上庭園で採れたが、ハトの卵はここの屋上で獲った。この屋上の表面は農耕に適さないとアダム一号が言ったから、作物を植えてはいなかった。でもハトたちはいた。ゼブはハトをこわがらせないようにしながら、パンくずで、優しく誘《おび》きよせた。ハトたちが卵を産むと、巣から盗んだ。ハトは絶滅危機に瀕する種ではない、だから盗ってもいいんだとゼブは言った。

アダム一号によれば、卵は潜在的には〈生き物〉だが、まだ〈生き物〉ではない。木の実が〈樹木〉ではないのと同じように。卵に魂はあるのだろうか？　ない、でも潜在的にはある。だから、多くの神の庭師たちが卵を食べるわけではないが、卵を食べるのを非難はしなかった。卵の蛋白質を自分の蛋白質に加える前に謝罪はしなかったが、母バトには謝って、贈り物に感謝を述べなければならなかった。ゼブが謝罪なんてしたかは疑わしい。たぶん、こっそり、母バトたちまで食べていたかも。

アマンダはハトの卵を一つ食べた。私もそうした。ゼブは三個とルサーンの分も食べた。彼は私たちより大柄だから、もっとたくさん必要なのよ、とルサーンは言った。私たちが彼ほど食べたら太っちゃうって。

「後でまたな、乙女戦士たち。誰も殺すなよ」、私たちが戸外に出る時、ゼブが声をかけた。アマンダの睾丸膝蹴りと目玉えぐり出しのワザ、そして粘着テープを巻いたガラス片のことを聞いていた。それでよく冗談のネタにした。

26

登校前に私たちはブエナビスタでバーニスをピックアップすることになっていた。アマンダと私はそれをやめたかったのだが、やらないとアダム一号から神の庭師らしくないと叱られるのはわかっていた。バーニスはまだアマンダが好きではなかった。でも、憎んでいるわけでもなかった。アマンダのことを何かの生き物、例えば、非常にとがったくちばしを持つ鳥のように警戒していた。バーニスは意地悪で、アマンダはタフだった。その違いだ。

かつて私とバーニスは親友だったが、もうそうではないということを変えることはできなかった。彼女と一緒にいると居心地が悪かった。なんだかやましい思いをした。バーニスはそれに気づいていて、私の罪の意識をねじ曲げて、アマンダに向けようとした。

でも、表向きは仲良くしていた。三人そろって登下校したり、日課をこなしたり、ヤング・バイオニアの収集作業を行ったりした。そんな具合だった。でも、バーニスはチーズ工場へ来ることはなく、私たちも下校後に彼女と一緒に遊ぶことはなかった。

あの朝バーニスの所へ行く途中、アマンダが言った。「わかったよ」

「何が？」私は訊いた。

「週に二回、夜五時と六時の間にバートがどこへ行くのかわかった」

「ドアノブのバート？　どうでもいいね！」私は言った。彼は情けない脇の下おさわりの痴漢だから、二人とも軽蔑しきっていた。

「違う、聞いて。ヌアラと同じ所へ行くんだよ」とアマンダ。

「嘘！　どこよ」。ヌアラは色目使いだが、男なら誰とでもいちゃつくのだ。それが彼女のやり方なのだ。冷たい目でトビーが相手を見るのが彼女のやり方であるように。

「誰もいない時に、二人は、ビネガー・ルームに行くよ」

「えー、いやだ！」と私は言った。「マジで？」これはセックスの話だとわかった。私たちが冗談でする会話はほとんどそうなのだ。神の庭師たちはセックスを「生殖行為」と呼び、嘲けるべき話題ではないとしていたが、それでもアマンダは冷やかした。にたにた笑いとばすか、話のネタにするか、その両方もありだが、感心できる行為ではないと考えていた。

「ヌアラのお尻がふらふらしてる理由がわかったよ」とアマンダ。「すり切れたのさ、ビーナの使い古したソファのように――へこんじゃった」

「嘘だあ！」と私は叫んだ。「そんなことできっこない！　バートとなんて！」

「十字架に誓って、つばを吐いて誓うよ」とアマンダは言うなりつばを吐いた。彼女はつばの吐き方がうまい。「あいつとあんなとこへ行って、他に何をするっていうのさ？」

私たち神の庭師の子どもたちはアダムたちとイブたちのセックスライフについて、よくみだらな話を創作した。彼らが一緒に裸になっているのを、あるいは宿なしやウロコとシッポ・クラブの外に写真が貼り出してある緑色の肌の女たちといるのを想像することで、彼らの権威の一部が消えた。でも、ヌアラがドアノブのバートとからみ合ってうめき声をあげながらのた打ち回る姿は、想像しにくかった。

「そう、でも、バーニスに言うわけにはいかないね！」私たちはしばらく笑い続けた。

ブエナビスタではロビーのデスクにいるやぼったい神の庭師の女に会釈したが、彼女は結びレース編みに夢中で、私たちを見上げもしなかった。私たちは、使用済みの注射針やコンドームをよけながら階段を上った。このブエナビスタ・コンドミニアムをアマンダはブエナビスタ・コンドームと呼んだので、今では私もそう呼ぶ。キノコっぽいスパイスの強いブエナビスタの臭いは今日はことさら強烈だった。

「誰かがマリファナを栽培している」、アマンダは言った。「スカンク草の臭いがする」。彼女はその種の権威だ。彼女はいわゆる外地獄界に住んでいたことがあるし、自分でもドラッグを使ったことがある。でも、ドラッグは自制力をなくさせてしまうから、やり過ぎないこと。信用できる人からだけ買うべきで、何を混ぜこんであるかわからないからと。アマンダは誰もあまり信用していなかった。私は試してみたいとせっついたが、彼女は許してくれなかった。「あんたは赤ん坊だから」と彼女は言った。それに、神の庭師たちに入ってから、よいコネがなくなってしまったと。

「ここに大麻工場なんかないわよ」、私は言った。「このビルは神の庭師たちのよ。大麻を闇栽培しているのはヘーミン地ギャングだけよ。夜、あいつらがここで吸ってるんでしょ。ヘーミン地ガキ連中が」

「うん、知ってる」とアマンダは言った。「でもこれはタバコじゃない。マリファナの臭いだよ」

四階に近づくにつれて、声が聞こえてきた。踊り場のドアの向こう側から、二人の男たちの声。友好的な感じではない。

「それで全部だ」と一人が言った。「残りは明日持ってくる」

「馬鹿野郎！」ともう一つの声が言う。「俺をなめるなよ！」何かが壁に当たったような、ドスンという音がした。さらにもう一度ドスン、続いて苦痛か怒りの言葉のない叫び声。

アマンダは私をこづいて、「上って、急いで！」と言った。

私たちは残りの階段をできるだけ静かに駆け上がった。六階に着いてから、アマンダは言った。「今のは深刻だった」

「どういうこと？」

「取引がこじれたのさ」とアマンダは言った。「今までは聞いたことがなかった。さあ、普通にして」。彼女がおびえているように見えたので、私も怖くなった。アマンダは簡単におびえる人ではないから。

私たちはバーニスのドアを叩いた。「トン、トン」、アマンダは言った。

「だあれ？」バーニスの声がした。ドアのすぐそばで私たちを待っていたに違いない、私たちが来ないかもしれないと心配していたみたい。かわいそうに。

「ギャングだよ」とアマンダ。

「ギャングのだれ？」

「ギャングリン（壊疽）」とアマンダは言った。彼女がシャッキーの合い言葉を使ってから、今では私たちもそれを使うようになった。

バーニスがドアを開けた時、野菜のビーナがチラッと見えた。いつものように茶色のビロードのソファに腰かけていたが、実際にこっちの姿を見ているかのように私たちを見つめていた。「早く帰っておいで」とバーニスに言った。

彼女が廊下へ出てドアを閉めたときに、私はバーニスに言った。「あんたに話しかけたわね！」私は親しみを込めたつもりだったが、彼女は冷たくはねつけた。「そう、だから？　彼女はボケちゃいないわよ」

「ボケてるなんて言ってないわ」、私は冷たく言った。

バーニスはちらっと私を睨んだ。アマンダが登場してから、彼女の睨みの威力はかつてほどではなくなっていた。

27

屋外授業の捕食者と獲物関係の実習のために、ウロコ・クラブの裏の空き地に集まった時、ゼブはカンバス製のキャンプ用折り畳み椅子に座っていた。足元に何かが入った布袋が置いてあった。私は袋を見ないようにした。「全員集合したか、よし」、ゼブは言った。「今から、捕食者と獲物の関係。狩猟と忍び追い。さて、ルールは何だ？」

「見られずに見ること」、私たちは唱和した。「聞かれずに聞く。臭いを嗅がれずに嗅ぎつける。食われずに食べる！」

「一つ忘れているぞ」、ゼブは言った。

「傷つけられずに傷つけること」、最年長組の少年が言った。

「正解！　捕食動物は重傷を負うことはできない。狩猟ができなければ飢え死にする。突然襲い掛かって、すばやく殺さねばならない。不利な状態にある獲物を選ばねばならない——若かったり、年とっていたり、逃げたり反撃したりできない、体が不自由な相手が獲物だ。自分が獲物にならないためにはどうするか？」

「獲物に見えないようにする」、私たちは唱和した。

「その捕食動物の獲物とみなされないこと」、ゼブは言った。「サーフィンをしている人をサメが下から見ると、アザラシに見えるんだ。捕食動物の視点から自分が何に見えるか、想像してみなさい」

「恐れを見せないこと」、アマンダが言った。

「そうだ。恐れを見せるな。弱そうに行動するな。できるだけ自分を大きく見せろ。そうすれば大型の狩猟動物も阻止できる。でも、俺たちも大型狩猟動物の仲間だろう？　なぜ俺たちは狩りをするのか？」

「食べるため」、アマンダが言う。「他によい理由はありません」

ゼブは二人だけの秘密だという風に、にやりとアマンダを見た。「その通り」と彼は言う。

ゼブは布袋を持ち上げて紐をとき、中に手を入れた。長すぎると思うほど長い間、手を入れたまま。やがて緑ウサギの死体を取り出した。「ヘリテージ・パークにしかけたウサギわなで捕った」と彼は言った。「輪なわだ。ラカンクを捕るのにも使える。では今から獲物の皮をはいで内臓を取り出そう」

今でもあれを思い出すと気分が悪くなる。年長の少年たちが彼の助手をした。彼らはしり込みしなかった、でもシャッキーとクローズさえやや緊張気味だった。彼らは常にゼブの言う通りにした。彼らはゼブに敬意を抱いていた。彼が大柄なせいだけではない。彼の知識だ。それに敬意を払っていた。

「もしウサギが、うーん、死んでなかったら？　わなの中でさ」、クローズが訊いた。

「そしたら殺す」とゼブ。「石で頭を叩きつぶす。あるいは後ろ足を摑んで地面にぶち当てる」。ヒツジはそんな風には殺さない、と彼は付け加えた。ヒツジの頭蓋骨は硬いから、喉を裂くんだと。全てのものにそれぞれ一番効果的な殺され方があるのだ。

ゼブは皮剝ぎ作業を続けた。手袋のように緑の毛皮を裏表にひっくり返すのは、アマンダが手伝った。私は血管を見ないようにした。あまりにも青いから。そしてぎらぎらしている肉も。

ゼブはみんなが試食できるように肉を小さく切った。無理に大きな肉切れを食べさせようとはしなかった。それから私たちは古い板切れを薪にして肉を焼いた。

「最悪の事態になった場合は、こうしなければならないんだ」とゼブは言った。彼が手渡してくれた肉を口に入れた。「これは本当はマメのペーストよ、本当にマメのペーストよ……」と頭の中で繰り返していれば、肉を噛んで飲み込むことができるとわかった。百まで数えたところで喉を下っていった。でもウサギの味が口に残った。まるで鼻血を食べたようだった。

その日の午後に命の木ナチュラル製品販売会があった。会場はヘリテージ・パークの北端の小公園で、ソーラースペース・ブティックの向かい側だった。幼児のための砂場とブランコ・滑り台のセットもあった。粘土と砂と藁でできた土壁ハウスもあった。六つの部屋と丸い出入口と窓があるけれど、ドアもガラスもない。アダム一号によれば、これを建てたのは昔の環境保護主義者たちで、少なくとも三十年前だ。ヘーミン地ドブネズミたちが壁一面に自分たちのシンボルマークやメッセージをスプレーで残していた。〝女のあそこが好き(セクシーな女)。俺のアレを吸え、オーガニックだぞ! おめーらは死んでいる、環境保護主義者どもめ!〟

命の木ナチュラル製品販売会は神の庭師たちだけのためではなかった。ナットマート・ネットに属する者は、誰でもそこで店を出せた――ファーンサイド組合、ビッグボックス・バックヤード組合、ゴルフグリーン環境保護団体など。私たちはこれらの人々を軽蔑していた、彼らの衣服が私たちのより立派だったから。彼らの商品は道徳的に汚染されている、とアダム一号は言った。でも、ショッピングモールのけばけばしい商品のように人工的な奴隷労働による悪をまき散らしてはいないとも。ファーンサイド組合は釉薬《うわぐすり》をかけ過ぎた陶器とペーパークリップから作ったジュエリーを売っていた。ビッグボックス・バックヤード組合は編み物の動物を、ゴルフグリーン環境保護団体は古雑誌で作った巻き紙でアートっぽいハンドバッグを作り、ゴルフコースの周囲にキャベツを植えていた。大したことないわ、とバーニスは言った。ゴルフ場の芝生に除草剤を撒いているんだから、少しのキャベツ栽培では魂は救われないわ。バーニスはますます信心深くなっていた。親友がいないから、信仰で代用しているのかも。

高級志向の流行好きな人たちが命の木に大勢やって来た。ソーラースペースのゲーテッド・コミュニティの富裕層、ファーンサイド地区の見栄っ張りたち、構内の住人たちさえ、安全なヘーミン地の冒険を体験しにやって来た。彼らはスーパーマーケットの野菜よりも、さらに、いわゆる農家市場のよりも、神の庭師たちの野菜が好きだと言う。アマンダによると、農家市場では、農民の格好をした男たちが、倉庫から野菜を買って、民芸品のバスケットに放り込み、高い値をつけているのだから、有機野菜と称していても信用できないと。でも、神の庭師たちの産物は本物だ、本物の匂いがする。神の庭師たちは狂信的でおかしくて変かもしれないが、少なくとも道徳的だ。彼らが買った物を私がリサイクルのビニール袋に包んでいる間に、彼らはそんな話をしていた。

命の木で手伝いをする時、最悪なのは、ヤング・バイオニアのネッカチーフを首に巻かなければならないことだった。恥ずかしくてたまらない。トレンディな人たちはよく子どもを連れてくるから。子どもたちは文字を書いた野球帽をかぶっていて、まるで私たちが狂っているかのように、私たちのさえない服や、ネッカチーフを見つめて、こそこそ囁いたり笑いあったりするのだった。私は無視しようとした。バーニスは力強い足取りで彼らに近づいて言う、「何見てるんだよ」。アマンダはもっと穏やかだった。微笑みかけてから、粘着テープを巻いたガラスの破片を取り出して自分の腕を切りつけ、その血をなめるのだ。それから血だらけの舌で唇をなめてから腕を差し出すと、彼らはあわてて逃げていった。人にかまわれたくなかったら、狂ったまねをすればいいよ、とアマンダは言った。

私たち三人はキノコブースの手伝いを命じられた。普段はピラーとトビーの持ち場だが、ピラーは具合が悪かったので、トビーだけだった。トビーは厳しい。私たちは背筋をまっすぐにして立ち、超丁重にしなければならないのだ。

私は通り過ぎる富裕層を観察した。パステルカラーのジーンズとサンダルをはいた人もいれば、高価な革製品をどっしりまとっている人も多い——ワニ革のバックベルトのパンプス、ヒョウ革のミニスカート、アフリカレイヨウ革製のハンドバッグなど。彼らは言い訳がましい目線を私たちに向けた。〝私が殺したんじゃないわよ、無駄にするのはもったいないでしょ〟。ああいうものを着たらどんな気持ちがするのかな、と私は思った。自分の肌に直接、他の生き物の皮を感じるのは。

新しいモ・ヘアにした人もいた——シルバーに、ピンクに、ブルー。アマンダによると汚水沼には若い女性を誘い込むモ・ヘア店が何軒かあり、そこで一度頭皮移植室に足を踏み込んだら、気絶させられるのだそうだ。目を覚ますと髪の毛が変わっているばかりか、指紋も変えられている。それから皮膜小屋に監禁されて、毛が逆立つような仕事を強制される。たとえ逃げ出しても自分が誰なのか証明できない、身元を彼らに盗みとられたのだから。あまりにも極端過ぎるように聞こえる。それに、アマンダは嘘をつくことがあった。でも私たち二人はお互いに絶対に嘘をつかないと誓い合った。だから、これは本当の話かもしれないと思った。

トビーと一緒に一時間ほどキノコ売りをした後は、ヌアラの酢のブースを手伝うように言われた。その頃には私たちはもう飽きてしまい、悪乗り気分になっていた。ヌアラがかがみこんでカウンターの下の箱から酢を取り出すたびに、アマンダと私はお尻をくねくねさせてしのび笑いをした。バーニスを仲間に入れてあげないので、彼女の顔は怒りでますます赤くなった。意地悪だとわかっていたけれど、なぜかやめられなかった。

やがてアマンダが仮設式のバイオレット・バイオトイレへ行くと、ヌアラは、隣のブースで葉にくるんだ石鹸を売っているバートに話があると言った。ヌアラが背を向けるや、バーニスは私の腕をつかみ、いきなり両方向にねじった。「言って！」とバーニスは怒って命じた。

「放してよ！　何を？」

「わかってるでしょ！　あんたとアマンダは何をそんなに面白がってんのよ」

「別に！」私は言った。

彼女はねじりを強めた。「わかったよ、でも気に入らないかもね」。それから、ヌアラとバートのこと、そしてビネガー・ルームでの二人の行動について話した。もともと彼女に話したかったのかもしれない。何もかもいっぺんに口をついて出たから。

「そんなの大嘘よ！」彼女は言った。

「何が大嘘なの？」仮設トイレから戻ったアマンダは言った。

「私のパパは濡れ魔女とセックスなんかしてないわ！」とバーニスは怒った。

「仕方なかったのよ」、私は言った。「腕をねじられたんだもの」。バーニスの目は真っ赤になり、涙がこぼれそうだった。もしアマンダがいなければ、私はぶちのめされただろう。

「レンはつい調子に乗ったんだよ」、アマンダが言った。「本当のことはわかんないよ。私たちはただ、あんたのパパが濡れ魔女とセックスしてるんじゃないかと疑っているだけ。何もしてないかもしれない。でも、もしパパがそうしたとしてもあんたにも理解できるでしょう。あんたのママはあんなに〈休閑〉状態なんだから。すごく飢えちゃうかもね——だから女の子の脇の下をいつも触るのよ」。これをアマンダは高徳者のイブっぽい声で言った。残酷だった。

「パパはそんなんじゃない」とバーニスは言った。「そんなことしない！」ほとんど泣き出しそうだった。

「もしあんたのパパがそんな状態だったら」、アマンダは静かな声で言った。「あんたは気をつけないといけないね。つまり、もし私にパパがいれば、ママ以外の誰かの生殖器をいじったりして欲しくない。汚いし――すごく不潔だわ。パパのばい菌だらけの手があんたに触るのはいやでしょう。もちろんパパはそんなことをしていないでしょうけど――」

「あんたなんか大嫌い、大嫌い！」バーニスは叫んだ。「焼け死んじまえ！」

「バーニス、それはひどいよ」、アマンダはとがめるように言った。

「さあ、みんな」、ヌアラが私たちの方へ元気よくやって来て言った。「お客さんは？　バーニス、そんなに赤い目をして、どうしたの？」

「なんかのアレルギーよ」とバーニスは言った。

「そうだね」とアマンダは重々しく言う。「気分がよくないのよ。家に帰った方がいいかもしれない。空気が悪いのかも。マスクをつけるべきかな。どう思う、バーニス？」

「アマンダ、ずいぶん思いやりがあるわね」、ヌアラは言う。「じゃ、バーニス、すぐ家に帰りなさい。明日、アレルギー用のマスクを探してみるわ。途中まで一緒に行きましょう」。そしてヌアラはバーニスの肩に腕を回して連れて行った。

私は自分たちが仕出かしたことを信じられなかった。胃の中をそれが下っていく感じがした。重いものを落としたら、自分の足に当たるのがわかっている気持ち。私たちはやり過ぎた。でもアマンダに説教していると思われずに、そのことをどう言うべきか、わからなかった。どっちみち、もう取り返しはつかない。

28

ちょうどその時、今まで見たことのない少年が私たちのブースへ来た。私たちより年上のティーンエージャーだ。やせて、髪が黒くてのっぽで、富裕層が着ているような服ではなく、ただの黒服。

「何にいたしましょうか?」アマンダが訊いた。私たちはブースで働いている時、時々シークレットバーガーの賃金奴隷のまねをした。

「ピラーに会いたいんです」、彼は言った。笑顔もなく無表情だ。「これがなんだか変で」。バックパックから神の庭師のハチミツのビンを取り出した。それは変だ、ハチミツがおかしいはずはない。水を混ぜなければ、ハチミツは絶対に悪くならない、とピラーは言っていた。

「ピラーは具合が悪いんです」と私は言った。「トビーに話してください——すぐそこに、キノコのところにいますから」

彼は落ち着かなげに周囲を見回した。同伴者はいないようだ——友だちも、両親も。「いや、ピラーじゃないとだめです」、彼は言った。

野菜売場からゼブがやって来た。彼はそこでゴボウとシロザを売っていた。「どうかしたのか?」

「この人がピラーに会いたいって」、アマンダが言った。「ハチミツのことで」。ゼブと少年は見つめ合った。少年が小さく頭を振るのが見えた。

「俺でどうかな？」ゼブは彼に訊く。

「ピラーでなければだめです」と少年は言った。

「アマンダとレンが連れて行くよ」とゼブ。

「お酢は誰が売るんですか？」と私は訊いた。「ヌアラは行っちゃったし」

「俺が見ているよ」とゼブは言った。「これはグレンだ。よく面倒を見てやってくれ。生きたまま食われねえようにしろよ」、彼はグレンに声をかけた。

私たちはエデンクリフ屋上庭園へ向かって、ヘーミン地の通りを歩いた。「どうしてゼブを知っているの？」アマンダが訊いた。

「ああ、昔知っていた」と少年は言う。彼は口数が少なかった。私たちのそばを歩くのさえ嫌がった。一ブロック過ぎると、少し遅れ気味になった。

神の庭師のビルに着いて非常階段を上った。霧のフィロとレンチのカツロが屋上にいた――ヘーミン地ドブネズミどもが忍び込むといけないから、誰か必ずいた。カツロは水まきホースの一本を修理していた。フィロはただ笑っている。

「誰だい？」少年をみるなりカツロが訊いた。

「ここへ連れて来るように、ゼブに言われたの」とアマンダ。「彼はピラーを探してるの」

カツロは肩越しにうなずいた。「〈休閑〉者小屋だ」

ピラーはデッキチェアに寝そべっていた。そばにはチェス盤が置いてあり、駒が整然と並んでいた。彼女はチェスをしてはいなかった。具合が悪そうだった――病人っぽく沈んだ感じだ。目を閉じていたが、私たちが来る物音を聞いて目を開けた。「グレン、いらっしゃい」、まるで彼を待っていたかのように彼女は言った。「何も面倒なことはなかったでしょう」

「なかったよ」、少年は言った。ビンを取り出して、「よくないんだ」。

「どうであってもいいのよ」とピラーは言った。「大局的にみればね。アマンダ、レン、水を一杯持ってきてくれない？」

「私が行くわ」、私は言った。

「二人で行ってきて、お願い」とピラー。

彼女は私たちを遠ざけたいのだ。〈休閑〉者小屋をなるべくゆっくりと出た。二人の会話を聞きたかった――ハチミツの話ではないはずだ。ピラーの様子を見て私は怖くなった。

「あの子はヘーミン地っ子じゃないね。構内の子」、アマンダは囁いた。

私もそう思ったが、「なぜわかるの？」と訊いた。構内はコーポレーションの連中が住む所だ――アダム一号によると、古い〈種〉を破壊して新しいのを作り、世界を壊している科学者やビジネスマンたちが住んでいる。でも私はヘルスワイザーで実の父さんがそんなことをしているとは、とうてい信じられなかった。でもとにかく、なぜピラーがそこから来た人に挨拶するのだろうか？

「そんな気がするんだ」とアマンダが言った。

水を持って戻ってみると、ピラーはまた目を閉じていた。少年はその脇に座っている。チェスの駒をいくつか動かしていた。白い女王は囲まれて、あと一度の動きで彼女はおしまいだ。

「ありがとう」とアマンダからコップを受けとってピラーは言った。「グレン、来てくれてありがとう」、少年に言う。

彼は立ち上がった。「じゃ、さようなら」。彼がきまり悪そうに言うと、ピラーは彼に微笑みかけた。明るいが弱々しい笑いだった。私は彼女を抱きしめたかった。とても小さくてひ弱に見えた。

命の木会場に戻りながら、グレンは私たちと並んで歩いた。「彼女はほんとにどこか悪いんだ」とアマンダが言った。「そうじゃない?」

「病気は設計ミスだ」と少年は言った。「修正できたはずだよ」。そう――彼はまさしく構内の住人だ。そこのずばぬけた知能と独創性を持つ人だけがこういう言い方をする。正面きって質問に答えず一般的なことしか言わない、まるでそれが事実だとわかっているように。私の本当の父さんもそんな言い方をしてたのだろうか? そうかも。

「じゃ、もしあんたが世界を創造するとしたら、もっといい世界を作る?」私は訊いた。神様よりもよく、という意味だった。突然、私のなかに信仰心が燃え上がった、バーニスのように。神の庭師のように。

「うん」と少年は言った。「ほんとにさ、そうするよ」

29

翌日、いつものようにブエナビスタ・コンドミニアムへバーニスを迎えに行った。前日の行為について私たちは恥ずかしく思っていた――少なくとも私は。ドアを叩いて「トン、トン」と言うと、バーニスは「だあれ？」とは言わなかった。返事がない。

「ギャングだ」、アマンダは叫んだ。「ギャング・グリンだ！」それでも返事がない。彼女の沈黙を体に感じるような気がした。

「バーニス、早く。ドアを開けてよ。私たちよ」と私は言った。

ドアは開いた、でもバーニスではなかった。ビーナだった。私たちをまっすぐ見つめているが、〈休閑〉状態にはまったく見えない。「来るな」と言って、ドアを閉めた。

私たちは顔を見合わせた。すごく嫌な気がした。ヌアラとバートのことを言ったせいで、バーニスに癒えない傷を負わせてしまったとしたら？　しかも話が本当でなかったとしたら？　最初は冗談のつもりだった。でも今や冗談とは思えなかった。

今まで聖ユーエルの週には、私たちはヘリテージ・パークにピラーとトビーと一緒にキノコを探しに行った。あそこへ行くのは胸がわくわくした、何を見かけるかわからないから。ヘーミン地の家族がバーベキューパーティーや喧嘩をしていることがあり、私たちはジュージュー肉の焼ける臭いを嗅がないように鼻をつまんだ。藪の中で転げ回るカップルや、ボトルから酒を飲んだり、木の下でいびきをかいているホームレスたちがいた。もじゃもじゃ頭の気が狂った連中が独り言を言ったり叫んだり、麻薬中毒者が注射を打っていたりした。ビーチまで降りていけば、ビキニ姿の女の子たちが日光浴をしていた。シャッキーとクローズなら、彼女たちの注意を引くために〝皮膚がん〟と言っただろう。

あるいはコープセコーの奴らが公共サービス巡回をしながら人々に、ゴミは備えつけの容器に捨てるよう命じていることもあった。それは実は――アマンダによると――自分たちのギャング仲間を通さずに取引する小規模ディーラーたちを彼らは探しているのだと。〝ピュッピュッピュッ〟というスプレーガンの発射音に続いて叫び声が聞こえることもあった。彼らは男を引きずりながら、暴力を働きやがったんだ、と見物人たちに言うのだ。

しかしその日、ピラーが病気なのでヘリテージ・パーク行きは中止された。その代わりに、私たちはドアノブのバートと一緒にウロコとシッポ・クラブの裏の空き地で野生植物の授業を行った。

私たちは石板とチョークを携帯していた。野生の植物を覚えやすくするために絵を描くのだ。それから絵を消せば、植物は頭の中に残る。ちゃんと見るためには絵を書くのが一番いい、とバートはいつも言った。

バートは空き地を探し回って何かをつまみ上げて、私たちに見せた。「ポルツラカ・オレラセアだ。通称スベリヒユ。栽培できるし、野生種もある。荒れた土壌を好む。赤い茎と互生葉をよく見なさい。ここからオメガ3がよく採れる」。ちょっと黙ってから、恐ろしい顔で私たちを見た。「君たちの半数は見てないし、残りの半数は絵を描いていない」と彼は言った。「これで君たちの命が助かるかもしれないんだぞ！　今は生命維持の話をしているんだ。生命維持。生命維持とは何だい？」

ぽかんとした目つきと沈黙。「生命維持とは」とドアノブのバートは言った、「人間の体を維持するもの、食物だ。食物！　食物はどこから来るか？　全員で？」

私たちは一斉に唱和した。「食物は全て〈地球〉から手に入る」

「そうだ！」とバートは言った。「〈地球〉！　たいていの人はスーパーマーケットで買う。突然スーパーマーケットがなくなったら、どうなるかい、シャクルトン？」

「屋上で育てる」とシャッキーは答えた。

「屋上なんてないとしたら」、ドアノブは言った。顔が赤く染まりはじめている。「そしたらどこで食物を手に入れる？」再びぽかんとした目つき。「漁りまわるんだ」とドアノブは言った。「クロージャー、漁りまわるとはどういう意味かな？」

「ものを見つけること」とクロージャーは言った。「お金を払わなくてよいものを、例えば盗むとか」。

私たちは笑った。

ドアノブはそれを無視した。「じゃ、ものをどこで探すんだい、クイル？」

「モールで？」とクイルは答えた。「裏みたいなとこ。ゴミを捨てるとこ、古いボトルとか、それに……」。クイルはちょっと鈍いけど、うすのろの振りもする。ドアノブを惑わせるために男の子たちはそうするのだ。

「違う、違う！」とドアノブは叫んだ。「ゴミを捨てる人なんか存在していないんだ！　お前はこのへーミン地から出たことがないだろう？　砂漠を見たこともないし、飢饉にあったこともない！　〈水なし洪水〉が襲ってきたら、お前は生き延びたとしても飢え死にする。なぜだ？　きちんと聞いていないからだぞ！　なんでお前たちに無駄な時間を費やしているのか？」ドアノブはクラスを受け持つたびに、見えない障害物に躓いて叫びはじめる。

「では次」と彼は気を静めながら言う。「この植物は何か？　スベリヒユだ！　これは何になる？　食べられる。さあ、絵を描き続けなさい。スベリヒユだ！　楕円形の葉に注目しなさい！　輝きをしっかり見て！　茎をみて！　覚えておけよ！」

私は考えていた。そんなことあり得ない。どんな人も――濡れ魔女のヌアラだって――ドアノブのバートとセックスできるはずがない。あんなに禿げてて汗っかきなのだ。「馬鹿ども」と彼はぼやいていた。「俺はなんでこんなことしてるんだ？」

やがて彼はとても静かになった。私たちの背後の何かを見つめている。私たちは振り返った。ビーナスがいた。

二人はそこにたたずんだまま、身動きもしなかった。それからコープセコーの男二人がやはりフェンスを通り抜けて来た。彼らは戦闘員だ。ちらちら光る灰色の服を着ているので、蜃気楼のように見えた。スプレーガンを取り出している。私は顔から血が引くのを感じた。今にも吐きそうだった。

「どうしたんだ？」とバートは叫んだ。

「動くな！」とコープセコーの一人が言う。ヘルメットにつけたマイクのせいで、声がすごく大きく聞こえた。彼らは前に進んで来る。

「後ろにいろ」とバートは私たちに言った。彼はまるで撃たれたように見えた。

「一緒に来てください」、そばまで来た先頭のコープセコーの男が言った。

「なんだって？　俺は何もしていないぞ！」とバートは言った。

「闇市で売るためのマリファナの闇栽培です」、二番目が言った。「逮捕に抵抗しない方が安全ですよ」

彼らはバートをフェンスの隙間の方へ連れて行った。私たちはみんな黙って後に続いた――何が起きているのか、わからなかった。

ビーナとバーニスのそばに来ると、バートは両腕を差し出した。「ビーナ‼　どうしてこんなことになったんだ？」

「この変態！」と彼女は言う。「偽善者！　姦淫者！　私がどこまで馬鹿だと思っているのよ」

「一体なんの話だ？」バートは訴えるような声で言った。

「あんたの毒草のせいで私がすっかりハイになって、物がはっきり見えなくなっていると思ったんでしょう」とビーナは言った、「でも、わかったのよ、あんたがあの雌ウシのヌアラとやってることがね！　彼女とのことばかりじゃない。大馬鹿野郎！」

「違う」、バートは言った。「本当だ！　決して……ただ……」

私はバーニスを見ていた。彼女がどんな気持ちでいるのかわからなかった。顔は赤くなってもいなかった。黒板のようにうつろで、くすんだ白さだった。

フェンスの隙間からアダム一号が入ってきた。何か異常事態が起きると、いつもわかるようだった。彼はまるで電話を持ってるみたい、とアマンダは言っていた。手をビーナの黄色いベビー毛布の上に乗せて、言った。「ビーナ、〈休閑〉状態から目覚めたんですね。すばらしい。みんなで祈っていたんですよ。ところで、今度は何が問題なんですか？」

「邪魔しないでください」と最初のコープセコーの男が言った。

「どうして俺にこんなことをするんだ？」とバートは前へ押し出されながらビーナに叫んだ。

アダム一号は大きく息をついた。「残念です」と彼は言った。「われわれ〈人間〉共通の弱さについて、反省するべきかもしれませんね……」

「あんたは間抜けよ」、ビーナはアダム一号に言った。「あんたの聖なる神の庭師のただ中で、バートはブエナビスタで大規模な大麻栽培事業をやっていたのよ。あんたたちの鼻先でさ、あの馬鹿らしいあんたのマーケットで取引もしていたのよ。葉っぱにくるんだかわいい石鹸は——全部が石鹸というわけじゃなかった！　大金を稼いでいたんですよ！」

アダム一号は悲しそうに見えた。「お金は恐ろしい誘惑です。病気です」と彼は言った。

「馬鹿じゃないの」とビーナは彼に言う。「有機栽培の植物なんて、聞いて呆れるわ！」

「ブエナビスタでは大麻栽培をやってるって、言ったでしょ」、アマンダが囁いた。「ドアノブはやばいことになったね」

アダム一号が全員帰宅するようにと言ったので、私たちはそうした。バートについて私はすごくかわいそうに思った。私の想像では、あの日命の木会場で私たちがバーニスにひどく意地悪した後、彼女は家に帰ってビーナに告げた。バートとヌアラのセックスのこと、脇の下のお触りのことを。それでビーナは非常に嫉妬したか怒ったかしてコープセコーに連絡して訴えたのだ。コープセコーはそういう行為、つまり隣人や家族の密告を奨励した。褒賞金さえもらえるんだよ、とアマンダは言った。

悪意はなかった、少なくともこんな種類の被害を与えるつもりはなかった。でもこんなことになってしまって。

アダム一号のところへ行き、私たちがしたことを言うべきだと思ったが、アマンダは言った。そんなことをして何になるのさ、ことが収まるわけじゃないし。私たちにもっと災難が降りかかるだけだよ。

彼女の言う通りだ。でも私の気分は良くならなかった。

「元気出しなよ」とアマンダは言った。「あんたのために、何か盗んできてあげる、何がいい?」

「電話、パープル色の。あんたのみたいな」

「オーケー」、アマンダは言った。「まかせて」

「優しいね」。感謝の気持ちが伝わるように、声に力をこめた。でも私が無理をしているのが、アマンダにはわかっていた。

30

翌日アマンダが、絶対に私が喜ぶサプライズがあると言った。シンクホールのモールでだって。本当にサプライズだった。と言うのは、私たちが着いた時、壊れたホログラム・ブースのそばに、シャッキーとクローズがうろついていたからだ。二人ともアマンダに夢中なのを知っていた——男の子たちはみんなそうだった——でも、アマンダはグループでなければ絶対誰とも付き合わなかった。

「あれ持ってきた?」彼女は訊いた。彼らは恥ずかしげににったりした。最近のシャッキーは成長が激しく、背が伸びてひょろりと高く、眉毛が黒い。クローズもそうだが、横にも伸びていた。それに、麦藁色の髭が生えかけていた。今まで彼らの容姿について考えたことがなかった——あまり細かくは——でも今は自分が違った目で彼らを見ていることに気がついた。

「この中にある」と彼らは言った。怖がってはいないが、警戒している様子だった。誰も見ていないのを確かめてから、私たちはブースの中にぎゅう詰めに入りこんだ。かつて人々が自分の姿をモール内に映し出したブースだ。二人用なので、私たちはくっつき合わなければならなかった。

中は暑かった。みんなの体熱を感じる。まるで感染症にかかり、熱で体が焼けているようだった。シャッキーとクローズの乾いた汗と古い木綿と汚れと脂くさい頭皮の臭いが——私たち全員の臭いが——

年長少年特有の、キノコとワインかすの臭いと交じり合ったようだった。そしてアマンダの花めいた香りには、麝香《じゃこう》っぽい香りとちょっと血も混じってる感じがした。

私の体が彼らにどう臭うのか、わからなかった。自分の臭いは自分には絶対にわからないそうだ、馴染み過ぎているからだ。このようなサプライズなら前もって知っていたかった。取っておいたバラ石鹸のかけらを使っただろうに。汚れた下着や蒸れた足のような臭いがしていませんように。

なぜ私たちは他人に好かれたいと思うのか、それほど実際に関心を持ってもいないのに。なぜかわからないが、それは本当だ。私はそこに立って、もろもろの臭いを嗅ぎながら、シャッキーとクローズが私をきれいだと思ってくれればいいと強く願っていた。

「ほら、これ」とシャッキーは何かをくるんだ布切れを差し出した。

「何なの?」私は訊いた。自分の女の子っぽいかん高い声が聞こえた。

「サプライズだよ」とアマンダが言った。「あのスーパーウィード、ドアノブのバートが栽培していたやつを持ってきてくれたんだよ」

「まさか!」私は言った。「買ったの? コープセコーから?」

「盗んだ」、シャッキーは言った。「ブエナビスタの裏へ忍び込んだのさ――今まで何度もやっている。コープセコーの奴らは表ドアから出入りしているから、俺たちに注意もしなかった」

「地下室の窓の一つの桟《さん》が緩んでいた――そこから入りこんでは、よく階段の吹き抜けでパーティーをやったもんだ」とクローズが言った。

「奴らはこの袋をいくつも地下室に置いていた」とシャッキーが言う。「栽培室を全部刈り終えたに違いない。息してるだけで舞い上がりそうになったぜ」

「見せて」とアマンダが言った。シャッキーが布を広げた。刻んだ乾燥した葉っぱ。

アマンダがドラッグをどう思っているか、私は知っていた。心のコントロールを失う。それは危険だ、他人を有利にしてしまうから。それに、やり過ぎると、霧のフィロのように、自分の心をほとんど失ってしまい、コントロールできなくなったかどうかさえ、気にしなくなる。だから、信用できる人と一緒の時だけ、吸うべきだ。彼女はシャッキーとクローズを信用していたのかな？

「これをやったことあるの？」私はアマンダに囁いた。

「まだないよ」とアマンダ。なぜ私たちは小声で話しているのだろう。四人はぴったりくっつき合っていたので、シャッキーとクローズには全部聞こえた。

「じゃ、私はいいわ」、私は言った。

「取引したんだよ！」とアマンダは言った。激しい声だった。「たっぷりね」

「このクソ草、俺はやったことあるぜ」とシャッキーが言った。ならず者っぽい声で〝クソ〟と言った。「すげえぜ！」

「俺もだ。宙を飛んでる気分だぜ」とクローズ。「鳥になっちまったようだ！」シャッキーはすでに刻んだ葉を巻いて、火をつけて、吸い込んでいた。

誰かの手が私のお尻をさわった。誰なのかはわからなかった。手は這い上がって私の神の庭師たちワンピースの下に入りこもうとしていた。「やめて」と言いたかったけど、言わなかった。

「ちょっとやってみなよ」、シャッキーは言った。彼は私の顎をつかみ自分の口を私のに重ねて、煙をぶーっと吹き込んだ。私はむせた。彼はまたやった。私はめまいがした。その時、私たちがその週に食べたウサギの、目もくらむような明るい蛍光映像がうかんだ。ウサギは死んだ目で私を睨んでいた。目だけはオレンジ色だった。

「やり過ぎだよ、この子はまだ慣れていないんだから！」アマンダが言ってくれた。

私は胃がむかむかして、吐いてしまった。みんなにとび散ったと思う。あっ、いけない、なんて馬鹿なことを。どのくらい続いたのかわからない。時間はゴムのようだった。長い長いゴムひもみたいに、あるいは巨大なチューインガムのように伸びた。伸びたとたんに、パチンと小さい黒い四角に縮まった。そして気を失った。

目が覚めた時、モールの壊れた噴水に寄りかかって座っていた。まだめまいがしたが、気分は悪くなかった。まるで漂っているようだった。何もかもが遠くて半透明に見えた。セメントに手を突っ込むことができるかもと思った。たぶん何もかもレース細工なのよ——小さい点々でできていて、神様が真ん中にいる。アダム一号が言うようにね。たぶん私は煙なんだわ。

私たちの向かいにあるモールの窓は、箱一杯の蛍のようで、生きたスパンコールみたいだった。そこではパーティーが進行中で、音楽が聞こえた。チリンチリンと妙な音。チョウのパーティー、ひょろ長いチョウのような脚で踊ってるに違いない。立ち上がれさえしたら私も踊れるのに、と思った。

アマンダは腕を私に絡ませた。「大丈夫だよ」と言う。「大丈夫」。シャッキーとクローズはまだいた。二人とも酔っている感じだった。いや、クローズの方がシャッキーよりひどくね。シャッキーは私と同じくらいふらふらだった。

「じゃ、いつ払ってくれる?」クローズは言った。

「不良品だったじゃん。だから絶対に払わない」、アマンダは言う。

「約束が違うじゃねえか」とクローズ。「あの取引は、俺たちが品物を持ってくることだった。俺たちはそうした。だからお前らは俺たちに借りがある」

「約束は、レンがハッピーになることだった」、アマンダは言った。「でもそうならなかった。それが結末」

「とんでもねえ、借りを返せよ」とクローズ。

「やってみな」、アマンダは言う。ヘーミン地ドブネズミ連中が近づき過ぎた時に使う危険な鋭い声だった。

「まあ、なあ」、シャッキーは言った。「いつでもいいから」。あまり気にしているようでもなかった。

「ファック二回貸しだぜ」、クローズは言った。「一人一回な。すごい危険を冒したんだ、殺されかねなかったぜ!」

「そいつにかまうな」とシャッキーは言った。「髪の毛を触りたいだけさ」と彼はアマンダに言う。

「トフィー飴の匂いだ」。彼はまだハイになっていた。

「あっちに行っちまえ」、アマンダは言った。そうしたらしい。私が二人を探したときには、もういなかったから。

その頃には気分がだいぶ普通に戻っていた。「アマンダ、あの子たちと取引したなんて信じられない」。私のために、と言いたかったが、泣いちゃうからやめた。

「ごめん、うまくいかなかった」と彼女は言った。「あんたの気分が良くなればと思ったんだけど」

「気分は良くなったよ」と私は言った。「軽くなった」。本当だった。水をたくさん吐き出したおかげもあってね。でもアマンダのおかげもあった。以前も彼女が、テキサスでハリケーン後に非常にお腹がすいた時、食物を得るためにそういう取引をしたのを私は知っていた。でも、そうするのは嫌いで、完全にビジネス目的でやった、と言っていた。だからその必要がなくなってからは、決してやらなかった。今回もその必要はなかったが、とにかくやってしまった。それほど私のことが好きだとは知らなかった。

「あの子たち、今、あんたに腹を立ててる」と私は言った。「きっと仕返しをしてくるよ」。でもそれが本当に重要なことには思えなかった、まだハチのようにハイになっていたから。

「心配してない」とアマンダは言った。「あいつらの始末はつけられるよ」

モグラの日

モグラの日

教団暦十二年
地下生活について
アダム一号の話

親愛なるみなさん、親愛なる仲間の哺乳動物たち、親愛なる仲間の創造物たち。

私は非難はしません、何を非難すればよいのかわからないからです。しかし先ほど目撃したように、悪意のある噂は混乱を広げます。軽率な発言は不用意にゴミ箱に投げ捨てたタバコの吸い殻のように、くすぶって、やがて炎となって燃え上がり、近隣一帯を焼きつくします。これからは発言に気を配りなさい。

友情が時にはひどい噂話を引き出すのは、避けられません。しかし、私たちは〈チンパンジー〉ではありません。私たちの女性は競争相手の女性を噛んだりしませんし、男性は跳びあがって、女性に飛び乗って踏みつけたり、枝で叩いたりはしません。少なくとも、一般的には。つがいの結びつきにはストレスと誘惑がつきものですが——そのストレスを強めたり、誘惑を誤解したりするのは避けましょう。

かつてのアダム十三号のバートとその妻ビーナ、そして小さいバーニスが去ったことは残念です。赦さねばならないことは赦しましょう。そして心の中で彼らを〈光〉の輪で包みましょう。

先に進みましょう。〈ドブネズミ〉の移転が提案通り実行されれば、居心地のよい住まいに変えられそうな、放棄された自動車修理工場を見つけました。フェンダーベンダー車体修理工場の〈ドブネズミたち〉は、ブエナビスタでの食事環境について理解すれば、喜んでそこへ移っていくでしょう。

私たちはブエナビスタのキノコ菌床を失いますが、ピラーは貴重な種の菌糸を保管しているので、もっと湿気の高い場所が見つかるまでは、健康クリニックの地下室にキノコ菌床を設置する予定です。

今日はモグラの日、地下生物を祝う日です。モグラの日は〈子どもたち〉のお祭りなので、私たちの〈子どもたち〉はエデンクリフ屋上庭園の飾り付けで忙しく働いています。櫛で作った小さい爪を持つ〈モグラ〉、透明のビニール袋で作った〈線虫〉、中に詰め物をしたパンストと紐でできた〈ミミズ〉、〈フンコロガシ〉など――神からさずかった創造力のすばらしい証し、そのおかげで、用ずみで捨てられた物でさえ再び価値を得るのです。

私たちは、私たちに混じって住んでいる非常に小さいものを見過ごしがちですが、しかし、彼らなしでは私たち自身が存在できないのです。私たち一人ひとりが視覚外生命体の〈庭園〉だからです。腸管に繁茂する〈細菌〉《フロラ》がいなければ、あるいは敵意ある侵入者から守ってくれるバクテリアがいなければ、どうなるでしょう？　みなさん、私たちの体は多数の群生物の住みかとなり、足元には無数の〈生命〉体が這い回っています。足の爪の中にまでもです。

確かに、時には願い下げの極小生物体に寄生されることもあります。〈眉ダニ〉、〈十二指腸虫〉、〈毛ジラミ〉、〈蟯虫〉《ぎょうちゅう》、〈ダニ〉、そしてもちろん悪性バクテリアやウイルスなどです。しかし彼らも、彼らなりに神の底知れない事業を果たしている、神の一番小さい〈天使たち〉だと思いなさい。これらの小さい〈生き物〉もまた、〈永遠の心〉に住み、〈永遠の光〉に輝いて、〈創造〉という多声音楽の一部を構成しているからです。

また〈地球〉の内部で働く神の仕事人たちに思いを馳せてみましょう！　〈ミミズ〉、〈線虫〉と〈アリ〉、彼らの絶え間なき土の耕しがなければ。土はセメント状の塊になってしまい、全ての生命体が消滅してしまいます。〈ウジ〉や各種の〈カビ〉の持つ抗生剤的働き、そして私たちの〈ハチ〉が作るハチミツや、傷口の出血を止めるために役立つ〈クモ〉の巣の抗生剤的働きを考えてごらんなさい。あらゆる病に対して、神は〈自然という偉大なクスリ棚〉を用意してくださっているのです！

〈シデムシ〉や腐敗〈バクテリア〉の働きにより、私たちの肉体という住まいは分解されて基本元素に戻り、他の〈生物〉の生活を富ませます。死体の保存をするために、私たちの先祖はなんという見当違いのことをやってきたのでしょう――防腐処置、装飾、霊廟への収納などです。なんと恐ろしいことを――〈魂〉の抜け殻を穢れた呪物に変えるとは！　そして、結果的になんという利己的な行為だったか！　私たちは、時が来たら、もらった〈命〉を再びお返ししましょう。

次回あなたが湿った堆肥を手にすくい上げた時、この〈地球〉に存在した〈生き物〉全てに沈黙の祈りをささげなさい。あなたの指一本一本がそれらの生き物をいとしみ愛撫するのを思い描いてください。彼らは確かにここに、私たちと共に、滋養の網の中にいるのですから。

さあ、みなさん、つぼみと花聖歌隊と一緒に、昔から伝えられてきたモグラの日の子ども聖歌を歌いましょう。

小さくても完璧な〈モグラ〉を讃える歌

私たちは小さくても完璧な〈モグラ〉を讃える
彼らは地中を耕す。
〈アリ〉、〈ムシ〉、〈線虫〉がいれば、
どこへでも。

一生を暗闇のなかで暮らす、
〈人〉目につかないところで。
土が彼らにとっては大気であり、
彼らの日中は私たちの夜。

彼らは土を掘り耕して、
植物をすくすく育てる。
〈地球〉は砂漠に変わってしまう、
もしモグラたちがいなければ。

小さい〈シデムシ〉は
信じられない場所を探す

〈殻〉を〈元素〉に変えて、
私たちの場所を掃除してくれる。

だから神の小さい〈創造物たち〉
畑や森の地下に住む彼らのために、
今日は喜びの感謝をささげよう、
神が彼らを善とみなされたのだから。

『神の庭師たち口伝聖歌集』より

31

トビー。モグラの日
教団暦二十五年

〈洪水〉の猛威の中でも、日々を数えなくてはならない、とアダム一号は言った。日の出と月の満ち欠けを観察しなければならない、全てに季節があるのだから。〈瞑想〉する時、あまり遠くまで心の旅をしてはいけない、しかるべき時の前に〈時のない世界〉に入り込んでしまうから。〈休閑〉状態に入っても、出てこられないほどの深さまで降りてはいけない。さもないと、〈夜〉がいつまでも続き、どの時間もいつも同じになり、〈希望〉がなくなってしまうから、と。

トビーは、アヌーユー・スパ・パーク店の専用紙に日誌を書き続けてきた。ピンク色の各ページの上部に、睫毛《まつげ》の長い目が二つ描いてあり、片目はウィンクしている。それにキスマークも。トビーはこの目と笑う口が好きだった。仲間みたいだった。それぞれの真新しいページの上に、神の庭師たちの祝日や聖人の日を書き記した。今でもまだ全リストを暗誦できる。聖E・F・シューマッハー、聖ジェイン・ジェイコブス、グトルフォスの聖シグルズドッティル、ハゲワシの聖ウェイン・グラディー、聖ジェイムズ・ラブロック、神聖なる仏陀、シェード・コーヒーの聖ブリジット・スタッチベリー、植物命名法の聖リンナエウス、ワニの祝日、ジュラ紀泥板岩の聖スティーブン・ジェイ・グールド、コウモリの聖ジルベルト・シルバ。その他も。

各聖人の日の名称の下に、トビーは庭仕事のメモを書きつける。何を植えたか、何を収穫したか、月の満ち欠け、訪れた虫たちについても。

〝モグラの日〟と今、彼女は書いている。〝教団暦二十五年。洗濯をする。ギボス月（満月と半月の中間）〟。モグラの日は聖ユーエルを祝う週の一部。あまりいい記念日ではなかった。

明るいことは、そろそろポリーベリーが熟す頃だということ。ポリーベリーの遺伝子接合の長所は、あらゆる季節に実ることだ。午後遅くに下りて行って実を摘んでこよう。

二日前――トカゲの聖人オーランド・ギャリドの日に――トビーは庭仕事に関係のない記入を行った。幻覚？と書いた。今そのメモを思い出してみる。あの時は本当に幻覚だと思えた。

毎日の雷雨の後だった。屋上で、天水桶のつぎ目をチェックしていた。階下で開けたままにしてある唯一の蛇口から出る水の流れが止まった。原因を発見してから――溺れたネズミの死骸が吸い込み口を詰まらせていたのだ――階段を下りようとしていた時、妙な音が聞こえた。歌のようだったが、今まで聞いたこともない歌い方だった。

トビーは双眼鏡で見渡した。最初は何も見えなかったが、やがて原っぱのはるか向こうの端に不思議な行列が現れた。全員が裸姿の人間たちのようだった。先頭を歩く男だけは服を着て、赤っぽい帽子のようなものをかぶり、そして――あり得るだろうか？――サングラスをかけている。彼の背後に、あらゆる肌の色をした男、女、子どもたちが続いた。トビーが目を凝らすと、裸の人々の幾人かは青い腹をしていた。

だからトビーは幻覚に違いないと思ったのだ。あの青色。そして澄んだ、この世のものならぬ歌声。

一瞬姿が見えたと思った。確かにいた。そのとたん、煙のように、消えさった。林を通る小道をたどって、木々の間に入って行ったに違いない。

トビーの心は喜びではずんだ——気持ちを抑えられなかった。階段を駆け下り、表に走り出て、彼らの後を追いたかった。他の人々への渇望はあまりに大き過ぎた——大勢の他の人々への。とても健康そうに見えたあの人たち。でも現実のはずがない。美しい歌声の精の幻影に誘われて、ブタだらけの森へ誘き出されたとしても、楽観的すぎる心の思いによって破滅させられた史上初の人間にはならないだろう。

アダム一号は言っていた。あまりに多くの無に直面すると、脳は創作しはじめる、と。喉の渇きが水を創り出すように、孤独は仲間を創り出す。どれだけ多くの船員たちが、ただの蜃気楼に過ぎない島を追い求めて破滅したことか?

トビーは鉛筆を取り上げて疑問符を塗り消した。幻覚、とだけ、今は書かれている。純然。単純。疑いなし。

トビーは鉛筆を置いて、モップの柄と双眼鏡とライフルを手に取り、重い足取りで屋上に上っていき、周りを見渡した。今朝は全て静かだ。向こうの野原には何の動きもない——大きな動物もいなければ、裸の青色の歌い手たちもいない。

32

あのモグラの日、ピラーが生きていた最後のモグラの日はいつだっただろう？　教団暦十二年、だったと思う。

その直前にバートの逮捕という災難があった。彼がコープセコーの男たちに連れ去られ、ビーナとバーニスが空き地を去ったあと、アダム一号は緊急集会のために、エデンクリフ屋上へ神の庭師たち全員を集めた。彼がバートたちのニュースを伝え、みんなが事態を呑み込むと、神の庭師たちはショック状態に陥った。その事実は非常につらく、恥ずかしいことだった！　誰にも疑われずにブエナビスタで大麻栽培をしていたとは！　バートはどのようにしてそんなことができたのだろう？

もちろん、信用によって、とトビーは思う。教団員たちは外地獄界の人は誰も信用しないが、自分たちの仲間は信頼した。彼らは、ある朝目が覚めたら、牧師が教会建設費を持ち逃げしたこと、おまけに聖歌隊の少年たちに性的いたずらをしていた事実を知った信徒たちと同じ状態になった。少なくともバートは、これまでにわかった限りでは、聖歌隊の少年たちに手を出してはいなかった。子どもたちの間で噂話はあった――子どもたちの間によくある下品な話だった――でも、少年たちについてではなかった。少女たちに関してだけで、ただのお触りがらみだった。

大麻栽培に驚いたりショックを受けたりしなかった唯一の神の庭師は霧のフィロだった。もっとも、彼は何事に対しても、決して驚いたりショックを受けたりしないのだ。「そいつが本当にいいものなのかどうか、試してみたいもんだ」と言うだけだった。

アダム一号は、居場所を突然なくしたブエナビスタの住人たちを受け入れるボランティアを求めた——あそこへは戻れません、コープセコーの連中に占拠されているから、所有物は失われたと思いなさい、とアダム一号は言った。「もし火事だったら、少しの安物やつまらない装飾品を取りに走りこんだりしないでしょう。あなたたちが無益な幻想世界に執着していないか、神がお試しになっているのです」。神の庭師はそんなものに惑わされないとされていた。彼らの所有物はゴミ箱や廃棄場から拾った物だから、いつでも別の物を拾うことができる、という理屈だ。それでも、失ったクリスタルのコップを惜しんで泣いたり、センチメンタルな思い入れのある壊れたワッフルメーカーについてぐずぐず嘆く人たちもいた。

それからアダム一号は全員に、バートとブエナビスタのこと、そして特にコープセコーの話はしないよう求めた。「私たちの敵が聞いているかもしれません」と言う。前より頻繁にそう言うようになっていた。トビーは時々彼が偏執症的になっているのではないか、と思った。

「ヌアラ、トビー」、他の人たちが去りはじめるとアダム一号が呼びかけた。「ちょっと待ちなさい。あそこまで行って調べてきてくれないか?」彼はゼブに言った。「何も手出しはできないと思うのだが」

「そうだな」、ゼブは明るく言う。「何もできねえだろうな。でも見てきましょう」

「ヘーミン地らしい服を着ていきなさい」、アダム一号は言った。

ゼブはうなずいた。「ソーラーバイカーの服だね」。彼は大またで、非常階段の方へ歩いていった。

「ヌアラ、ちょっと」、アダム一号は言った。「はっきりさせてくれますか? あなたとバートについて、ビーナが言ったことは？」

ヌアラは鼻をすすり始めた。「まったくわかりません」、彼女は言う。「ひどい嘘ですよ！　本当に馬鹿にしている！　ひどいです！　私と……あのアダム十三号のことをどうしてそんな風に？」

あんたが人のズボンに体をこすり付けている様子をみれば、そう思われても仕方ない、とトビーは思った。ヌアラは男なら、誰にでも媚を売った。でもヌアラがいちゃついていた間、ビーナは〈休閑〉状態に入っていたのだ。何が彼女の猜疑心を目覚めさせたのだろうか？

「ヌアラ、誰もそんなことは信じていませんよ」とアダム一号。「噂屋の誰かの話をビーナは耳にしたに違いない――私たちの間にいさかいの種を蒔こうとする敵が送った工作員かもしれません。ブエナビスタの番人に、最近ビーナに変わった訪問者がなかったか訊いてみましょう。さあ、ヌアラ、涙を拭いて裁縫室へ行きなさい。退去させられた信徒たちは、キルトなどの布製品がたくさん必要です。あなたも手を借したいでしょう」

「ありがとうございます」、ヌアラは嬉しそうに答えた。私をわかってくれるのはあなただけ、という彼女特有の視線を投げてから、非常口の方へ急ぎ足で向かった。

「トビー、バートの仕事を引き継いでくれる気持ちはありますね？」ヌアラの姿が消えるなり、アダム一号は訊いた。「庭園植物学、食用草。もちろん、あなたをイブに昇格させます。前からそうしようとは思っていたが、ピラーが助手としてあなたをとても大事にしていたし、あなたもそれに満足だと信じていました。ピラーからあなたを取り上げたいとは思わなかったんです」

トビーは考えた。「光栄です」とついに言った。「でも受けられません。一人前のイブになるのは……偽善的ですから」。神の庭師たちと一緒になった最初の日に感じた啓示の一瞬を再体験することはできなかった、何度もやってみたけれど。〈黙想の業〉や〈隔離の週〉、〈徹夜の祈禱〉もやってみたし、定められたキノコや万能薬を試したりしたが、特殊な悟りは訪れなかった。幻覚はあったが、意味のあるものは皆無だった。解明できる意味のあるものはまったくなかった。

「偽善的？」額にしわを寄せてアダム一号は訊いた。「どういう風に？」

トビーは注意深く言葉を選んだ。彼の気持ちを傷つけたくはなかった。「全部を信じているかどうか、わからないのです」。控え目な言い方だった。彼女はほとんど信じていないのだ。

「宗教によっては、信仰が行動に優先します。私たちの宗派では、行動が信仰に先立つのです。あなたはあたかも信じているかのように行動していますよ、トビー。あたかも、この言葉は私たちにとって非常に重要なのです。この表現に従って生き続けなさい。そのうち信仰がついて来ますよ」

「それではあまり続きません」、トビーは言った。「イブ役なら、もっと……」

アダム一号はため息をついた。「信仰から多くを期待してはなりません」と彼は言う。「人間の理解は誤りに陥りがちです。ガラスを通してぼんやりと見ている。どの宗教も神の影を見ているのです。しかし神の影は神ではない」

「私はお粗末な手本にはなりたくありません」、トビーは言った。「子どもたちはいんちきを見通します――子どもたちは、私がただふりをしているだけと見抜きます。それはあなたが達成されようとしていることには、有害だと思います」

「あなたの疑問を聞いて私は確信しましたよ」、アダム一号は言う。「あなたを信用できる証しになりました。しかし、どの〝ノー〟の裏にも必ず〝イエス〟があるのです！　一つだけ、私のためにしてくれませんか？」

「どんなことですか？」トビーは用心深く訊いた。彼女は「イブ役」の責任を荷《にな》いたくなかった。選択の余地を残しておきたかった。必要となったら、出て行く自由を持っていたい。今までは時間稼ぎをしてただけ、と思った。彼らの善意を利用するなんて。ひどい詐欺行為。

「導きを求めなさい」とアダム一号。「一晩だけ〈徹夜の祈禱〉をなさい。自分の疑問と恐れに直面する強さを求めて祈るのです。きっと肯定的な答えが与えられると、確信しています。あなたには才能があるから無駄にさせたくない。私たちは全員、あなたをイブとして歓迎します。保証します」

「わかりました」、トビーは言った。「やってみます」。全ての〝イエス〟には〝ノー〟もある、とトビーは思った。


ピラーは〈徹夜の祈禱〉用品やその他の神の庭師たちの体外離脱薬物などの管理をやっていた。彼女は病気だったので、数日間トビーは話をしていなかった――胃のウイルス、と言われていた。しかしアダム一号と話をした時、彼女の病気については触れなかったので、ピラーはもう回復したのかもしれない。この種のウイルス病は一週間以上は続かないのだ。

トビーはピラーを探してビルの奥のごく狭い部屋に行ってみた。ピラーはフトンに背をもたせかけていた。空き缶に立てた蜜蠟ロウソクの炎がそばの床の上でゆらめいていた。こもった空気は吐いた物の臭いがした。でも、ピラーのそばの容器は空っぽできれいだった。

「トビー」とピラーは言った。「そばにきて座って」。彼女の小さい顔は今までよりもっとクルミ顔っぽかったが、肌は青白い、というより茶色の肌がこれ以上なれないほど青白かった。血の気がない。くすんでいる。

「気分は良くなりましたか?」トビーは、ピラーの硬い指先を両手に包みこんで言った。

「ええ、ずっと良くなったわ」と優しく微笑みながらピラーは言う。声は力強くなかった。

「何が悪かったんですか?」

「食べた物が体に合わなかったの」とピラー。「さて、何のご用？」

「あなたが大丈夫なのか確かめたかったんです」とトビーは言った。これは本当だと、言いながら思った。ピラーはとても弱々しく、疲れ果てて見えた。トビーは内心恐れていたことを感じた。もしもピラーが――不死に思えた、いつも必ずそこにいてくれた、必ずでなくても、とにかくとても長い間いてくれた、古代の遺跡の巨石のようなピラーが――もし突如消えてしまったら？

「ご親切に」とピラーは言った。そしてトビーの手をぎゅっと握る。

「アダム一号に、イブになるように言われました」

「あなたはノーと言ったのね」とピラーは微笑んだ。

「そうです」とトビーは言った。ピラーはいつも、トビーが何を考えているか、当てることができた。

「でも、彼は、私に一晩だけの〈徹夜の祈禱〉をさせたいのです。よい答えを仰ぐために」

「それが一番いいわ」とピラー。「〈徹夜の祈禱〉のための品の保管場所は知ってるわね。茶色のビンよ」。保存棚を覆うゴム輪とひものカーテンを持ち上げるトビーに、ピラーは言った。「右手にある、茶色のビン。五滴だけ。そして紫色のビンから二滴ね」

「この混合液を私は前に作ったかしら？」トビーは訊いた。

「この通りのはやってないわ。これで、何らかの答えを得られるでしょう。きっとうまくいくわ。自然は決して私たちを裏切らない。知ってるわよね」

そんなこと、トビーは知らなかった。ピラーの欠けた茶碗に言われた分量を落として、ビンを元へ戻した。「本当に良くなっているのですか？」トビーは訊いた。

「私は大丈夫よ」とピラー。「今のところはね。元気でいられるのは短い間だけなのよ。さあ、行きなさい、トビー、そしてすばらしい〈徹夜の祈禱〉をなさいね。今夜はギボス月よ。楽しんでね！」時々、幻覚体験を施すとき、ピラーはカーニバルの子どもの乗り物の監視人みたいな口をきいた。

〈徹夜の祈禱〉の場所として、トビーはエデンクリフ屋上庭園のトマト畑を選んだ。規則通り〈徹夜の祈禱〉記入板に場所を書きつけた。〈徹夜の祈禱〉をする人たちは時々、さまよい出てしまうので、彼らを探すときに、徹夜していた場所がわかるようにしておくのは大切だった。

最近アダム一号は各階の踊り場のそばに、番人を配置した。だから、私は誰の目にもつかずに、庭園階段を下りることはできない、とトビーは思った。屋根から落ちない限りは。

トビーは夕暮れまで待って、味を消してくれるニワトコとラズベリーのミックスと一緒に徹夜の祈禱剤を服用した。ピラーの祈禱液はいつも肥料のような味がした。それから大きなトマトの若木のそばに、瞑想の体位で座った。トマトの若木は月明かりのもとで、葉っぱをまとった体をねじ曲げるダンサーかグロテスクな虫のように見えた。

まもなく若木は光りはじめ、つるをくるくる回しはじめた。そしてトマトの実は心臓のような鼓動を打ちはじめた。近くのコオロギたちがおしゃべりをしていた。コロコロ、コロコロ、チッチッ、チッチッ、コロコロリー、コロコロリー……。

神経体操、とトビーは思った。そして目を閉じた。

なぜ信じられないのかしら?と暗闇に訊いた。

まぶたの裏に動物が見えた。優しい緑の目をした犬歯を持つ金色の動物で、毛皮の代わりにカールした羊毛で覆われていた。口を開けたが、話さなかった。代わりに、あくびをした。

その動物は彼女を見つめた。トビーも見つめた。「お前は入念に調合された植物毒素が効いた結果ね」、その動物に彼女は語りかけた。そして眠りに落ちた。

33

翌朝アダム一号はトビーの〈徹夜の祈禱〉がどうなったか、見に来た。

「答えは得られましたか?」彼は訊ねた。

「動物を見ました」、トビーは言った。

アダム一号はとても喜んだ。「結果は大成功でしたね! どの動物でしたか? あなたに何と言いましたか?」しかしトビーが答える前に、彼は彼女の肩越しに見て、「メッセンジャーが来ています」と言った。

〈徹夜の祈禱〉後のぼんやりとした状態の中で、トビーはアダム一号がキノコの天使か植物の霊のようなものを言っているのかと思ったが、それはただのゼブだった。非常階段を上ってきたせいで、荒い息をしていた。まだヘーミン地の住人ぽい変装をしていた。黒革ベスト、汚れたジーンズ、はき古したソーラーバイク用のブーツ。二日酔いの様子だ。

「一晩中起きていたの?」トビーは言った。

「お前もみたいだな」とゼブ。「うちに帰ったらひどい目にあいそうだ——俺の夜の仕事をルサーンは嫌がるんだ」。あまり心配しているようでもなかった。「全員集会をやりますか?」彼はアダム一号に訊いた。「それとも先に、一人で悪いニュースを聞きたいですか?」

「先に悪いニュースを」、アダム一号は言った。「広く伝える前に編集する必要があるかもしれない」

彼はトビーに向かってうなずいた。「この人なら取り乱さない」

「確かに」とゼブは言った。「じゃ、話しましょう」

彼の情報源は非公認だとゼブは言った。真実の探求のためにやむなく、彼は一晩中、ウロコとシッポ・クラブで女たちがくねくねするのを見続けるという犠牲を払った。そこはコープセコーの連中が非番の時にたむろする場所なのだ。いろいろ過去があるので、変わりはしたけれど見破られるといけないから、コープセコーの連中に近づき過ぎないようにした。しかし数人の女たちと馴染みだったので、彼女らの噂話に注意した。

「彼女らに金を払ったのですか?」アダム一号は訊いた。

「何もただのものはありませんよ、でも大した金額ではない」とゼブ。

バートは実際にブエナビスタで大麻栽培をやっていた、とゼブは言った。空きアパート、中が見えないように黒く覆った窓、盗電など、いつものやり方だった。全光域照明、自動散水装置、全て最高級品だった。しかし並みのスカンク草でもウエスト・コースト・スーパーウィードでもなかった。ペヨーテ遺伝子とシロシビンを異種交配した最高位の接合物なのだ。少々のアヤワスカを混ぜこんであるのも売りポイントだ。しかし、ひどい吐き気を完全に除去させてはいなかった。これを試してみた人たちの多くは、もう一度やるためには殺人もいとわなかっただろうが、まだ生産量は多くなかったから、市場値段は非常に高かった。

もちろん、これはコープセコーの仕事だった。ヘルスワイザー研究所が接合物を開発し、コープセコーの連中が卸売元なのだ。彼らは他のあらゆる不法事業と同じように、ヘーミン地ギャングを介して、運営していた。アダムたちの一人を隠れみのにして、神の庭師たちが管理する建物で大麻栽培事業を行うのは実にこっけいだと彼らは思っていた。彼らはバートにたっぷり金を払っていたが、彼はコープセコーを騙して自分でこっそり売ろうとした。しばらくは騙していられた、とゼブは言う。しかしコープセコーに垂れ込みがあった。ゴミ箱に捨てられた携帯電話が見つかった。DNAはついていなかったが、女性の声が入っていた。非常に怒った女の声。

それはビーナだろう、とトビーは思った。どこで電話を手に入れたのだろう？　彼女はコープセコーからもらった金で、バーニスをウエスト・コーストへ連れて行ったと噂されていた。

「彼は今どこにいますか？」アダム一号は訊いた。「アダム十三号は？　元アダム十三号ですが。まだ生きていますか？」

「わかりませんね」とゼブは言った。「それについては情報がない」

「祈りましょう」とアダム一号。「彼は私たちのことを話すでしょうから」

「彼がそれほど深く奴らと関わっていたのなら、すでにしゃべってますよ」、ゼブは言った。

「ピラーの生検組織について、彼は知っていましたか？」アダム一号は訊く。「ヘルスワイザーにいる私たちの連絡員についても？　若いハチミツビンの運搬人とかも？」

「いや」とゼブは言った。「知っていたのはあなたと私とピラーだけです。会議で話し合ったことはありませんから」

「それはよかった」とアダム一号は言った。

「彼が狩猟用ナイフの事故にあうのを祈ろう」とゼブ。「お前はこの話は一切聞いてない、いいね」と彼はトビーに言った。

「心配なし！」とアダム一号。「トビーは今は、私たちの真の同志の一人です。イブになります」

「祈りへの答えはありませんでした！」とトビーは抗議した。動物のあくびは、幻覚としては決定的と言えない。

アダム一号は優しく微笑んで言った。「あなたは正しい決断をするでしょう」

トビーは午後の残りを、ネズミにとって魅力的な臭いの混合物作りに専念した。フェンダーベンダー車体修理工場からブエナビスタ・コンドミニアムまで撒くのに使うものだ。それによってネズミたちを前者から後者へ、死なせずに移動させるのだ。神の庭師たちは仲間の生物たちに、同じ価値の住みかを与えずに立ち退かすのは望まなかった。

トビーはピラーがウジ虫用に隠しておいた肉の切れ端を使った。それと、ハチミツをいくらかと、ピーナツバターも。アマンダにスーパーマーケットで買ってこさせた物だ。かびたチーズ少々と液体成分としてはビールの残りも。混ぜ物が用意できた時、シャクルトンとクロージャーを呼びにやって、彼らに指示を与えた。

「こりゃほんとにくさってるぞ」と臭いをかいでびっくりしたシャクルトンが言った。

「あんたたち、我慢できる？」とトビー。「もしできないのなら……」

「俺たち、やるよ」と肩をそびやかしてクロジャーは言った。

「僕も行っていい？」彼らについてきた小さいオーツが言った。

「ちびはご免だな」とクロージャー。

「気をつけてね」とトビーは言った。「空き地でスプレーガンに射ち殺されたあなたたちを見つけたくないわ。おまけに腎臓を抜き取られてるなんてね」

「自分のしていることはわかってるよ」とシャクルトンは誇らしげに言った。「ゼブが手伝ってくれるぜ。俺たちはヘーミン地っ子の格好をしてるだろう――どう？」彼は神の庭師たちのシャツを広げてみせた。その下に着た黒いTシャツには「死――体重を減らす最高の方法！」と書かれている。そのスローガンの下には銀で描かれている頭蓋骨と二本の交差した骨がある。

「コープセコーの奴らは実にとんまだ」とクロージャーはにやにや笑いながら言った。彼も、Tシャツを着ている。「ストリッパーたちは俺のさおが好き」と書いてある。「俺たち、奴らのそばを堂々と歩いて行くぜ！」

「ちびじゃない」、小さいオーツがクロージャーのすねを蹴った。クロージャーはオーツの頭を叩いた。

「やつらのレーダーに俺らは写らないさ。気づきもしねえよ」とシャクルトンは言った。

「ブタ食い野郎！」とオーツは言った。

「オーツ、醜い言葉はもうやめなさい」とトビー。「こっちへ来て、私が虫に餌をやるのを手伝ってちょうだい。さあ、行って。行って」と他の二人に言う。「はい、このビンをあげる。フェンダーベンダーの中で撒いちゃだめよ。特に木片の上にはね。さもないと、不幸な人たちが長い間その臭いに我慢しなきゃならないんだから」。そしてシャクルトンに言った、「頼りにしているわ」。あの年齢の少年たちに、一人前の男の仕事をしていると信じさせるのはよいことなのだ、ただし彼らが度を越さなければ。

「じゃあな、おねしょ坊や」とクロージャーは言った。

「クソー」とオーツは返した。

34

　翌朝トビーは健康クリニックで、十二歳から十五歳向けの情動性の薬草についてのクラスを教えていた。オタク植物学と子どもたちは呼んだが、これは、他の科目のあだ名よりましだった。例えば、バイオレット・バイオトイレ授業は「プープ(うんち)とグープ(べとべとうんち)」、堆肥集積造りの授業は「ガック(くず)とマック(どろどろゴミ)」などと。

「ヤナギよ」と彼女は言った。「アナルジェシック、A・N・A・L・G・E・S・I・C。さあ、ちゃんとスペルを書きなさい」。チョークのきしむ音がした。キーキーとうるさい。「クロージャー、やめなさい」とトビーは彼を見ずにいった。クロージャーはいつもきしむ音を立てる。〝干からび魔女?〟という囁きが聞こえた。「シャクルトン、聞こえたわよ」、トビーが言った。生徒たちはいつもより、もっと落ち着きがない。ビーナの起こした大騒ぎの後遺症だ。「アナルジェシック、この単語は何を意味しますか?」

「鎮痛剤」とアマンダが言った。

「正解です、アマンダ」とトビー。アマンダは、妙にいつもクラスでは行儀がいいのだが、今日は特にそうだった。アマンダは悪賢い。外地獄界のやり方に、あまりにも精通していた。しかしアダム一号は、神の庭師たちは彼女にとって大いにためになると信じていた。そしてアマンダが人生の変化を受けていないと、誰が言えるだろうか？

それでも不幸なことに、レンはあまりにも魅力的なアマンダの中に引きずりこまれている。レンは非常に影響されやすく、いつも誰かの言いなりになる危険があった。

「ヤナギのどの部分を鎮痛剤に使いますか？」トビーは続けた。「葉っぱ？」とレンは答えた。人を喜ばせたいあまりの答えは間違いだが、ふだんよりさらに落ち着きがない。レンはバーニスが去った痛みを感じているに違いない、それとも罪の意識か。アマンダが現れてから、冷酷にもバーニスは除け者にされた。私たちがそれを見ていないとあの子たちは考えている、とトビーは思った。あの子たちの仕打ちを私たちが知らないと思っている。スノッブ根性、残酷さ、陰謀を。

ヌアラがドアから顔を出した。「トビー、ちょっと話せる？」悲しげな声だった。トビーは廊下へ出た。

「どうしたの？」

「ピラーに会いに行ってちょうだい」とヌアラ。「今すぐよ。彼女がそう決めたの」。トビーは胸が締めつけられる気がした。そうか、ピラーは嘘を言ったのね。いや、嘘をついたんじゃない、本当のことをそっくり語らなかっただけ。何か食べたもののせいね、でも偶然じゃない。ヌアラはトビーの腕を強く握って深い同情を示した。その湿った手の平を離してよ、とトビーは思った。私は男じゃないんだから。

「私のクラスを引き受けてくれます？」彼女は訊いた。「お願い。今、ヤナギについて教えているの」

「もちろんよ、トビー」とヌアラは言った。「「しだれヤナギ《ウィーピング・ウィロー》」の歌を教えるわ」。この甘ったるい歌は彼女のお気に入りだった。幼児たちのために彼女が作曲したのだ。トビーには年上の子どもたちがうんざりして目をぐるぐるさせる様子が想像できた。しかし、ヌアラは植物学についてよく知らないから、あの歌を歌わせておけば、少なくとも時間はつぶせるだろう。

トビーはヌアラの声を聞きながら急いで立ち去った。「急難の旅にトビーは呼ばれたので、みんなでしだれヤナギの歌を歌って助けてあげましょう！」子どもたちの活気のない声の上に、彼女の強烈ながら単調な低音声が響いた。

しだれヤナギ、しだれヤナギ、枝は海のように波うち返す、
私が枕に横たわっている間に、そばに来てこの痛みをとり去っておくれ……。

地獄の苦痛はヌアラの歌詞の不滅のテーマね、とトビーは思った。とにかく、その歌詞だったら、しだれヤナギではない、サリチル酸が採れるのは白ヤナギ、学名サリクス・アルバよ。それなら痛みを取り除いてくれる。

ピラーは自分の小部屋のベッドに横たわっていた。缶に入れた蜜蠟のロウソクがまだ燃えていた。細い茶色の指を伸ばして「大好きなトビー」と言った。「来てくれたのね、ありがとう。会いたかったのよ」

「自分でやったのね、私には言ってくれなかった！」とトビーは悲しみのあまり怒りをぶつけた。

「あなたに心配かけて時間を無駄にさせたくなかったのよ」とピラーは言った。その声は小さく囁くようだった。「〈徹夜の祈禱〉を気持ちよくやってもらいたかったの。さあ、そばにきて座って。昨夜何を見たか話してちょうだい」

「動物です」とトビーは言った。「ライオンみたいなのに、ライオンじゃないの」

「よかった」とピラーは囁いた。「それはよい印よ、必要な時に力ある者が助けてくれるでしょう。ナメクジでなくてよかったわ」。かすかに笑ったあと、痛みで顔をゆがめた。

「なぜ？」とトビーは言った。「なぜそんなこと、したんですか？」

「診断が下ったの」とピラー。「ガンよ、しかも進んでいるの。だから今逝くのが一番いいの。まだ自分のしていることがわかるうちにね。延ばす理由はないわ」

「どんな診断を？」トビーは訊いた。

「生検組織を送ったの」とピラー。「カツロがやってくれたの――組織を採取して。ハチミツのビンに隠して、ヘルスワイザー・ウエストの診断部へこっそり送りこんだの――もちろん名前を変えてね」

「誰が運び屋をやったんですか？ ゼブ？」とトビーは訊いた。

ピラーは内緒の冗談を楽しんでいるように笑った。「友だちよ、友だちはたくさんいるから」

「病院に連れて行ってあげられたのに。アダム一号は許可をくれたはずです――」とトビーは言った。

「トビー、逆戻りしてはだめ。病院についての教団の意見は知っているわね。肥溜めに投げ込まれる方がましだわ。とにかく、私に取りついた病気は治らないの。さあ、そのコップを渡してちょうだい――その青いコップ」

「まだだめ！」トビーは言った。どうやって延ばせるか、遅らせるか？ ピラーのそばを離れない。

「ただの水よ、それにヤナギとケシがちょっぴり」、ピラーは囁いた。「意識のあるままで痛みを弱めるの。できるだけ目覚めていたいから。しばらくは大丈夫よ」

ピラーが飲む間、トビーは見守った。「もう一つ枕を」とピラーは言った。

トビーはベッドのすそから、乾燥植物材の詰まった袋を一つ取って彼女に渡した。「あなたはここで、

こらえた。

私の家族でした」、彼女は言った。「他の人たちよりずっと」。なかなか言葉がでなかったが、泣くのは

「私にとってもよ」とピラーは飾りけなく言った。「ブエナビスタのアララト貯蔵室の世話を忘れないでね。補充を続けてちょうだい」

バートのせいでブエナビスタのアララト貯蔵室がなくなったとは、彼女に告げられなかった。動転させてどうなるのか？　トビーは枕にピラーをもたせかけた。変に重かった。「何を使ったんですか？」

喉が締め付けられる感じがする。

「あなたをちゃんと教育したわ」とピラーは言った。彼女は目尻にシワを寄せた。まるで全て悪ふざけよというように。「さあ、当てられるかな。症状は痙攣と嘔吐。それからしばし楽になって患者は快方に向かうと見える。でもその間も、肝臓は少しずつ破壊されていく。解毒剤はなし」

「テングタケの一つ」とトビーは言った。

「頭のいい子ね」、ピラーは囁いた。「死の天使、困ったときの友」

「でもあれはとても苦しいでしょう」とトビー。

「心配は要らないの」とピラー。「ケシの濃縮液がいつもあるわ。その赤いビン――それよ。使う時が来たら教えるから。さあ、ちゃんと私の話を聞いてちょうだい。これは私の遺言です。みんなが言っているように、死んだら財産を持って行けない――全てこの世のものは死に行く者から生者に渡されねばならない。そこには知識も含まれるのよ。私がここに集めた物は全てあなたのものにして欲しい――全部よ。いいコレクションよ、大きな力を与えてくれるわ。守って、正しく使ってちょうだい。あなたならきっとそうしてくれるわ。これらのビンのいくつかをよく知っているし。残りは紙にリストを書いておいたわ。それを記憶した後で処分してちょうだい。緑のビンにリストがあるわ――あれよ。約束して

くれる？」

「はい」とトビーは言った。「約束します」

「私たちの間では死の床での約束は神聖なの」とピラーは言った。「わかっているわね。泣いちゃだめ。私を見て、私は悲しくなんてないわ」

トビーはその理論はわかっていた。ピラーは、自分の意思で〈生命〉の母体に自身をささげようとしている。そして、これは祝われるべき行為だと信じているのだ。

でも、私はどうなるの？とトビーは思った。私は見捨てられてしまう。母親が死んだ時、その後に父親が死んだ時と同じだわ。私は何度孤児にならないといけないの？　めそめそしちゃだめ、とトビーは厳しく自分に言った。

「あなたにイブ六号になってもらいたいわ」とピラーは言った。「私の代わりにね。他の誰にもあなたと同じ才能と知識はないわ。私のためにやってくれる？　約束してくれる？」

トビーは約束した。他に言いようはなかった。

「よかった」とピラーは息をついて囁いた。「さあ、ケシの時間だわ。赤いビン、それよ。私の旅の幸運を祈ってちょうだい」

「今までたくさん教えてくださって、ありがとうございました」とトビーは言った。もう耐えられない、と思った。彼女を死に追いやっているんだわ。いや、違う、死ぬ手助けをしている。彼女の望みをかなえてあげている。

トビーはピラーが飲み下すのを見つめた。

「学んでくれてありがとう。今から眠りにつくわ。このことを忘れずにハチたちに伝えてね」

トビーはピラーが息を引き取るまでそばに座っていた。それから穏やかな顔に上掛けをかぶせて、ロウソクを吹き消した。ピラーの死の瞬間、かすかに空気の渦が沸き上がったように見えたが、あれはロウソクの炎が燃え上がったのか、それとも彼女の想像だったのか？〈霊〉とアダム一号なら言うだろう。つかんだり測ったりできないエネルギー。ピラーの測りきれない〈霊〉。逝ってしまった。

でもいずれにせよ、〈霊〉が物質でないなら、ロウソクの炎に影響を及ぼすはずはない。それともできるのかしら？

あの人たちのように、私も感傷的でふにゃふにゃになってきている、とトビーは思った。卵が腐ったみたいに。次には花に向かってしゃべりかけるかも。あるいはヌアラのようにカタツムリに。

しかし、トビーはハチたちに伝えに行った。馬鹿みたいに思えたが、約束したのだ。ハチに向かって何かを考えるだけでは十分ではないのを思い出した。声に出してしゃべらなければならない。ハチたちはこの世とあの世をつなぐ使いなのよ、とピラーは言った。生者と死者の間のね。ハチは〈言葉〉が作る空気を運ぶ。

トビーは頭を覆い——ピラーが言った、慣習通り——屋上の巣箱の前に立った。いつも通りハチたちは、足に花粉をたっぷり付けて運び、行ったり来たり飛び回り、8の字ダンスを舞っていた。ハチの巣箱の中からは空気を揺らす羽音が聞こえた。空気を冷やしながら巣穴と通路を換気しているのだ。ハチ一匹はハチ全部なのよ、とピラーはよく言っていた、だから巣箱によいことはハチたちによいって。

トビーの頭の周りを金色の毛に覆われた数匹のハチが飛び交った。三匹が彼女の顔に止まって、皮膚をなめた。

「ハチさんたち、お知らせがあるのよ」とトビーは言った。「女王バチに伝えて」

ハチたちは聞いているのかしら？　おそらくは。トビーの乾いた涙の端を、彼らはそっとなめていた。

科学者なら、塩分を求めて、と言うだろう。

「ピラーが死んだの。彼女がよろしくと言ってたわ。長年の友情に感謝を送るって。あなた方が、彼女の行った場所へ行く時が来たら、そこで会いましょうって」。これはピラーが教えた言葉だった。大声で言うのは間が抜けているように思えた。「その時が来るまでは、私が新しいイブ六号よ」

誰も聞いている人はいなかった。もしいたとしても、この屋上でなら何も変だとは思わなかっただろう。もし地上階だったなら、トビーは、路上を徘徊しながら、ありもしない物に向かって大声で話しかけている狂女のレッテルを貼られただろう。


ピラーは毎朝ハチにニュースを伝えていた。トビーにも同じことが期待されるのだろうか？　そうよ。それはイブ六号の仕事の一つだった。ハチたちに日常の出来事を全て伝えなければ、彼らは気分を害して別の所へ群れて行ってしまうわ、とピラーは言った。あるいは死ぬかもしれない。

トビーの顔の上のハチたちは躊躇した。おそらく彼女の震えを感じとったのだろう。でもハチには悲しみと恐怖の区別がわかったのだ、刺さなかったから。そのうちハチたちは顔から離れ飛び去り、巣箱の上を飛び回る群れの中に交じっていった。

35

気持ちを落ち着かせて顔を整えてから、トビーはアダム一号に報告に行った。「ピラーが亡くなりました。自分の意思で終わりを迎えました」

「そう、わかっています」とアダム一号は言った。「そのことを話し合いました。彼女は死の天使を使い、その後でケシを?」トビーはうなずいた。「しかし、これはデリケートな問題だから、あなたの判断に任せます。ピラーは神の庭師たちみんなに洗いざらい真実を伝える気はありませんでした。最後の旅路は、経験を積んだ人たちだけの道徳的選択肢だと私は思っています。ピラーのような末期患者だけの。広くみんなにやってもらいたくはない。特に感化されやすく、病的なひがみや、間違った英雄主義に影響されやすい若者たちにはね。ピラーの薬のビンはみんなあなたがちゃんと管理しているのですね。事故は困るので」

「はい」とトビーは答えた。箱を作らなければならない、と思った。金属製で鍵つきの。

「そして、今やあなたはイブ六号です」、アダム一号は顔を輝かせて言った。「とても嬉しいですよ!」

「そのこともピラーと話し合われたのですね」とトビーは言った。〈徹夜の祈禱〉はただの口実だったのだ、と思った。ピラーが取引をまとめるまで、私を、待たせておいたのだ。

「彼女は心からそれを望んでいました」とアダム一号。「あなたを深く敬愛していた」

「私も彼女の信頼に応えようと思います」

こうして二人は彼女をわなにかけたのだ。なんと答えればよかったのか？　石の靴をはかされるような、堅苦しい儀式に踏み込んだ気がした。


アダム一号は神の庭師たちの全員集会を開き、そこで偽りの演説をした。「残念ながら」と彼は始めた。「私たちの愛するピラー――イブ六号――は今朝早く、種属同定を誤り痛ましくも亡くなりました。彼女は長年にわたり申し分のない仕事をしてきましたが、おそらくこれは神のより偉大な目的のために、私たちの愛するイブ六号をお召しになる神のなさり方なのでしょう。キノコについて完璧に学ぶことの重要性を、ここでもう一度みなさんにお伝えしたい。キノコ狩り活動は、アミガサタケ、ササクレヒトヨタケ、そしてホコリタケなど、熟知されていて、間違える恐れのない種類のみに限定してください。ピラーは生きている間にキノコと菌類のコレクションを大いに増やし、多くの野生の標本を加えました。これらのいくつかは、〈黙想の業〉に役立ちますが、絶対に専門的アドバイスなしに試してはいけません。そして表示のあるカップやリングに気をつけてください――私たちはこの種の不幸な事件がこれ以上起こることは望みません」

トビーはひどく腹が立った。どうしてアダム一号がピラーの菌類学の知識をけなすのか？　ピラーはそんな間違いを絶対に犯さなかった。年長の庭師たちはそんなことは知っているはずだ。しかし、ただの話術かもしれない、昔は自殺が「奇禍」と呼ばれていたように。

「ここで嬉しいニュースをお知らせします」、アダム一号は続けた。「私たちの立派なトビーがイブ六号の地位につくことを承諾してくれました。これはピラーの望みでした。この職にふさわしいのはトビー以外にいないと、みなさんも同意されるでしょう。私自身、彼女に完全に頼っています……多くのことで。彼女の偉大な才能には広範な知識のみならず、良識、逆境を耐え抜く力、温かい心も含まれています。それゆえピラーはトビーを選んだのです」。トビーに向かって、数人が控え目にうなずき、微笑した。

「私たちの愛するピラーは、ヘリテージ・パークで堆肥になりたいと望んでいました」とアダム一号は続けた。「自分の上に植えて欲しい灌木をよく考えて彼女は選びました――一本の立派なニワトコです――いずれ私たちは果実の分け前をもらえるかもしれません。ご承知のように、非認可の堆肥作りは危険で、重い刑罰が科せられます――外地獄界では死そのものさえ厳しく管理されるべきで、そして何より課金されるべきだと信じられています――しかし、私たちはこの行事を用心深く、慎重に執り行いましょう。ピラーに最後に一目会いたいと思う人は、彼女の部屋へ行ってください。献花をしたい人には、キンレンカを勧めます。今の季節が、真っ盛りです。ただし、ニンニクの花は摘みとらないように。繁殖のために置いてあるのですから」

涙する人や大声ですすり泣く子どもたちもいた。ピラーはみんなに愛されていたのだ。そして庭師たちは列をなして会場を出て行った。笑顔でトビーの昇進を喜ぶ人たちもいた。トビー自身はその場から動かなかった、アダム一号が彼女の腕を離さないのだ。

「トビー、赦してください」、残りの人たちが去った後で、アダム一号は言った。「作り話をしたことを謝ります。時には正直に全てを言えないこともあるのです、でもより大きな善のためなのです」

トビーとゼブが、ピラーを堆肥にする場所を選んで、穴を掘ることになった。期限厳守です、とアダム一号は言った。神の庭師たちは冷蔵をしたがらないし、気候は暖かい。だからピラーをすぐに堆肥化しないと、おのずからちょっと早過ぎる分解を始めてしまいそうだった。

ゼブはヘリテージ・パークの整備員の制服を何着か持っていた——白い公園のロゴが付いている、緑色のつなぎとシャツだ。二人はこれを着て、シャベル二本と熊手とくわと三つまたをトラックの荷台に積んで出かけた。神の庭師たちがトラックを持っているのを、トビーは初めて知った。圧縮空気式小型トラックで、汚水沼のペットショップに駐車してあった。廃店になったペットショップだ。沼地区ではペットはあまり流行らない。ネコを飼っていても、すぐ誰かの揚げもの鍋に入れられてしまうからな、とゼブは言った。

神の庭師たちは必要に応じてトラックのペンキを塗り替えている、とゼブは言う。今は、巧みに偽造したヘリテージ・パークのロゴを付けてある。「神の庭師たちには元グラフィック・デザイナーが大勢いるからな。もちろん各種の元専門家が大勢いるんだ」

二人はシンクホールを、走り抜けて行った。ヘーミン地ドブネズミ連中や、強引に窓拭きをしようとする連中を払いのけるために、警笛を鳴らしながら。「前にもこうしたことがあるの?」トビーは訊いた。

「「こう」って、公共の公園に不法にばあさんを埋めることかい? ないよ」とゼブ。「俺の当番中に死んだイブはこれまでにいなかった。でも何事にも初めてがあるからな」

「どれほど危険なの?」トビーは訊いた。

「今にわかるさ」とゼブ。「もちろん、空き地に捨ててゴミ漁りに任せることはできるが、シークレットバーガーに練り込まれるかもしれない。動物性蛋白質の価値は高騰しているからな。それとも炭素系ゴミオイル収集の連中に売られちまうかもしれない。奴らは何でも買い取るからさ。俺たちはあいつらからピラーを守るんだ。老いてからピラーはひどく油を嫌っていた。彼女の信仰に反するってな」

「あなたのには反していないの?」トビーは訊いた。

ゼブはくすくす笑った。「教えの細かいところはアダム一号に任せるよ。俺は必要なところだけ使って、行く必要があるところへ行く。さあ、ハッピーカッパを飲もうぜ」。彼はモールの方へ急に曲がった。

「ハッピーカッパを飲むの?」トビーは訊いた。「遺伝子組み替え、陽光栽培、毒を散布されたあれを? 食べた鳥は死ぬし、お百姓は破滅――みんな知ってることよ」

「俺たちは変装してるんだ」とゼブ。「変装通りの役を演じなきゃな!」彼はトビーにウィンクすると、彼女の脇から手を伸ばしてトラックのドアを開けた。「ちょっとゆるんでみなよ。神の庭師たちに入る前はお遊びガールだったんだろ」

前はね、とトビーは思った。そういう感じね。それでも彼女は嬉しかった。女としてのお世辞はしばらく言われたことがなかったから。

ハッピーカッパは、シークレットバーガーで働いてる時は昼休みの楽しみだった。ああいうものを飲んだのは大昔のように思えた。彼女はハッピーカプチーノを注文した。こんなにおいしいものだとは、すっかり忘れていた。ちびちびと飲む。もしまた飲めるとしても、今度は何年先のことになるやら。

「行った方がいい」、トビーがまだ飲み終わらないうちにゼブは言った。「穴を掘らなきゃならない。帽子をかぶって。髪の毛を中に押し込んで。公園管理人の女たちはそうしている」

「ヘイ、公園のあばずれ」と背後で声がした。「お前の茂みを見せてみな!」トビーは周りを見回すのが怖かった。しかしブランコはまたペインボールへ戻った、とアダム一号は言っていた。巷の噂だった。

ゼブはトビーの恐怖を感じとった。「お前にうるさく構う奴がいたら、このくわで殴ってやるぜ」と彼は言った。

トラックに戻り、二人はヘーミン地の通りを進んで、ヘリテージ・パーク地区の北門に到着した。ゼブは偽造通行証を門番たちに振りかざしてみせて通り抜けた。公園内は歩行者だけと決まっているから、彼らの車以外に車両はなかった。

ゼブはゆっくり運転しながら、ピクニックテーブルでにぎやかにバーベキューをしているヘーミン地の家族たちのそばを通り過ぎた。騒がしいヘーミン地ドブネズミ連中が飲んだり騒いだりしていた。トラックに石がぶつけられた。公園管理人たちが武器を持っていないのを、ヘーミン地ドブネズミたちは知っていた。群衆が押し寄せて、死人がでたこともあった、とゼブはトビーに言った。なぜか、木がたくさんあるところでは羽目を外せると思うらしい。「〈自然〉がある場所には、馬鹿がいる」とゼブは楽しそうに言った。

二人はよい場所を見つけた――ニワトコの灌木がたっぷり陽を浴びられる空き地で、あまりたくさんの木の根に妨げられずに掘り返せそうだった。ゼブがくわで土をくだき始め、トビーがシャベルですくった。彼らは標識を立てて置いた。〝ヘルスワイザー・ウエストの許可により植樹中〟。「もし誰かに聞かれたら、許可証は俺が持ってる」とゼブは言った。「このポケットの中だ。大した出費じゃなかった」

穴が十分に深くなってから、彼らは仕事を終えた。標識はそのまま残して。

ピラーの堆肥化はその日の午後に行われた。ピラーは根覆いと書かれた黄麻布袋に入れられてトラックでその場所へ着いた。ニワトコと五ガロンの水も一緒に。ヌアラとアダム一号はつぼみと花聖歌隊を率いて公園を行進し、ゼブとトビーが灌木を植えている姿を周りの目からそらすように、埋葬場所を通り過ぎて行く。彼らは声を張り上げて「モグラの日の聖歌」を歌っていた。最後の歌詞に入ったところで、ヘーミン地ドブネズミTシャツで変装したシャクルトンとクロージャーが歩道からやじを飛ばした。クロージャーがビンを投げると、つぼみと花聖歌隊は叫びながらばらばらになって、道を走って行った。ヘーミン地住人たちは全員が興味深く追いかけっこを眺めながら、暴力沙汰を期待した。ゼブは巧みにピラーを黄麻布袋ごと穴の中へ入れて、ニワトコの灌木を上に載せた。トビーはシャベルで土をかぶせ固めた。それから水を注いだ。

「悲しそうにするな」とゼブは言った。「ただの仕事だという振りをしてろ」

見ている者がもう一人いた。背の高い黒髪の少年だ。彼はつぼみと花聖歌隊の余興に気を取られていなかった。無関心そうに、木に寄りかかっていた。〝肝臓は悪だ、こらしめろ〟のスローガン付きの黒いTシャツを着ている。

「あの子、知ってるの?」トビーは訊いた。Tシャツが似合わない。本当のヘーミン地ドブネズミなら、もっと似合うはずだ。

ゼブはちらりと彼を見て、「あいつを?　なぜだ?」と訊く。

「私たちに興味があるみたい」。コープセコーかも、と彼女は思った。ちがう、明らかに若過ぎる。

「じろじろ見るな」とゼブ。「あいつ、ピラーの知り合いだ。俺が知らせてやったんだ、今日ここにいることを」

36

アダム一号によると、人間の転落にはいろんな面がある。祖先の霊長類は木から落ちた。そして、菜食主義から肉食主義に陥った。それから本能から理性に落ちてテクノロジーに堕落していった。単純な合図から複雑な語法を用いるようになり、さらに人間の属性に落ち込んだ。火のない生活から火を、そしてさらに、武器を使うようになった。その上、周期的な交尾から絶え間ない性的うずきに駆られるようになった。そして、つかの間の楽しい人生から落ちて、消え去った過去と遠い未来を憂い思考するようになった。

転落は進行中だったが、その軌道はひたすら下方へ向かっている。知識の泉に吸い込まれてしまったら、次から次へと学んでいっても、落下するばかりで、幸せにはなれない。トビーの人生においても、イブになってからはそうだった。イブ六号の称号が身に染みこみ、彼女を侵食し、かつてのトビーの鋭さをすり減らしていった。硬い毛織りのシャツ(昔、苦行者などが着た)どころか、イラクサのとげシャツだった。なぜ、その中に自分を陥らせてしまったのか?

しかし、今は前よりわかるようになった。全ての知識がそうだが、一度わかると、知る以前のことは想像することもできない。舞台の手品のように、それを知らなかった時、知識は確かに目の前でくり広げられていたのに、別のところを見ていたのだ。

例えばだ。アダムたちとイブたちはノートパソコンを持っていた。トビーはそれを知って驚いた――そのような機器は神の庭師たちの信条に直接違反するものではないか？――しかしアダム一号はこう言ってトビーを安心させた。彼らは、主に外地獄界に関する重要データの保管に、それも非常な注意を払って使うのみで、それ以外にはインターネットに接続はしない。危険物として一般の神の庭師たちからは注意深く隠してある――特に子どもたちからは。それでも、持っているのだ。「バチカンのポルノ・コレクションのようなものさ」、ゼブはトビーに言った。「俺たちの手中にあれば安心だ。」

彼らはノートパソコンを、酢樽の後ろにある小部屋の壁に隠してある仕切りの中に保管していた。二週間ごとのアダムとイブ集会もこの小部屋で行われた。この部屋にはドアがあったが、イブに任じられるまで、トビーはドアの裏には空ビンを保管する物置があるだけだと聞かされていた。確かに空ビンのための棚はいくつかあったが、棚壁を引き開けると、そこには本来のドアがあるのだ。両方とも鍵がかけられている。アダムたちとイブたちだけが鍵を持っていた。今ではトビーも鍵持ちだ。

アダムたちとイブたちが何らかの形で会議をしていたことを、トビーは悟るべきだった。彼らは一体となって考え動いているようだった。電話もコンピューターも使わないのだから、面と向かってでなければ、どうやって集団決議ができただろうか？　彼らは情報を、樹木さながら化学的に交換しているような気がしていた。いや、しかし、そんな植物的なものではなかった。彼らはあらゆる秘密会議と同じくテーブルを囲んで座り、自分の立場を――神学的および実務的なことを――中世の僧たちのように容赦なく激しく言い立てた。そして、僧たちのように、ますます危機感は強くなっていた。それがトビーには心配だった。コーポレーションは抗議を一切受け付けないし、広い意味での神の庭師たちの商業活動反対のスタンスは、抗議とみなされかねない。だからトビーは、かつて思っていたように、あの世的なヒツジ小屋のような繭の中に安全に包み込まれていたのではなかった。代わりに、彼女は実際に爆発しかねない権力の境界線を渡っていたのだ。

なぜなら神の庭師たちはもはや小さな地域カルトではないようだった。彼らは影響力を増しつつあった。シンクホールのエデンクリフ屋上庭園とその近くの屋上や、他の使用しているビルなどに留まらず、あちこちのヘーミン地や他の都市などにさえ支部を持っていた。また、外地獄界のあらゆるレベルに、コーポレーション自体の中にさえ、神の庭師の隠れシンパの支部を備えていた。アダム一号によると、これらシンパ組からの情報は不可欠だった。それにより、部分的にでも敵の意図と動きを監視できた。

支部はトリュフ〔キノコ〕と呼ばれていた。地下に生えていて珍しくて貴重だから。それに次はどこに現れるか決して予知できないし、嗅ぎ出すのにブタとイヌが使われるからだ。ただし、神の庭師たちは本物のブタとイヌには何の敵意を持っているわけではない、とアダム一号はあわてて説明した――闇の権力による奴隷化に反対しているだけです、と。

アダムたちとイブたちは、自分の苦悩を一般の神の庭師たちからは隠していたが、実はバートの逮捕にひどい衝撃を受けていた。コープセコーは昔ながらの悪魔との取引を提案するだろうと言う者もいた――つまり命と引き換えの情報提供を。でもコープセコーは取引など必要としないさ、とゼブは険しい表情で言った。彼らが〈内部拷問〉を始めれば、相手は何でも喋りはじめるに決まっている、と。哀れなバートから、血やクソやヘドと一緒に、バケツ何杯もの嘘の罪証をどれほど搾り出したか、わかったものではない。

だからアダムたちとイブたちはコープセコーが庭園を襲って来るのは時間の問題だと思っていた。適切な緊急避難計画を整え、みんなをかくまう役割のトリュフ支部に知らせていた。やがてバートがウロコとシッポ・クラブの裏の空き地で発見された。彼の肌には冷凍やけどの跡があり、主要臓器は抜き取られていた。

「やつらは暴徒による殺害を装ったんだ」とゼブはビネガー・ルーム裏の評議会で報告した。「しかしそうは見えない。暴徒ならもっと不要な切断をやらかす。楽しむためにな」

ヌアラはこんな問題について、〝楽しむ〟なんて言葉を使うのは不謹慎だ、とゼブを非難した。皮肉っただけさ、とゼブは言った。いつもはほとんど何も言わない助産婦のマルシュカが、皮肉が過大評価され過ぎている、と言った。神の庭師たちではそんな過大評価を聞いたことはない、とゼブは応えた。今や強大な力を持つ新任のイブで、栄養総合士のイブ十一号のレベッカは、みんな、口を閉じておくべきよと言った。アダム一号は、分裂した家は続かないと言った。

それからバートの遺体の処理について活発な議論が交わされた。バートはアダムだった、とレベッカは言った。他のアダムやイブと同じように、ヘリテージ・パークで不法だが堆肥にされる資格がある。それが公平だと。集会室内では、それ以外にいる時ほどぼやっとしていない霧のフィロは、それは危険過ぎると言った。コープセコーがバートの死骸を囮《おとり》にして、誰が取りに来るか見張っているかもしれないと。ネジのスチュアートは言った。コープセコーはすでにバートが神の庭師たちであることは知っているのだから、そんなことをして何を知ろうとするだろうか、と。ゼブは言った。死んだバートは、コープセコーからヘーミン地ギャングへのメッセージだったかもしれない。つまり、力を強化して一匹オオカミのたかり屋を一掃しろとかな。

ヌアラは、そうねと言った。もし哀れなバートを堆肥化できないなら、夜間に出かけて行って、象徴として匙一杯の土を死体にふりかけてあげたらどうか。そうすれば、自分個人としてはずっと魂が落ち着くだろうと。ムギは、バートはブタ食らいの肉臭男で仲間を裏切ったのに、なぜまだ彼の話をし続けるのかわからない、と言った。アダム一号は、しばらく黙禱し、心の中でバートを〈光〉で包むべきだ、と言った。ゼブはこう言った。彼はすでにたくさんの光で包まれているから、フライドチキン店を襲った自爆テロリストさながら炎上しているだろう、と。ゼブはふまじめよ、とヌアラは言った。アダム一号は言う。一晩瞑想すれば、インスピレーションが見えて解決策が見つかるでしょう、と。フィロは、それなら俺はマリファナを吸うと言った。

しかし翌日、バートの死体はもう空き地になかった。早朝の炭素系ゴミオイル用収集車に持っていかれて、間違いなくコーポレーションの従業員の公用車の燃料にされたに違いない、とゼブは言った。トビーが、なぜそんなに確信があるのかと訊ねると、ゼブはにやにやして言った。ヘーミン地ギャングにコネがあるから、金さえ払えば情報は何でも入手できるんだと。

アダム一号は、一般教団員たちにバートの死について語った。物質主義の欲望に精神を誘惑された犠牲者だから非難する代わりに哀れむべきだ、と説明したのだ。そしてみんなもさらに警戒して、好奇心を持ち過ぎる旅行者や特に不審な活動は何でも報告するようにと求めた。

しかし、不審な活動は何も報告されなかった。何カ月か過ぎ、さらに数カ月が経った。通常通り日課作業と授業が行われ、聖人の日と祝祭が決まり通りに進められていった。トビーは怠惰な白昼夢と実りのない欲望の悪弊を直し、現在へと精神を集中させたいと願って、マクラメ編みを習った。ハチはどんどん増殖した。トビーは毎朝彼らにニュースを伝えた。月は闇から現れ、膨らみ、それから細くなる。赤ん坊が数人生まれ、緑色に光る甲虫の大量発生が起こり、神の庭師に転宗する者たちが何人も現れた。時間の砂は流砂です、とアダム一号は言った。莫大な量の物が跡も残さず時間の砂の中に沈み込んでいく。沈み去るものが杞憂だとしたら、なんと嬉しいことか。

四月の魚

四月の魚

教団暦十四年
あらゆる宗教内部の愚かさについて
アダム一号の話

親愛なるみなさん、親愛なる仲間の創造物たち、そして仲間の人間たちのみなさん。

ここエデンクリフ屋上庭園で、どれだけ楽しみに満ちた四月の魚の日を迎えてきたことでしょう！　深〈海〉を飾る燐光〈魚〉をかたどった今年の〈魚〉形ランプは今までで最高に感動的で、〈魚〉ケーキはなんとおいしそうなのでしょう！　レベッカとその特別助手のアマンダとレンに、これらのおいしいお菓子の礼を言いましょう。

私たちの〈子どもたち〉は、今日は年長者をからかってもよいので、いつもこの日を楽しみます。ふざけ方が度を過ぎない限り、私たち年長者はそれを歓迎します。私たちの子ども時代を思い出させてくれます。あの頃は自分をどんなに小さく感じていたか、私たちの安全を守ってくれる年長者の強さと知識と知恵にどれほど頼っていたかを思い出しても、困ることはありません。さあ、私たちの〈子どもたち〉に、寛大さ、温かい親切、正しい境界線、そして喜びにあふれた笑いを教えましょう。神はあらゆる善をお持ちになっています、遊びの感覚もお持ちに違いない――そしてそれを私たち以外の〈生き物〉とも共有なさっています。〈カラス〉のいたずら、〈リス〉のはしゃぎぶり、そして〈子ネコ〉の戯れなどです。

四月の魚の日はフランスで始まりました。紙で作った〈魚〉をお互いに貼り付け合ってからかうのです。

私たちの場合は、リサイクルの布で作った〈魚〉を人の背中に貼って、「四月の魚！」と叫びます。あるいはフランス語で「ポワソン　ダブリル」と。英語圏ではこの日はエイプリル・フールとして知られています。しかし、四月の魚は、最初はキリスト教の祭りでした。初期のキリスト教徒たちは圧政下で秘密の信仰の合図に〈魚〉のイメージを使ったからです。

イエス様は最初に二人の漁師を使徒とお呼びになられたので、〈魚〉はまさに適切なシンボルでした。きっと〈魚〉の数の保護のために選ばれたのでしょう。彼らは〈魚〉を捕る代わりに人の漁師になれ、と説かれ、そうやって二人の〈魚〉類破壊者が無害化されたのです！　あのイエス様が〈鳥〉や〈動物〉や〈植物〉にも心を配られたことは、〈スズメ〉、〈メンドリ〉、〈子ヒツジ〉、〈ユリ〉についての御《み》言葉で明らかです。しかし神の〈庭園〉の大部分は水面下にあり、それにも手入れが必要だとわかっておられました。アッシジの聖フランシスは、〈魚たち〉が直接に神と通じているとは知らずに〈魚〉に説教されました。しかし、とにかく聖人は〈魚たち〉への敬意を確認されたわけです。世界中の〈海〉が破壊されている今、彼の行為はなんと予言的でしょうか！

私たち〈人類〉は〈魚〉より賢く、それ故四月の魚は言葉も喋れぬ愚者という〈種差別主義的偏見を持つ人たち〉もいるかもしれません。〈霊〉の命はそれを信じない者には愚かに見えるものです。だから、私たちは喜んで神の〈愚者〉というレッテルを受け入れて身に着けているべきです。なぜなら、自分をどれだけ賢いと思っても、神との関係において、私たちは全員が愚者なのですから。四月の魚になるためには、自分自身の愚かさを謙虚に受け入れ、私たちが信じて来た〈霊的〉真実なるものの不条理——物質主義の見地から——を、いさぎよく明るく認めるべきなのです。

では今から、ご一緒に私たちの兄弟である〈魚〉について〈瞑想〉をいたしましょう。

愛する神様、広大な〈海〉と、そこに住む数えきれない〈生き物たち〉をお創りになった神様。あなたの水中〈庭園〉に住む者たちから、どうぞお目を離さないでください。〈生命〉はそこから始まりました。〈人間〉の営みによってそれらが〈地球〉上から一つも消滅しないよう祈ります。〈愛〉と援助が、今や危険と大いなる苦しみにさらされている〈海の生き物〉にもたらされますように。その危険と苦しみは、〈海水〉温上昇や、海底をさらう底引き網と釣り針や、海洋中のあらゆる生命の殺戮によって、浅瀬から深海に生きる〈生き物たち〉に、そして〈巨大イカ〉たちまでに及んでいます。そしてあなたが創造の五日目にお創りになり、〈海〉で遊ぶように放たれた〈クジラたち〉も、お忘れになりませんように。特に、誤解されて大いに迫害されている〈サメたち〉をお助けください。

メキシコ湾の大酸欠海域《グレイト・デッド・ゾーン》とエリー湖の大酸欠海域を私たちは忘れてはなりません。黒海の大酸欠海域もそうです。そしてかつては豊かな〈タラ〉漁場だったカナダのニューファンドランド島の荒廃したグランドバンクスも。そして今や瀕死状態で色あせて壊れかけているオーストラリアのグレート・バリア・リーフもです。

それらにもう一度〈生〉を与えましょう。〈愛〉を照らしかけて再生させましょう。人類による海洋殺人の罪が赦されますように。私たちの愚かさも、それが傲慢で破壊的という間違った愚かさを示してしまったら、お赦しください。

そして言葉も話せない愚か者に見える〈魚〉類と私たちとの同族関係を、完全に謙虚に受け入れられるように、私たちをお助けください。なぜならあなたの目に映る私たちは唖者で愚者なのですから。

さあ、みなさん、歌いましょう。

おお、神よ、あなたは私たちの愚かさをご存知です

おお神よ、あなたは私たちの愚かさを、
そして馬鹿げた行為を全てご存知です。
私たちが役に立たない欲望を求め、
追いかけているのを見ておられる。

私たちは時にあなたの〈愛〉を疑って、
感謝するのを忘れます。
〈空〉は何もない空間だと、
〈宇宙〉は空白だと思うのです。

私たちは失望の淵に落ち込み、
退屈な時間を呪います。
あなたが存在しないと言い張るか、
私たちを無視されていると文句を言います。

こうしたうつろな気分をお赦しください、
私たちの苦い陰気なくりごとを。

今日、私たちはあなたの〈愚者〉となり、
そして遊んで祝います。

私たちはしっかり認めます
うぬぼれているのを――
つまらぬ喧嘩とささいな悩みは、
自分で負った苦痛だと。

四月の魚の日、ふざけて歌います
そして子どものように楽しく笑うのです。
高慢でふくらんだ虚栄を破ります、
そして見るもの全てに微笑みかけます。

あなたの星いっぱいの〈世界〉は私たちの想像を超えて、
推し量れないほどすばらしい。
私たちは祈ります、あなたの輝く〈宝〉の中で、
あなたは〈愚者〉をも大事にされる。

『神の庭師たち口伝聖歌集』より

37

レン
教団暦二十五年

私は居眠りしていたに違いない——何しろ隔離ゾーンにいると疲れる——アマンダの夢を見ていたから。たくさんの白い骨がちらばった広い枯草の野原の中を、彼女はカーキ色の服を着て私の方へ歩いてきた。彼女の頭上をハゲワシが舞っていた。しかし、彼女の夢を見ている私を見つけて、微笑んで手を振った。そこで私は目が覚めた。

眠るにはまだ早過ぎたから、私は足の爪を塗った。スターライトはスパイダー・シルク補強のカギ爪演出を好んだが、私は使ったことがなかった。モーディスがスパイク付きのウサギのようなイメージが焼きつくぞと言ったから。それで私はパステル色の方を使い続けた。光り輝く新しい足の指を見ると、気持ちがすがすがしく、生き生きした。誰か足指をなめたい人がいるなら、なめ甲斐のある指にしておかなければならない。ペディキュアが乾くまで、スターライトとシェアしている部屋をモニターで眺めていた。画面に自分のものを見るのは嬉しかった——私のタンス、ロボドッグ、ハンガーにかかった私の衣装。普通の生活に戻るのが待ちきれなかった。まったく普通とは言えないが、なじんでいた。

それからネットサーフィンをして、今週の運勢を見るために星占いのサイトを探した。検査結果が陰性ならば、もうすぐ隔離ゾーンから出られるからだ。ワイルド・スターズが私のお気に入りの占いサイトだった。とても勇気づけてくれるから。

「あなたの星座のサソリ座に月が入っています。つまり今週あなたのホルモンは汲み上げられます！　超熱いです！　お楽しみください、でもこのセクシーな盛り上がりを真剣に取り過ぎないように——やがて冷めます。

今あなたは自宅を快楽の館にするために懸命です。新しいサテンのシーツを買って、その中にすべり込む時です！　今週あなたは牡牛座の全ての欲望をほしいままにするでしょう！」

私は、隔離ゾーンを抜け出たら、ロマンスと冒険が待っているように願っていた。そしてもしかしたら旅や霊的探求も——時々そういうものもあった。私の運勢図はそれほど良くなかった。

「あなたの星座の魚座に入っている使者の水星は、過去の出来事や人々が来週あなたを驚かせることを示します。急激な変化に備えてください！　ロマンスは変わった形を取るかもしれません——今、幻想と現実はぴったりくっついて踊っています、用心して進みなさい！」

ロマンスが変わった形を取るという占いは気に入らなかった。いやというほど、仕事で経験していたから。

またスネイクピットをチェックすると、ひどく混み合っていた。サボナはまだ空中ブランコをしており、クリムゾン・ペタルもそこにいた。特別な性器のひだ飾りがついたバイオフィルムのボディースーツを着て、巨大な蘭のように見えた。その下では、スターライトがまだペインボールの客にサービスをしていた。あの子は死人でも蘇らせることができるすご腕だけれど、客はほとんど意識もない状態だから、高額チップは期待できないと思った。

コープセコーのボディーガードがうろうろしていたが、突然彼らが一斉に入口の方を見たので、私は別のモニターで確かめてみた。そこではモーディスが、さらに数人のコープセコーの連中と話していた。彼らも別のペインボーラーを連れていたが、その男は最初の三人よりずっとひどそうだった。もっと危険そうだった。モーディスには嬉しくない。この四人のペインボーラーたち――扱うのは大変だった。もし彼らが別々のチームに属していて、昨日、互いに殺し合いをしていたとしたら?

モーディスは新たなペインボーラーを遠くの角へ連れて行った。今彼は携帯に叫んでいた。その時三人の予備のダンサーたちが急いでやってくる。ビリヤ、クレノラ、サンセット。視界を遮るんだ、と彼は女の子たちに命じたに違いない。乳房を使え、なぜ乳房があるか、考えろ。光が揺らめき、ふわふわと羽根がゆれて、六本の腕が組み合わさって彼を囲んだ。ビリヤが男の耳に囁く声が聞こえそうだった。〝ねえ、ハニー、二人とって、お安いわよ〟

モーディスからのサインで音楽はさらに騒々しくなった。うるさい音楽は気を散らせるから、耳が音楽で一杯の間は、奴らもあまり暴れまわれない。ダンサーたちは大蛇さながら男に巻きついている。ウロコ・クラブの用心棒二人がそばで見張ってる。

モーディスはにやにやしていた。問題は解決した。彼はこの男を羽根飾り付き天井の部屋へ連れ込み、酒をがぶがぶ飲ませ、女たちを体の上に乗せるのだ。男は、モーディスの言葉を借りれば、酔っ払って脳死状態まで搾りに搾られてパサパサのハッピーゾンビになると。そして今や私たちにはブリスプラス・ピルがあるから、彼はたっぷりのオーガズムを味わい、細菌死というマイナス面なしで快感を味わう。それを使うようになってから、ウロコ・クラブの家具破壊は食い止められるようになった。彼女らはそれを、チョコレートに漬けたポリーベリーとショウユ味のオリーブに入れて出していた——ただし入れ過ぎないこと、とスターライトは言っていた。さもないと男のちんぽが裂けるかも。

38

教団暦十四年に、例年通り四月の魚の日を祝った。その日は、馬鹿げたことをして大いに笑うことになっていた。私はシャッキーに魚を貼り付け、クローズが私に魚を貼り付け、シャッキーはアマンダに魚を貼り付けた。大勢の子どもたちがヌアラに魚を貼り付けたが、誰もトビーには付けなかった。彼女に気づかれないように背後に回り込むことはできなかった。アダム一号は、神を尊重するために自分に魚を留め付けた。悪ガキのオーツは「フィッシュスティックだぞ」と叫びながら、みんなを後ろから指で突っついていたので、ついにレベッカがやめさせた。すると彼が悲しそうにしたので、私は隅の方に彼を連れて行き、一番小さいハゲワシの話をしてやった。悪い子ではない時は、かわいい子どもだった。

ゼブは出張中でいなかった——最近は出張が多くなっていた。ルサーンは家に残っていた。何も祝うほどのことはないし、どっちみちつまらない祭りよ、と言っていた。

私には、バーニスがいなくなってからの初めての祭りだった。アマンダが現れるまで、小さい頃は、いつも二人だけで魚ケーキの飾り付けをした。何を載せるかでいつも喧嘩になった。ある時はホウレンソウの緑に、ニンジンの赤を丸い目にして、緑のケーキを作った。実に毒々しく見えた。あのケーキを思い出すと泣きたくなった。今バーニスはどこにいるのだろう？　あんなに彼女にいじわるした自分が恥ずかしかった。バートのように、彼女も死んでいたらどうしよう？　そうなら、私のせいでもある。ほとんど私のせい。私の。

アマンダと私はチーズ工場まで歩いて戻った。シャッキーとクロージャーもついてきた――私たちを護衛するため、と言っていた。アマンダは笑ったが、一緒に来たいなら、来てもいいよと言った。四人はまたなんとか友だちのような関係になった。たまにクローズがアマンダに「お前、まだ俺たちに借りがあるぜ」と言い、アマンダはうるせぇと言い返すのだった。

チーズ工場に着く頃には暗くなっていた。遅くなったから叱られると思った――ルサーンは通りは危ないといつも言っていた――しかしすでにゼブは帰宅していて、二人は喧嘩の最中だった。そこで私たちは一段落つくのを廊下で待つことにした。二人の喧嘩は、家中の部屋で展開されるからだ。

今回の喧嘩はいつもよりすごかった。家具がひっくり返されたり、投げ飛ばされたり。やっていたのはルサーンだろう、ゼブは物を投げないから。

「何でもめているの？」とアマンダに訊いた。彼女はドアに耳をつけていた。盗み聞きを恥ずかしいとは思わないのだ。

「わかんないよ、彼女の怒鳴り声が大き過ぎて。あ、待って――彼がヌアラとセックスしたと言ってる」

「ヌアラじゃない」と私は言った。「彼はそんなことしない！」　今初めてわかった。私たちがバーニスの父親について言ったことをバーニスがどう感じたかを。

「男はね、チャンスさえあれば何とでもセックスする」とアマンダは言う。「今度は彼が根っからのヒモだと言ってる、自分を軽蔑してゴミ扱いしてるって。泣いているみたい」

「もう聞くのはやめた方がいいかも」、私は言った。

「オーケー」とアマンダ。私たちは壁にもたれて待った、ルサーンが泣き叫びはじめるまで。いつもそうするのだから。するとゼブがどたどたと出てきてドアをばたんと閉める。そうなると何日も彼の姿を見かけない。

ゼブが出てきた。「夜の女王たち、じゃあな」、彼は言った。「後ろに気をつけな」。彼はいつも通り、私たちをからかったが、心から楽しんではいなかった。憂うつそうに見えた。

いつもは、喧嘩の後にルサーンはベッドに入って泣くのだが、この夜は袋に荷物を詰めはじめた。アマンダと私が拾ってきたピンク色のバックパックだ。入れるものはたくさんないので、まもなくルサーンは荷物を詰め終わって、私たちの小部屋へ入ってきた。

アマンダと私は、乾燥植物材の詰まったフトンの中で、ブルージーンのキルトをかぶって眠っているふりをした。「レン、起きなさい」、ルサーンは私に言う。「出かけるわよ」

「どこへ？」私は訊いた。

「帰るのよ」、彼女は言う。「ヘルスワイザー構内へよ」

「今すぐ？」

「そうよ。なぜそんな顔するの？　いつも帰りたがっていたじゃない」。以前は、私はヘルスワイザー構内へ帰りたくてたまらなかった。ホームシックにかかっていた。でもアマンダが引っ越してきてから、あまり考えなくなった。

「アマンダも来るの？」私は訊いた。

「アマンダはここに残るの」

私はひやりとした。「アマンダにも一緒にきて欲しい」と私は言った。

「絶対だめ」、ルサーンは言う。今や何か別のことが起きたようだった。ルサーンはゼブの魔法、彼女を麻痺させる魔法から解き放たれた。だぶだぶの服のようにセックスを脱ぎ捨てたのだ。今やきびきびと決断を下し、浮ついたところはなかった。昔はこんな風だったっけ？　ほとんど思い出せなかった。

「どうして？」私は訊いた。「どうしてアマンダはだめなの？」

「ヘルスワイザーに入る許可がおりないからよ。私たちは戻れば身分証明書がもらえるけど、アマンダにはないし、買ってあげるお金なんか、私にはないの。ここの人たちがアマンダの世話をするわ」と彼女は付け加えた。まるでアマンダは捨てていかなければならない子ネコみたいに。

「絶対だめよ。アマンダが行かないなら、私も行かない！」私は言った。

「じゃあ、ここで、どこに住むのよ？」ルサーンは軽蔑したように言う。

「ゼブと一緒に」、私は言った。

「あの人はいつも家にいない」とルサーンは言った。「若い女の子二人が自由に暮らすのを彼らが許すなんて思わないわね！」

「じゃ、アダム一号と住むわ」、私は言った。「それともヌアラと。もしかしたらカツロとね」

「あるいは、ネジのスチュアートとね」、アマンダが希望を込めて言う。これはあり得なかった——スチュアートは気難しい上に他人を寄せ付けない——でも私はそのアイディアに飛びついた。

「彼の家具作りを手伝える」と私は言った。そして全体の筋書を想像した——アマンダと私はスチュアートのためにガラクタを集めたり、のこぎりで切ったり、ハンマーで叩いたり、歌ったりしながら働いて、ハーブ茶を淹れて……。

「歓迎されないわよ」とルサーン。「スチュアートは人嫌いよ。ゼブのためにあんたたち子ども連中を我慢しているだけ。他の人たちもみな同じよ」

「トビーの宿舎に行くわ」と私は言った。

「トビーは他にすることがあるの。さあ、もう十分だわ。アマンダが、引き受けてくれる人を見つけられなければ、いつでもヘーミン地ドブネズミ連中のところへ戻ればいいのよ。どっちみち、彼らの仲間なんだから。あなたは違うのよ。さっさと用意して」

「自分の服を着なきゃ」と私は言った。

「いいわ。十分だけよ」、ルサーンは小部屋を出て行った。

「どうする?」服を着はじめながら私はアマンダに囁いた。

「わかんない」とアマンダは囁き返した。「いったんあそこへ入ったら、彼女はあんたを決して外へ出してくれないよ。ああいうところはみんな城塞みたい、牢屋みたいなんだから。二度と私に会わせてくれないね。私のこと、嫌っているから」

「あの人の考えなんか、どうでもいいの」と私は囁いた。「なんとかして出てやるから」

「私の携帯」とアマンダは囁いた。「持って行きな。私に電話できるから」

「なんとかして、あなたを入れてあげるわ」、私は言った。この時もう、私は声を出さずに泣いていた。

彼女のパープルフォンをポケットに滑り込ませた。

「レン、急ぎなさい」とルサーン。

「電話するね!」私は囁いた。「私のお父さんがあなたの身分証明を買ってくれるわよ」

「そうだね」、アマンダは静かに言った。「がんばってね、いいね?」

主部屋でルサーンはすばやく行動した。窓台で育てていた弱々しいトマトを引き抜いて捨てた。土の下にお金の詰まったビニール袋があった。お金をくすねていたに違いない。命の木で売ったものから――石鹼、酢、マクラメ編み、キルト。お金は時代遅れだったが、こまごました物を買うのにまだ使われていた。神の庭師たちはパソコンを使わないから、仮想通貨は受け取らなかった。だから彼女は逃亡用のお金をこっそり貯めていたのだ。彼女は私が思ったような無力な人ではなかった。

それから彼女は料理バサミを取って、自分の長い髪の毛を首元までに切った。切る時、マジックテープをはがすような音がした――引っかくような乾いた音。食堂のテーブルの真ん中に彼女は毛の束を残した。

それから私の腕を摑んでぐいぐい引っ張りながら、家から出て階段を下りた。街角には酔っ払いやヤク中や、ヘーミン地ドブネズミギャングや強盗がいるから、彼女は夜は絶対に外出しなかった。しかしその時は、怒りで興奮していて、エネルギーの火の球になっていた。私たちが伝染病患者であるかのように、通りの人々は道をあけた。アジア連合や黒レッドフィッシュ団でさえ私たちを避けた。

シンクホールと汚水沼、それから富裕層地区を通り抜けるのに何時間もかかった。前に進むに従い、住宅、ビル、ホテルなどはどんどん新しそうになり、路上には人影がなくなった。ビッグボックスでソーラータクシーに乗り込んだ。ゴルフグリーンを通過し大きな空き地を通り抜けて、ようやくヘルスワイザー構内の門に乗り付けた。長い間見ていなかったから、何も見分けがつかないのに認識できる、そんな夢を見ているようだった。少し気分が悪くなったが、興奮したせいかもしれない。

タクシーに乗り込む前に、ルサーンは私の髪をくしゃくしゃにして、自分の顔に泥を塗りたくって、ドレスの一部を破っておいた。「どうしてそんなことするの?」でも、母さんは答えなかった。

ヘルスワイザーの門の守衛室の小さい窓のむこうに守衛が二人いた。「身分証明書は?」彼らは訊いた。

「持ってないのよ」、ルサーンは言った。「盗られちゃったの、強制拉致されたのよ」。誰かが追ってきてないか恐れているように、彼女は後ろを振り返った。「お願い――今すぐ、入れてください！　夫が――ナノバイオフォーム（極小生物体）研究所にいます。夫に訊けば私の身元がわかります」。彼女は泣きはじめた。

守衛の一人が電話に手を伸ばし、ボタンを押した。「フランク、正門だけど、ここにいる女性があなたの妻だと言ってますよ」

「奥さん、伝染病の検査に頬の内側を綿棒でこすります」と二番目の守衛が言った。「そのあと、極小生物体の処理と照合が終わるまで、ロビーで待っていなさい。まもなく誰かが来るから」

ロビーで私たちは黒いビニールのソファに座った。朝の五時だった。ルサーンは雑誌を取り上げた。〝ヌースキン（新肌）〟と表紙にあった。〝なぜ不完全なまま生きるのか？〟彼女はページをぱらぱらめくった。

「私たち、強制拉致されたの？」私は訊いた。

「まあ、あなたったら」と彼女は言う。「覚えてないの！　小さかったからね！　言いたくなかったわ――怖がらせたくなくてね！　何か恐ろしいことを奴らがあなたにしたかもしれないから！」それからまた激しく泣き出した。バイオスーツのコープセコーの人間が入ってきた時、彼女の顔は涙のあとだらけだった。

39

願い事をする時は、気をつけなさい、老いたピラーがよく言っていた。私はヘルスワイザー構内に戻り、前から望んでいた通り、父と再会した。でも何もかも変だった。家中の模造大理石や複製のアンティーク調家具やカーペット——どれも本物には見えなかった。変な臭いもした——消毒薬みたいな。神の庭師たちの葉っぱの匂いや、料理の香り、そして強い酢の匂いが懐かしかった。バイオレット・バイオトイレさえも。

父のフランクは、私の部屋を変えていなかった。でも四本柱のベッドとピンクのカーテンは縮んだように見えた。それに今の私には子どもっぽ過ぎる。昔あんなに好きだったビロードの動物たちのぬいぐるみもあった。でも、ガラスの目は死んでいた。私が影であるかのように私を見通す気がして、それらをクローゼットの奥につっこんだ。

最初の夜、ルサーンはニセの花バスエッセンスを入れた風呂を用意してくれた。大きな白い浴槽とふわふわの白タオルのせいで、自分がベトベト汚れている気がした。それに臭かった。土のように臭かった——仕上げ前の堆肥土のような臭い。すっぱい臭い。

それに私の肌は青かった。神の庭師たちの服の染料のせいだ。あそこのシャワーはとても少量で、鏡なんてなかったから、まるで気がつかなかった。それに体毛が増えていたのも、気づかなかった。青い肌よりもっとショックだった。青みを取るためにこすりにこすった。でも色は落ちない。風呂の湯からはみ出た足の指を見た。まるで鳥獣のカギ爪のようだった。

「ちょっとペディキュアしてあげるわ」、二日後、サンダルをはいた私の足をみて、ルサーンが言った。まるで何もなかったように振舞っていた――神の庭師たちも、アマンダも、特にゼブのことなども。こざっぱりした麻のスーツを着て、髪を整え、メッシュに染めていた。すでに足指のペディキュアもすませていた――時間を無駄にしなかった。「あなたに買ってあげたいろんな色を見て！　緑、紫、白っぽいオレンジ、それにきらきらのも買ったわよ……」。でも私は彼女に腹を立てて、背を向けた。彼女はとんでもない嘘つきだった。

長年にわたって私は父の面影をチョークで描くように、頭の中に父の姿をしまっておいた。小さい頃はよく色も塗ったが、その色は明る過ぎ、また、輪郭も大き過ぎた。フランクは背が低く、白髪が増えて、禿げ気味で、私が心に描いていたよりもずっと困惑しているように見えた。

私たちを確認するために、父がヘルスワイザー正門に現れるまでは、私たちが無事で元気で死んでいなかったのを見て、大喜びするだろうと思っていた。しかし、私を見て、父はがっかり落ちこんだ。最後に私を見たときは小さい子どもだったのはわかる。父が予想したより私は大きくなった、おそらく父が望んでいたより大きくなっていたのだ。それに私は貧相に見えた――くすんだ神の庭師たちの服を着てはいたが、彼がシンクホールや汚水沼に行ったことがあれば、そこで走り回っているヘーミン地ドブネズミの一人のように見えたに違いない。私が父のポケットから盗むとか、靴をひったくったりはしないかと、恐れたのかもしれない。私が嚙みつくのを恐れるかのように近寄り、ぎこちなく両腕を私の背中に回した。父は複雑な化学薬品の臭いがした——糊のような、ベトベトしたものを拭いとる化学薬品みたいな。私の肺まで焼いてしまいそうな臭いだった。

最初の夜、私は十二時間も眠った。朝起きてみると、ルサーンが神の庭師たちの服を全て持ち去って焼いてしまったことを知った。幸いアマンダのパープルフォンはクローゼットのビロードのトラのぬいぐるみの中に隠してあった——トラの腹を裂いて入れておいたのだ。だから焼かれなかった。

私は自分の体臭が懐かしかった。今はしょっぱい味を失い、石鹸と香水の匂いがした。ネズミについてゼブが言っていたことを思い出した——ネズミをしばらく巣から出しておき、その後また戻すと、他のネズミらに八つ裂きにされると。もしニセの花の匂いをつけた私が神の庭師たちに戻ったら、みんなは私を八つ裂きにするだろうか？

ルサーンは私をヘルスワイザー内の診療所へ連れていった。シラミや回虫の検査と、性的暴行を受けていないかの検査のために。つまり指を数本前と後ろに突っ込まれたということ。私の青い肌を見て、「ひどいなあ」と医者は言った。「これはあざかい？」

「違います。染料です」、私は答えた。

「ああ、彼らは君に自分の体を染めさせたのかい？」

「服の染料です」、私は言った。

「そうか」と言ってから、医者は診療所内の精神科医に予約を取ってくれた。精神科医はカルト集団に拉致された人々を診る経験を積んでいる。母も診察に立ち会わなければならない、とのことだった。

そうやって私はルサーンが彼らに話した内容を知った。二人でソーラースペースのブティックで買い物をしていた時、路上で拉致された。しかし彼女は正確にはどこへ連れて行かれたのか、言えなかった。

というのは、教えてもらえなかったから。カルト集団自体の仕業ではない、と彼女は言った——男の会員の一人が彼女に付きまとい、自分専用のセックス奴隷にしようとした。そこで、彼女の靴を取り上げ、監禁した。これはゼブのはずだが、彼女はその男の名前は知らないと言った。私は幼かったので、何が起こっているのかわからなかった、とも。でも私は人質にされた——母はこの狂った男の命令に従い、歪んだあらゆる気まぐれな思い付きを受け止めなければならなかった。胸が悪くなるようなことをさせられた——さもなければ私の命が危なかった、と。しかし、やっと彼女の苦境を他のカルト会員の一人と共有することができた。尼僧のような人だった。トビーのことだろう。逃亡を助けてくれたのはこの女性だった——靴とお金を持ってきて、きちがい男をおびき出してくれたから、ルサーンは走って逃げることができたのだ、と。

娘に何を訊いても無駄よ、と彼女は言った。カルト会員たちは娘には親切だったし、そもそも彼らはだまされていた。事実を知っていたのは彼女だけだった。その重荷を母は独りで負わなければならなかった。自分と同じくらい子を愛する女なら、みんな同じ事をしただろう、と。

精神科医の診療が始まる前に、彼女は私の肩を強く握って言った。「アマンダはあっちよ。いいわね」。こういう意味だ。もし私が母は大嘘つきだと言ったら、どこに拉致されていたかを突然思い出すから、と。そしたら、コープセコーはそこへスプレーガンを持って押しかける。すると、どうなるか？　スプレーガン攻撃で見物人たちも大勢殺される。仕方がなかったとコープセコーは言う。公共の秩序を守るためだから、と。

何週間もの間ルサーンは、私が逃げたり密告したりしないように、付きまとって離れなかった。しかしついに、アマンダのパープルフォンを取り出して電話するチャンスを見つけた。連絡できるように、アマンダは盗んだ新しい携帯番号からテキストメールを送信してくれていた——アマンダはいつも先のことまで考えている。私は電話するためにクローゼットに隠れた。家中のどのクローゼットにも電灯がある。クローゼット自体は、以前の寝部屋ぐらいの大きさだった。

すぐにアマンダが出た。スクリーン上の彼女は前とまったく同じに見えた。神の庭師たちに帰りたくなった。

「とっても会いたいの」と私は言った。「なるべく早くここから逃げだすね」。でもそれがいつになるか、わからない。ルサーンが私の身分証明書を鍵つきの引出しにしまっているし、証明書なしに門から出ることは許されないから、と伝えた。

「守衛と取引できないの？」アマンダは訊いた。

「できない、と思うわ。ここでは難しいの」

「おー、髪の毛、どうしたの？」

「ルサーンに切らされたの」

「見た目は悪くないよ」とアマンダ。そして言った。「バートはウロコの裏の空き地に捨てられていたのが見つかったよ。冷凍焼けしていた」

「冷凍庫に入れられていたの？」

「残ってた部分はね。体の一部がなかった、肝臓、腎臓、心臓とかね。ゼブによるとギャングたちは臓器を売って、残りの死体は見せしめが必要になる時まで冷凍庫に入れておくそうだよ」

「レン、どこにいるの？」ルサーンだ、私の部屋にいる。

「行かなきゃ」、私は囁いた。携帯をトラの腹に戻した。「ここよ」、私は言った。歯がかちかち鳴った。冷凍庫とは、なんと冷たいことだ。

「あなた、クローゼットで何してるの？」とルサーンは訊いた。「出てきてランチを食べなさい。すぐ気分が良くなるわよ！」明るい声だった。私が変なノイローゼ的行動をすればするほど、彼女にとっては都合が良かった。というのは、私が母のことを言いつけても信じる人が少なくなるからだ。

彼女によれば、私は偏った、人を洗脳するカルト集団の中に押し込まれて、トラウマを負っていると。私には、彼女が間違っていると証明する方法はなかった。どっちみち、私はトラウマを受けていたのかもしれない。比較の対象が何もなかった。

40

私がまあまあ調整されると――まるで私がブラジャーの紐であるかのように、彼らは〝調整〟という言葉を使った――学校へ行かなきゃね、家の中でふさいでいるのは良くないから、とルサーンは言った。彼女のように、私は外へ出て、まったく新しい生活を作り出す必要があった。私を外に出すのは彼女にとってはリスクだった――私は歩くクラスター爆弾なのだ。本当のことがいつ私の口から飛び出すかわからないから。しかし、口には出さないが私が母を批判しているのを知っており、それを腹立たしく思っていた。だから、本当は私にどこかへ行って欲しかった。

フランクは彼女の話を信じているように見えた。どっちみちどうでもよさそうだったけど。今になれば、ルサーンがなぜゼブと駆け落ちしたかわかった。少なくともゼブは彼女に気を配っていた。そして彼は私のことも見ていた。しかし、フランクは私を窓のように扱った、決して私を見ずに私をすかして向こうを見ていた。

私は時々ゼブの夢を見た。彼はクマの衣装を着ている。毛皮の真ん中がパジャマ袋のようにジッパーで開いて、ゼブがそこから出てくる。夢の中のゼブは心地よい香りがした――雨にぬれた草やシナモンや、塩っ辛い、酢っぱい、こげた葉のような神の庭師たちの匂い。

学校の名はヘルスワイザー高校。初日は、ルサーンが買ってくれた新しい服を着た。ピンクとレモンイエロー――神の庭師たちなら汚れが目だって石鹸を浪費することになるから絶対許さない色だった。新しい服は変装服のような感じだった。昔のだぶだぶ服に比べると、きつくてなじめなかった。むき出しの腕は袖からつき出し、生脚が膝丈のプリーツスカートから見えていた。でもルサーンによると、ヘルスワイザー高校の女子生徒たちは全員これを着ている、と。

「ブレンダ、日焼け止めを忘れないでね」、ドアに向かっている私に、彼女は言った。今は私をブレンダと呼んでいた。それが私の本当の名前だと言うのだ。

ヘルスワイザー高は生徒の一人をガイドとして私につけた――学校まで一緒に歩き、あたりを案内してくれた。ワクラ・プライスという名前だった。やせ型でトフィーのようなつやつや肌をしていた。私と同じようなパステルイエローのトップを着ていたが、下はパンツだった。私のプリーツスカートを見て、彼女は目を丸くした。「あなたのスカート素敵だわ」

「母が買ってくれたの」と私は言った。

「あら」と〝ごめんなさい〟というような声で彼女は言った。「うちの母は二年前にそういうのを買ってくれたわ」。それで、私は彼女を好きになった。

登校途中にワクラは訊いた。〝あなたのお父さんは何をしてるの。いつここへ来たの〟などなど。でもカルトのことは何も言わなかった。そこで私は訊いた。〝学校は好き？　先生たちは〟とか。おかげで私たちは無事に学校に着いた。途中の家々はみんな違うスタイルだったが、ソーラースキンは同じだった。ルサーンが何度も言った通り、構内は最新式のテクノロジーを備えていた。〝そうなのよ、ブレンダ、純粋主義の神の庭師たちよりずっと環境エコだからね。お湯をどれほど使うとか、シャワーをまた浴びてもいいかとか、心配する必要はまったくないの〟

高校の建物は隅から隅までピカピカに清潔だった――落書きもなく、壁の破片が落ちていたりもしておらず、割れた窓ガラスは一枚もない。深緑の芝生と丸く刈った灌木と銅像が一体あった。銘板には「フローレンス・ナイチンゲール、ランプの貴婦人」と記してあった。でも誰かがaをuに変えたので、こぶ《ランプ》の貴婦人になっていた。

「ジミーがやったのよ」ワクラは言った。「ナノフォーム・バイオテクノロジークラスで私の実習パートナーなのよ。いつもあんな馬鹿なことやってるの」。彼女は微笑んだ。歯は真っ白だった。ルサーンは私の歯がとても汚い、美容歯科医が必要ねと言っていた。彼女はすでに家中の改装を計画していたが、私の改造も考えていた。

少なくとも私に虫歯はなかった。神の庭師たちは精糖製品には反対で、先をほぐした小枝ブラシを使わせて、厳しくブラッシングを薦めていた。みんな、口の中にプラスチックや、動物の剛毛を入れるなんて考えるのも嫌だった。

その高校の初日はとても変だった。外国語で授業が行われているみたいに感じた。課目は全て違うし、言葉も違っていた。それに、コンピューターも紙のノートもあった。私の中には、これらを恐れる気持ちが植え込まれていた。敵が発見できる恒久的な文書はみな非常に危険に思えた――石板のように、簡単に拭き取ることはできない。キーボードとノートに触れたあと、洗面所に走りこんで手を洗いたくなった。危険の感覚が私に完全に移ってしまっていた。
私たちのいわゆる個人史――強制拉致などは――ヘルスワイザー構内管理者たちによって極秘事項として守られる、とルサーンは言った。しかし誰かが漏らしたに違いない、みんな知っていた。しかし少なくとも、ルサーンをセックス奴隷化した変態性欲狂物語は知られていなかった。ただし、必要となれば、私もその嘘をつくだろう。アマンダ、ゼブ、アダム一号や一般の神の庭師たちを守るために。私たちはみんなお互いの手の中にある、とアダム一号はよく言った。その意味がわかり始めた。

昼休みに一団が私を取り囲んだ。意地悪組ではなく、好奇心からだった。〝カルトと暮らしていたんだって？　気味わる！　どのくらい変なの？〟たくさん質問された。その間も彼らはランチを食べていて、そこらじゅうに肉の臭いがしていた。ベーコン。本物の魚二十パーセントのフィッシュスティック。ワイズバーガーと呼ばれるハンバーガー。網台の上で培養された肉だった。だから実際に殺された動物はいない。でもやはり肉の臭いがした。アマンダなら、ベジタリアンに洗脳されなかったと示すためにベーコンを食べただろう。でも私はそこまではできなかった。私はワイズバーガーのパンをむしって食べようとしたが、死んだ動物の臭いがした。

「ねえ、どれほどひどかったの？」ワクラが訊いた。

「ただのエコカルトよ」、私は言った。

「ウルフ・イザヤ教徒のような？　テロリストたちだったの？」同級生の一人が訊く。

全員が身を乗りだした。ホラー・ストーリーが聞きたいのだ。

「違うわ。平和主義者よ」、私は答えた。「屋上庭園で私たちは働いたの」。そしてナメクジやカタツムリを移転させた話を聞かせた。話してみれば、とても奇妙に思えた。

「少なくとも、あなたたちはそれを食べなかったのね」と一人の女の子が言った。「そういうカルトの中には、道路でひき殺された動物を食べる宗派もあるわ」

「ウルフ・イザヤ教徒はきっとそうよ。ネットで読んだわ」

「でも、あなたはヘーミン地に住んでたのね。格好いい」。そのとき、みんなが誰も行ったことのないヘーミン地に住んだことがあるのは私に有利だと実感した。みんな遠足とか、スラム見学の親に連れられて命の木に行ったりした他には、そんなヘーミン地区に足をふみ入れたことがない。だから私は好き勝手な作り話ができた。

「児童労働させられたんだね」、男子の一人が言った。「幼い環境奴隷。セクシー!」みんな笑った。

「ジミー、馬鹿なこと言わないで」とワクラ。「大丈夫よ、彼はいつもあんなこと言ってるんだから」と私に言った。

ジミーはにやっとした。「キャベツを拝んだの?」彼は続けた。「ああ、偉大なキャベツ様。僕はあなたのキャベツっぽいキャベツ遺伝子にキスします!」彼は片ひざついて私のプリーツスカートをつかんだ。「素敵な葉っぱだね、千切れるかな?」

「そんな肉くさい息はやめて」、私は言った。

「何だって? 肉息?」彼は笑った。

そこで私は、極端な環境エコ族の間では、これは人に対するキツイ悪口だよと説明しなければならなかった。ブタ食らい人とか、ナメクジ顔とか。これを聞いてジミーはますます激しく笑った。

私は誘惑にかられた。はっきりわかった。私のカルト生活について信じられない細かい話をどんどんする。そしてヘルスワイザーの子どもたちと同じくらい、それが歪んでいると思っているふりをする。それで人気を取ることができる。しかし同時に、アダムたちやイブたちが私を見る目が見えた。悲しみと失望をたたえた目。アダム一号、トビー、レベッカ。そしてピラーも、死んでいてさえ。そしてゼブまで。

なんて容易なんだろう、裏切りは。すいと滑り込んでしまうのだ。しかし私はすでにそのことはわかっていた、バーニスのことで。

ワクラは私と一緒に家に歩いて帰った。ジミーも一緒だった。彼はふざけてばかりいた――冗談を言っては私たちを笑わせようとした――そしてワクラは、愛想よく笑った。ジミーがワクラに夢中なのはわかった。でも後でワクラは私に言った。友だちとしてしかジミーを見ることができない、と。

ワクラは途中で別れ、自分の家に向かった。ジミーは同じ方向だからと言って、私についてきた。誰か別の人たちがいる時は、彼にはいらいらさせられた。おそらく彼は他人に馬鹿にされるより自分が馬鹿を演じる方がましだと思ったのだろう。しかし、ふざけてないときはずっと感じがよかった。内面は悲しい人だとわかった。私もそのタイプだから。その点で私たちは双子みたい、とその時は思った。彼は私が初めて友だちになった男の子だった。

「じゃあ、この構内にいるのは、変な気分だろう、ヘーミン地の後では」とある日彼は言った。

「そうね」、私は答えた。

「君のママは本当に頭のおかしい変態男にベッドに縛り付けられていたの？」他の人なら思っても決して言わないことを、ジミーは率直に訊くのだった。

「どこでそんな話聞いたの？」

「ロッカールームさ」とジミーは言った。そうか、ルサーンの作り話が漏れ出したのだ。

私は深く息を吸った。「あなたと私だけの話よ、いい？」

「誓うよ」とジミー。

「違うの、ベッドに縛り付けられたんじゃないの」、私は言った。

「そうだと思ったよ」、ジミーは言った。

「でも誰にも言わないでね。あなたは言わないって、信じているから」

「言わないよ」、ジミーは言った。〝なぜだめなのさ〟とは言わなかった。もしルサーンが嘘をついているとみんなが聞けば、誘拐されていなかったこと、大嘘をついていることが知れわたる、と彼はわかっていた。彼女がしたことは愛のため、あるいはセックスだけのためだった。そして愛人が彼女を捨てたから、彼女はヘルスワイザーに戻ってダメ夫と一緒にいる。しかしそれを認めるぐらいなら、彼女は死んだ方がましだろう。それとも、誰かを殺す方が。

この頃、私はクローゼットに入っては、トラの腹の中からパープルフォンを取り出してアマンダに電話していた。メールで一番よい時間を打ち合わせて電話をかけあい、接続状態がよければ画面でお互いの顔を見ることができた。私は神の庭師たちについてたくさん質問をした。アマンダは、もうゼブと一緒に住んでいないと言った――もう大人だから、一人用小部屋で寝なければいけないとアダム一号は言ったが、とてもつまらないと。「ここへはいつ帰って来られるの?」彼女は訊いた。でも私はヘルスワイザーからどうやって逃げ出せるか、わからなかった。

「考え中なの」、私は言った。

次に電話したとき、彼女は言った。「誰がここにいるか、わかる?」シャッキーだった。ばつが悪そうににやにやしている。二人はセックスしているのかな、と思った。私は、アマンダが、私が欲しかったぴかぴか光るガラクタを拾い上げたような気がしたが、そんなの愚かなこと。私はシャッキーには何の感情も抱いていないのだから。あの晩ホログラム・ブースで気絶したとき私のお尻を触っていたのは彼の手だったのかなあ、と思った。でも、きっとクローズだったかも。

「クローズはどうしてる?」私はシャッキーに訊いた。「オーツは?」

「元気だよ」、シャッキーはつぶやいた。「いつ、戻ってくるんだい? クローズが恋しがってるぜ!

仲間《ギャング》だろ?」

「グリン」と私は言った。「ギャングリン」。あの子どもっぽい合言葉を彼がまだ使うのには驚いた。でもおそらく私が仲間の気分になるように、アマンダが彼に言わせたのかもしれない。

シャッキーが画面から消えると、アマンダが言った。彼とはパートナーで——二人はモールで万引きしている、と。しかし、それは互格の取引なのだ。万引きしている間見張っていてもらい、万引きや商品転売を手伝ってもらう代わりに、彼女はセックスを提供する。

「彼を愛してないの?」私は訊いた。

レンはロマンチストだ、とアマンダは言った。愛は無駄さ、愛のせいで馬鹿な交換をして、たくさん与え過ぎて、その結果、恨みっぽい意地悪な人間になってしまうのさ、とアマンダ。

41

ジミーと私は宿題を一緒にやりはじめた。彼はとても親切で、私がわからないところを教えてくれた。神の庭師たちでは暗記をたくさんさせられたから、授業をじっと見て、それを全て頭の中に絵のように見て取ることができた。だから難しいし、遅れていると感じながらも、とても早く追いつきはじめた。

私より二年上級だったから、ジミーは私のクラスにはいなかったが、ライフ・スキル(生活技能)のクラスは一緒だった。これはやがて自分の人生を形作るのを助ける技術を教える科目だった。ライフ・スキルのクラスでは、異なる人生経験を共有しあって学び合うために、年齢層をミックスしてあった。ジミーは私のすぐ後ろに座るために他の生徒と席を交換した。「僕は君のボディーガードさ」と彼が囁くと、私はほっと安心した。

ルサーンがいなければ、二人で私のうちへ行って宿題をした。ルサーンがうちにいる時は、ジミーの家へ行った。私はジミーの家の方が好きだった。ペットのラカンクがいた――新しい接合種で、半分はスカンクだったが、毒臭はなく、半分はアライグマだが攻撃性はない。そのペットの名前は殺し屋キラーで、遺伝子接合でできた最初の動物の一つだった。このペットを抱くと、すぐに私になついてくれた。

ジミーのお母さんも私を気に入ったようだった。最初に会ったときは、きつい青い目でとても厳しくじっと私を見つめて、何歳か訊ねたけれど。私もまあまあ彼女が好きになった、タバコをたくさん吸うので、私は咳き込んだけれど。神の庭師たちは誰も吸わない、少なくともタバコは吸わない。彼女はよくコンピューターを操作していたが、何をしているのか、私にはわからなかった。彼女は仕事はしていなかったから。ジミーのお父さんはほとんど家にいなかった――実験室だった。新しい人間の臓器を作るために、どのようにして人間の幹細胞とDNAをブタに移植するかを研究していた。どんな臓器かとジミーに訊いたら、腎臓そして、たぶん肺も――将来は、あらゆる身体部分の複製を持った、自分の血を分けたブタを作ってもらうことができるだろう、と。神の庭師たちがこれをどう思うか、私にはわかっていた。それは悪いことと見なされるだろう、ブタを殺さねばならないから。

ジミーはこれらのブタを見ていた。ニックネームはピグーン、つまり豚の風船《ピッグ・バルーン》ってわけ、それほど巨大だから。器官複製の方法は独占所有権のある秘密だとジミーは言った。特に価値が高いのだ。「どこか外国のコーポレーションがあなたのお父さんを誘拐して脳から秘密を搾りださないか、心配じゃないの?」私は訊いた。そんな事件が頻繁に発生するようになった。ニュースとして報道はされていないが、ヘルスワイザーでは噂になっていた。誘拐された科学者たちが取り戻されることもあるが、戻ってこないこともあった。警備はますます厳しくなっていた。

宿題を仕上げてしまうと、ジミーと私はヘルスワイザーモールへ行って、つまらないビデオゲームをしたり、ハッピーカプチーノを飲んだりした。最初の時、ハッピーカッパは邪悪な飲物だから飲めないと私が言うと、彼は私を笑った。二回目には努力してみた。とてもおいしかった。そのうち、その悪についてあまり考えなくなった。

しばらくして、ジミーはワクラ・プライスについて、私に話した。彼が恋に落ちた初めての女の子だったと。本気で付き合って欲しいと頼んだら、友だちにしかなれないと言われたと。その話はすでに知っていたが、残念だったわね、と言った。ジミーは、何週間もへこんでしまい、まだ回復していないと。それからジミーは、ヘーミン地時代に、私にボーイフレンドがいたかと訊いた。私は、嘘をついて、いた、と答えた。でもあそこへはもう戻れないし、彼のことは忘れることにしたと。どうせ私のものにできない人だから、それがベストだと。ジミーは、私の失われたボーイフレンドについてとても同情して、私の手をぎゅっと握ってくれた。そんな嘘をついたことに罪の意識を覚えたが、ぎゅっと握りしめられ、嬉しかった。

この頃には私は日記帳を持っていた――学校の女の子たちはみんな持っていた。再流行だった。コンピューターは不法侵入されるが、紙の本ならできない。このことをみんな私は日記帳に書き留めた。誰かに話しかけているようだった。もはや書き留めることがそんなに危険だとは思わなかった。そのことが、私が神の庭師たちからどれほど遠ざかったかを示していると思う。日記帳はぬいぐるみのクマの中に入れてクローゼットにしまっておいた。ルサーンに盗み読みされるのは嫌だったから。これに関して、庭師たちは正しかった。誰かの秘密の言葉を読むことは、その人への支配力を手に入れることになる。

それから、ヘルスワイザー高校へ新しい男の子が入ってきた。名前はグレンだった。彼を見たとたん、あのグレンだとわかった。聖ユーエルの週に命の木へ来て、アマンダと私がハチミツのビンを持ってピラーのもとへ案内した子だ。私に小さくうなずいたと思った。私のことがわかったのかしら？　そうでないように願った。以前にどこで私に会ったのか、言いふらしてもらいたくないから。もしコープセコーがまだルサーンの言い張るセックス奴隷使いを探していたら、どうなるの？　もし私のせいでゼブが見つかり、臓器が抜き取られ冷凍庫に入れられた死体にされてしまったら？　思うとぞっとした。

でももし彼が私を覚えていても、グレンは何も言わないだろう、コープセコーがピラーや庭師たちについて知り、グレンが彼らと一緒に何をしていたかを調べられるのは嫌だろうから。それはきっと不法なことだったに違いない。ピラーがアマンダと私に場をはずさせたのだから。きっと私たちを守るために。

グレンは黒いTシャツ姿で、誰のことも気にとめないように振舞った。しかししばらくして、ジミーは彼と一緒に行動するようになり、私はめったにジミーに会わなくなった。

「あのグレンと何してるの？　あの人、気味悪いわ」、ある午後に学校の図書館のコンピューターを使って宿題をしている時、私は訊いた。ジミーは、自分の家かグレンの家で、三次元チェスとか、オンラインのビデオゲームをしているだけさ、と言った。おそらくポルノを見ているのだろう、と私は思った。ほとんどの男の子たちが、大勢の女の子たちもだが、ポルノを見ていた。だから私はどんなゲームなのか訊ねた。バーバリアン・ストンプ、と彼は言った――それは戦争ゲームだった。ブラッド・アンド・ローズはモノポリーのようなゲームだが、ひたすら大量虐殺と残虐市場を買い占めなければならない。エクスティンクタソンなら絶滅種の動物と遊ぶつまらないゲームだ。

「いつか私も寄って遊んでもいい？」と訊いたが、彼は同意しなかった。だから私は、彼らは本当にポルノを見ていると思った。

やがて本当に悪いことが起きた。ジミーの母親が消えたのだ。誘拐されたのではないとみんなは言った。自分の意思で去ったのだと。ルサーンがフランクにその話をしているのを聞いた。ジミーの母親は大量の重要データを持ち去ったので、コープセコーが発疹が広がるみたいにジミーの家中にいた。そしてジミーは私の親友だったから、まもなくうちへも押し寄せるだろうとルサーンは言った。隠すべきものは何もなかった。でも厄介ね、と。

私はすぐにジミーにメールを打ち、お母さんの件、とても気の毒に思っている、何か私にできることはないか、と訊ねた。彼は登校していなかったが、その週遅くにメールをくれて、やがて私のうちへ来た。とても落ちこんでいた。母親がいなくなるだけでもひどいのに、コープセコーは取り調べに協力しろと父親に言った。それで、彼の父親は黒いソーラーバンで連行されてしまった。そして今はコープセコーの女性職員二人が家の中を探し回り、彼にあほらしい質問をたくさんしている。一番困るのは、ジミーの母さんがペットのキラーをこっそり自然に放してしまったことだ――それについてメモをジミーに残していた。しかし自然の中はキラーにはまったく合わない所だ。ボブキティンに食べられてしまうだろうから。

「まあ、ジミー」と私は言った。「ひどいね」。私は両腕を彼に回して抱きしめた。泣いているようだった。私も泣き出し、お互いをさすりあった。あたかも腕が折れたり病気だったりしているように用心深く。それから溺れかけているかのようにしがみつきながら、そっと私のベッドに入り、キスをした。私は彼を助けているし、同時に彼は私を助けているように感じた。何かに敬意を表するために全てを特別のやり方で行う、神の庭師たちの祝祭日のようだった。これはまさにそれだった。〝敬意〟を表するためなのだ。

「君を傷つけたくない」とジミーは言った。

ねえ、ジミー、と私は思った。私はあなたの周りに〈光〉をめぐらしているのよ。

42

あの最初の時の後は、とても幸せな気持ちになった。まるで歌っているように。悲しい歌でなく、むしろ鳥のさえずりみたいな。ジミーとベッドにいるのは楽しかった。彼の両腕に抱かれていると安心できた。一つの肌がもう一つの肌に接する時、すべすべしたシルクのようで、その感触に驚いた。体はそれ自体の知恵を持っている、とアダム一号は言っていた。彼は免疫システムのことを言っていたのだが、別の意味でも本当だった。知恵とはただ歌声のようだけではなく、ダンスのようでもあり、もっといいものでもあった。私はジミーに恋していた、そしてジミーも私に恋していると信じる必要があった。

私は日記帳に、ジミーと書いた。それから赤で下線を引き、赤いハートを描いた。いまだに書くことを信用していなかったから、起きていること全ては書き留めなかった。しかし、セックスをするたびに、また一つハートを描きこんで色を付けた。

アマンダに電話してその話を伝えたかった。アマンダが言ったことがあった。自分のセックスの話をする人は夢の話をする人と同じぐらい退屈だと。でもクローゼットに入ってビロードのトラを取り出すと、パープルフォンがなかった。

体中ぞっとした。日記帳は隠しておいたクマの中にまだあった。でも、電話はない。

やがてルサーンが私の部屋に入ってきた。産業機密を外へ漏らさないように、構内のあらゆる電話は登録する必要があるのを知らなかったの、と言った。未登録電話を持つことは犯罪で、コープセコーはそんな電話を追跡することができる。知らなかったの？

私は頭を振った。「誰への電話か、あの人たちにはわかるの？」私は訊いた。番号を追跡調査できるから、かけた人もかけられた人も両者にとって本当にまずいことになる。彼女は〝本当にまずいこと〟とは言わず、〝不幸な結末〟と言った。

それから彼女は続けた。彼女が悪い母親だと私が考えているのは見え見えだけれど、自分は娘の最善の利益を心底願ってきた。例えば、しょっちゅうかけている番号が残っているパープルフォンを見つけたら、その番号に、「捨てなさい‼」とメールを送るかもしれない。そうすれば彼らがもう片方の電話を突き止めても、それはもうゴミ箱の中だろう。そして彼女自身もパープルフォンを廃棄してしまうと。そして、今から自分はゴルフに行くので、今言ったことをよく慎重に考えておくようにと。

私はとても慎重に考えた。そしてこう思った。〝ルサーンはアマンダを救うために骨折りをしたのだ。彼女は私が電話していた相手が誰か、わかっていたに違いない。でも彼女はアマンダを嫌っている。だから実は、ゼブを救うためにそうしたのだ。いろいろなことがあったが、ルサーンは今もゼブを愛している〟

私はジミーが好きになったので、ルサーンに対しても、彼女のゼブへの振る舞いに対しても、前より同情できるようになった。愛する人のためなら、どれだけ極端なことができるのか、わかるようになった。アダム一号は言った、あなたが誰かを愛しても、その愛は常にあなたが望む形で返されるとは限らない、でもどちらにしてもよいことなのです、愛はエネルギー波のようにあなたの周囲に伝播し、あなたが知りもしない生き物がそれによって助けられることもあるからって。彼が使った例は、ウイルスで死んで、ハゲワシに食べられた人のことだった。私はそのたとえは好きではなかったけど、その全体的な考え方は真実だった。なぜなら、ゼブを愛しているからあのメールを送ったルサーンがいる、しかし副作用としてアマンダを助けたのだ。これはもともとルサーンの意図ではなかったのに。まさにアダム一号は正しい。

でもその一方で、私はアマンダとの接触を失った。とても悲しかった。

ジミーと私は相変わらず一緒に宿題をした。他の人たちが周りにいると、時々、本当に宿題をした。それ以外はしなかった。一分もあれば服を脱いでお互いの中にもぐる。ジミーは、君は妖精のようにすらりとしている、と言いながら私の体中に手を這わせた――彼は妖精というような言葉を好んだが、私にはいつも意味がわかるとは限らなかった。彼は時々自分が児童性的虐待者みたいな気がすると言った。後で私は彼が言ったことをいくつか書き留めた、あたかも予言であるかのように。〝ジミーはとてもすばらしくて、私を「養成」だと言った〟。感情さえ書き留めれば、スペルミスはどうでもよかった。

私は彼が大好きだった。でもその後でへまをした。彼に訊いてしまった。まだワクラを愛しているの？　彼女の代わりに私を愛しているの、って。そんなことは訊くべきではなかった。彼はすぐには答えなかったが、気になるの、と訊いた。私はうんと答えたかったが、代わりにべつにと言った。その後ワクラ・プライスはウエスト・コーストへ引っ越した。ジミーは気分屋になり、私といるより、グレンと過ごす時間の方が多くなった。それが答えだった。私はとてもみじめだった。

それでも私たちはまだセックスをしていた。でもずっと減った――私の日記帳の赤いハートはどんどん減っていった。やがて、モールで偶然、ジミーがリンダリーというみだらな言葉遣いの年上の女の子といるのを見かけた。彼女には学校中の男子生徒と次々に、それも性急に、ソイナッツを食べるように関係するという噂があった。ジミーは彼女のお尻に手を置いていて、彼女は彼の顔を下にさげてキスをした。長い濡れたキスだった。ジミーが彼女と一緒にいると思うだけで吐きそうになった。そして前にアマンダが言った病気のことを思い出した。リンダリーがかかっていれば、私もかかっている。私は家へ帰って吐いて泣いた。それからうちの大きな白い浴槽に入り、温かいお湯に身を沈めた。でも大した慰めにはならなかった。

ジミーは、リンダリーと彼の関係を私が知っているとは気づいていなかった。数日後いつものようにうちに来てもよいかと訊いたので、いいわと答えた。私は日記帳にこう書いた。〝知りたがりやの悪ガキジミー、あんたがこれを読むのはわかってる、大嫌いよ、あんたとセックスしたからって、私があんたを好きとは限らない、だから「近づくな！」〟〝大嫌い〟の下に赤線を二本引き、〝近づくな〟の下には三本引いた。そして、ドレッサーの上に日記帳を置いておいた。敵はあなたの書いたものを武器に使える、しかし、と私は思った、あなたも敵に対して同じようにできる、と。

セックスのあと、私は一人でシャワーを浴びた。出てきてみたら、ジミーが私の日記を読んでいた。そして、突然なぜ大嫌いになったのか、訊いた。だから私は話した。それまでは口に出して言ったこともない言葉を使った。すると、ジミーは答えた。自分は私に向いていない、ワクラ・プライスのせいで、付き合うことができなくなった、彼女が彼の感情をぐちゃぐちゃにしてしまったが、もともと破壊的な性格なのかもしれない。いままでも付き合った女の子たちをみんなめちゃくちゃにしてきたから。そこで私は訊いた。正確には何人か、と。彼がまるで大きなかごの中にモモやターニップを入れるように、女の子たちを入れるかごに私も入れてしまうのを我慢できなかった。すると彼は言った。私のことは人間として本当に好きだから、私には正直に話していると。うんざりよ、と私は言ってやった。こうして私たちはひどい別れ方をした。

その後の時間は長く暗かった。一体私は何をしてるのかしら、と思った。私がもう存在しなくても、気にする人はいない。アダム一号が言った私の殻を投げ捨てて、ハゲワシか青ムシに変身するべきかもしれない。でも、それから神の庭師たちが言っていたことを思い出した。〝レン、あなたの人生は貴重な贈り物。贈り物のあるところには、贈り主がいる。そして贈り物を与えられたら、いつもありがとうと言いなさい〟。そう思い出したら少し気分が良くなった。

またアマンダの声も聞こえた。なんでそんなに弱いの？　愛は公平な取引なんてことはないよ。そう、ジミーはあんたに飽きた、だからどうっていうのよ。ばい菌のように男はそこら中にいるじゃない。そしてあんたは花を摘むように奴らを摘んで、萎《しお》れたら投げ捨てることもできるよ。とにかく、あんたはスリルあふれる時を過ごしているかのように、毎日がパーティーのように行動しなくちゃ。

次の私の行動は良いことではなかったので、今でも恥ずかしい。私はカフェテリアでグレンの方に歩いていった——グレンは凍ったように冷たいので、近づくのはとても勇気がいった。そして、彼に私と付き合いたいか、と訊いた。つまり、こういうことだった。グレンとセックスをすれば、ジミーが知ってがっくりするだろう。グレンとセックスしたいわけではない、サラダ・サーバーとセックスするようなものだから。ぎこちなくて木のようにこわばっているし。

「付き合う？」とグレンが不思議そうに言った。「ジミーと付き合ってるんじゃないの？」もう終わったの、どっちみち真剣じゃなかったの、ジミーはお調子者だから、と私は言った。それから頭に浮かんだことをうっかりしゃべってしまった。

「命の木で、あなたが神の庭師たちと一緒にいるのを見たわ」と私は言った。「覚えてる？　ピラーに会いに連れて行ったのは私よ。あのハチミツを持ってね？」彼ははっとした様子で、ハッピーカプチーノを飲みながら話そうと言った。

私たちは話した。いっぱい話した。頻繁にモールでたむろしたので、同級生たちは私たちは親密な関係だと言いはじめた。でも違った――決してロマンスではなかった。では何だったのか？　グレンはヘルスワイザーで神の庭師たちについて話せる唯一の相手だった。そして彼にとっても同じ。それが絆だった。秘密クラブに入っているようだった。おそらくジミーはけっして私の双子の片われではなかった――グレンがそうかもしれない。それは不思議に思えたが、彼は不思議な男の子だった。むしろサイボーグのようで、ワクラ・プライスは彼をそのあだ名で呼んでいた。私たちは友だちだったのか？　そうとはまったく思わない。時々彼は私がまるでアメーバーか、あるいは彼がナノバイオフォーム学で解明しようとしている問題であるかのように、私を見た。

グレンはすでに神の庭師たちについてよく知っていたが、さらにもっと知りたがった。毎日彼らと暮らすのはどんな感じか。彼らが何をし、何を言ったか、本当に何を信じているのか。彼は私に歌を歌わせ、アダム一号が聖人と祝祭日の説話で語ったことを繰り返させた。ジミーなら私の話をあざ笑っただろうが、グレンはそうしなかった。代わりにこう言うのだ。「じゃ、彼らは再生利用品以外のものを使ってはいけないと思うんだな。でも、もしコーポレーションが新製品の製造をやめたらどうなる？　品不足になってしまう」。時々、より個人的なことを訊いた。「もし飢え死にしそうなら、動物を食べるかい？」とか、「〈水なし洪水〉は本当に起こると思う？」など。でも私がいつも答えを知っているとは限らなかった。

彼は他のことも話した。ある時は、二人の当事者が敵対関係にある時に必ずしなければならないのは、チェスのように相手の王を殺すことだと。もう王様なんていないと私は言った。彼は、権力の中枢という意味で言ったのだが、今では一人の人間を示すのではなく、技術的連結なのだ、と言った。コード化とか接合とかのこと、と私が訊くと、「そんなようなものさ」と言った。

ある時はこう訊いた。神はニューロンの集まりだと思うか、と。もしそうなら、その集まりを持つ人たちは強い生存能力を与えられているから、自然淘汰でその位置を代々受け継いできたのか、あるいは、生存のチャンスとはどちらにしても無関係の赤毛のように、遺伝表現型に過ぎないのか、と。私は多くの場合、彼には追いつけない気持ちがしていたから、「あなたはどう思うの？」と訊いた。彼はいつも答えを持っていた。

ジミーはモールで私たちが一緒のところを見て、驚いたようだった。でもほんの短い間だった。グレンに向かって親指を立てる身ぶりを見た。あたかも〝おい、がんばれよ、どうぞ、どうぞ！〟と言うように。まるで私は彼の所有物で、グレンに分け与えているみたいに。

ジミーとグレンは私より二年早く卒業して、大学へ進学した。グレンは超秀才だらけのワトソン・クリック研究所に入り、ジミーは、数学や科学がまったくできない子たちが行くマーサ・グレアム・アカデミーに行った。だから、少なくとも私はジミーが学校で、次々と新しい女の子に手を出すのを、もう見なくてすんだ。でも、ジミーがいないより、いた方がよかった。

私はなんとか次の二年間を過ごした。成績は悪かったので、どこの大学にも入れないと思った——シークレットバーガー店か、似たようなどこかで働く最低賃金の食肉奴隷の仕事にしかつけないと思った。しかし、ルサーンがコネを利用してくれた。ゴルフ仲間の一人と話しているのが聞こえた。「あの子は馬鹿じゃないけど、あの教団経験がやる気を失わせたのよ。だからマーサ・グレアム・アカデミーが一番いいと思うわ」。それじゃ、私はジミーと同じ場所に入ってしまう。そう思うと、不安にかられて、吐き気がしてきた。

密閉超高速列車で発つ前夜、私は古い日記をもう一度読んで、神の庭師たちが言っていたことの意味を悟った。〝自分が書くことに、気をつけなさい〟。私がとても幸せだった時の私自身の言葉があった。でも、今それを読むのは苦痛だった。私は日記帳を外に持ち出し、角を曲がってから炭素系ゴミオイル用大型ゴミ箱へ投げ捨てた。それは分解されてオイルに変わるだろう、そして私が描いたあの赤いハートは全て煙となって昇っていく、でも少なくとも、どこかでは役に立つわけだ。

私はこう思った。マーサ・グレアムでまたジミーと会う。そして彼は言うだろう、ずっと愛してきたのは私だと。また、縒《よ》りを戻したいとも。私は彼を赦し、最初の時のように、何もかもすばらしくなる。しかし、こうも思った。そんなチャンスはゼロよ、と。人は相反する二つのことを同時に信じられる、とアダム一号はよく言っていた。今、それが本当だとわかった。

マーガレット・アトウッド(Margaret Atwood)
1939年生まれ．カナダを代表する作家・詩人．長編小説，短篇集，児童書，ノンフィクション，詩集，評論等，幅広い作家活動を展開．近年はグラフィック・ノベルのシリーズも刊行している．これまで，カナダ最高の文学賞であるカナダ総督文学賞，ギラー賞をはじめ，ブッカー賞，アーサー・C・クラーク賞，コモンウェルス作家賞，ハメット賞，フランツ・カフカ賞などを受賞．
邦訳書に『侍女の物語』『浮かびあがる』『青ひげの卵』『食べられる女』『寝盗る女』『昏き目の暗殺者』『良い骨たち＋簡単な殺人』『またの名をグレイス』『オリクスとクレイク』『負債と報い——豊かさの影』『キャッツ・アイ』ほか．

佐藤アヤ子
明治学院大学名誉教授．日本カナダ文学会会長，日本ペンクラブ常務理事．専攻：英語圏文学．
著書に『J. D. サリンジャー文学の研究』(共編)ほか，訳書にアトウッド『寝盗る女』(共訳)『またの名をグレイス』『負債と報い——豊かさの影』，ハイウェイ『ドライリップスなんてカプスケイシングに追っ払っちまえ』ほか．

洪水の年 上　マーガレット・アトウッド

2018年9月21日　第1刷発行

訳　者　佐藤《さとう》アヤ子《こ》

発行者　岡本　厚

発行所　株式会社 岩波書店
〒101-8002 東京都千代田区一ツ橋2-5-5
電話案内 03-5210-4000
http://www.iwanami.co.jp/

印刷・三秀舎　カバー・半七印刷　製本・牧製本

ISBN 978-4-00-022940-1　Printed in Japan